女性・啓蒙・革命

丁玲文學與中國現代文學的對應關係

蘇敏逸 著

臺灣 學生書局 印行

本書為國科會專題研究計劃「女性・啓蒙・革命
──丁玲的文學道路及其與中國現代文學史的對
應關係」（NSC99-2410-H-006-106）研究成果。

女性‧啟蒙‧革命
——丁玲文學與中國現代文學的對應關係

目　次

第一章　緒　論

　　丁玲（1904-1986）可以說是中國現代文學史中最具有時代感和時代意義的女作家。從二〇年代中後期開始創作，一直到四〇年代中共建國之前，丁玲完成了個人的文學發展歷程，而她的文學發展歷程又與整個中國現代史及現代文學發展史密切的結合。從她的小說創作可以發現，她敏銳地感受著時代的變化，感受著時代變化對她的生命帶來的衝擊和影響，因此其作品總是走在時代的最前端，扣合著時代的關懷和思想主題。但同時她又不會因時代的潮流而迷失自己，她在不斷變動的歷史中清醒、自覺地意識到自己的存在，同時也企圖在變動的時代中找到自己的位置。她既投入社會，又期待自己能在社會中保有自我的個性，這就使她在個人與社會、文學與政治（革命）、知識分子與群眾、情感與理智等種種問題中感受到矛盾、衝突的痛苦，又在痛苦中企圖平衡、調和這種種衝突。她的文學歷程可以說是一條個人與外在社會不斷辯證的發展過程。

　　正因為丁玲同時關注個人自我與集體社會革命，導致長久以來左、右兩派的評論家對她作品的評價往往是正好相反的，而評價的分界點都是 1931 年創作的〈水〉。舉兩個最鮮明的例子，丁玲一輩子的好友、在三〇年代曾擔任左聯黨團書記、著名的馬克思主義文藝理論家馮雪峰認為丁玲早期的小說反映她「在思想上領有著壞

的傾向」，那是「個人主義的無政府性加流浪漢的知識階級性加資產階級頹廢的和享樂而成的混合物。」❶她筆下的女性之所以苦悶、空虛、頹廢、絕望，正是因為這些女主人公「在主觀上是和當時的革命的社會力隔閡的」，因此她們不可能「跑到前進的社會中去，使自己得到生命的光和力」。她們只有「和青年的革命力量去接近，並從而追求真正的時代前進的熱情和力量」，才有可能根本地解決啟蒙後的精神危機。❷而丁玲三〇年代的〈水〉雖然因生活和鬥爭經驗不夠深廣，在創作上有些「公式化」的缺點，但從丁玲小說的發展來看，〈水〉代表著丁玲創作的重大突破：「她的那種向人民的嚮往，當作作家的一種前進的傾向看是正確的，她的熱情也是誠懇的。……所以〈水〉依然是作者發展上的一個標誌，同時也是我們新文藝發展上的一個小小的標誌。」❸在〈水〉之後，丁玲經過艱苦的鬥爭和改造過程，在四〇年代的作品中補足了三〇年代作品的缺憾，達到藝術上的成就。

　　與此相反，中國現代文學研究重量級的學者之一、自由主義者夏志清則以「忠於自己的作家」和「狂熱的宣傳家」來區分丁玲早期與三〇年代以後作品的差異。他認為丁玲早期的作品「大膽地以女性觀點及自傳的手法來探索生命的意義」，「流露著一個生活在

---

❶　何丹仁（馮雪峰）：〈關於新的小說的誕生——評丁玲的《水》〉，袁良駿編：《丁玲研究資料》（天津：天津人民出版社，1982 年 3 月），頁 248。

❷　馮雪峰：〈從《夢珂》到《夜》——《丁玲文集》後記〉，袁良駿編：《丁玲研究資料》，頁 294-295。

❸　馮雪峰：〈從《夢珂》到《夜》——《丁玲文集》後記〉，袁良駿編：《丁玲研究資料》，頁 297。

罪惡都市中的熱情女郎的性苦悶與無可奈何的煩躁」，把作家個人「怨憤和絕望的情緒都發洩出來」。❹而自 1931 年開始創作無產階級革命小說後，作品就喪失了二〇年代「微帶虛無主義色彩的坦誠態度，剩下來的，只是宣傳上的濫調」❺，並在此基礎上嚴厲地批評丁玲三〇年代描寫群眾的作品〈水〉和四〇年代的土改小說《太陽照在桑乾河上》。❻

　　從馮雪峰和夏志清的評論即可看出，像丁玲這樣一位不斷以文學寫作的方式向內書寫個人困境，同時又向外參與社會實踐，個性與政治立場都極其鮮明的作家，對她的評論很容易受到時代與政治意識形態的侷限和影響。從現有的研究成果便大致可見其端倪。在研究丁玲文學發展的專著中，台灣最著名的是周芬娜在 1980 年出版的《丁玲與中共文學》❼。本書也以 1931 年作為丁玲創作的分界，論析早期的丁玲是個「浪漫的自由主義者」，而後期的丁玲是個「搖擺的共產主義者」。此書出版甚早，加上冷戰結構下政治意識形態造成的差異和限制，周芬娜對於丁玲的討論不夠客觀、平靜、周詳，但本書仍有其文獻史料價值，透過本書的評論可以反過來觀察台灣戒嚴時期對於五四新文化運動以降的文學傳統的詮釋方式。而在大陸出版的研究專著中，丁玲的研究高峰則出現於八〇年

---

❹　夏志清：《中國現代小說史》（台北：傳記文學出版社，1985 年 11 月 15日），頁 280。

❺　夏志清：《中國現代小說史》，頁 284。

❻　夏志清對〈水〉和《太陽照在桑乾河上》的批評，分別見於《中國現代小說史》頁 284-288 及頁 482-488。

❼　周芬娜：《丁玲與中共文學》（台北：成文出版社，1980 年 7 月）。

代丁玲在政治上獲得平反後，至九〇年代中期以前，包括王中忱、
尚俠合著，出版於 1982 年的《丁玲生活與文學的道路》❽；同為
1990 年出版，袁良駿的《丁玲研究五十年》❾和許華斌的《丁玲
小說研究》❿等，在這波丁玲研究的高峰期間，廈門大學翻譯、出
版了美國丁玲研究的重要學者、五四時期「學衡派」代表人物梅光
迪的女兒梅儀慈教授的《丁玲的小說》⓫，這幾本專著對於丁玲的
生命經歷與各個階段的文學作品進行完整、深入的分析和評論，但
對於丁玲思想上矛盾、衝突與磨合的辯證關係缺乏較細膩的解讀，
在深度上尚有挖掘的空間。九〇年代中期之後，丁玲的研究較多以
單篇論文就個別問題加以討論的方式呈現，直到 2005 年張永泉出
版了《個性主義的悲劇──解讀丁玲》⓬，此書以「個性主義」貫
穿丁玲的創作，從丁玲自稱「我便是吃魯迅的奶長大的」⓭出發，
強調丁玲對五四精神的繼承，對個人自由與解放的執著追求和艱難
執守，終而導致中共建國後個人的政治災難。而在長達二十多年的
政治壓迫下，丁玲鮮明而獨特的「個性主義」也開始鬆動，使得她
晚年的精神和作品都陷入了「走不出的怪圈」，在新時期的文壇氣

❽　王中忱、尚俠：《丁玲生活與文學的道路》（長春：吉林人民出版社，1982
　　年 9 月）。

❾　袁良駿：《丁玲研究五十年》（天津：天津教育出版社，1990 年 3 月）。

❿　許華斌：《丁玲小說研究》（上海：復旦大學出版社，1990 年 12 月）。

⓫　〔美〕梅儀慈：《丁玲的小說》（廈門：廈門大學出版社，1992 年）。

⓬　張永泉：《個性主義的悲劇──解讀丁玲》（北京：中國社會科學出版社，
　　2005 年 3 月）。

⓭　丁玲：〈我便是吃魯迅的奶長大的〉，《丁玲全集》第八卷（石家莊：河北
　　人民出版社，2001 年 12 月），頁 204-206。

氛下顯得「保守」、「正統」又「太左」。此書對丁玲的研究集中在二○年代末期「莎菲」系列小說、四○年代作品與作家晚年精神的討論，偏重丁玲性格與創作中所呈現出來的「個性主義」，而對丁玲參與革命和政治的態度著墨較少，因此論述突顯了丁玲個人與外在社會、歷史的衝撞，較少觸及丁玲內在精神的戰爭——個人個性與革命信仰之間掙扎、搏鬥的關係。

　　平心而論，個人認為丁玲從二○年代末期到中共建國前的創作內涵及發展基本上可以以「女性」、「啟蒙」、「革命」等三個元素來概括，這三個元素的內涵在不同時期略有調整，又時時相互牽制、拉扯、影響，在丁玲創作的每個階段各有偏重。丁玲在 1927 年步入文壇，創作最初期的作品看似聚焦在「女性」與五四「啟蒙」的議題上，但此時的「啟蒙」又具有「文化改造」和「思想革命」的意味，她一方面展現五四新文化運動啟蒙後的女性知識分子的生命困境，透過對女性生命困境的描寫呈現啟蒙思想與現實社會的脫節，一方面更執著地探求女性自我實現和參與社會的方法，企圖追尋「新女性」真正獨立自主的生命之路。對她來說，「啟蒙」所帶來的個人解放是要讓女性在獲得獨立思考、判斷的主體性後能自主地選擇自己的生命道路，更能積極地加入由男性所主宰的社會和體制，如此才有可能從根本改變女性與社會的關係。儘管她創作最初期的關懷聚焦在「女性」和「啟蒙」這兩個元素上，但也可以看到她之後走向社會「革命」的潛在性格。當她在二○年代末期來到上海之後，受到上海革命文學風潮的影響，「革命」的意涵也將追尋「新女性」獨立自主之路的思想、文化革命，與外在的社會集體革命結合起來，在參與社會革命的過程中，實踐、彰顯女性可能

的生命意義和社會功能。此後,在丁玲的文學作品中,「啟蒙」有時意味著個性的張揚和精神的獨立自主,有時意味著以「革命」的概念反省知識分子內在的精神弱點,同時喚醒蒙昧的群眾;而「革命」則同時意味著為小我個人的生命困境和社會集體、民族國家艱難複雜的歷史處境尋求出路。可以說丁玲的文學是以「女性」作為主體,思考「啟蒙」與「革命」所涉及有關個人與集體、知識分子與群眾、文學與政治、意識形態與社會實踐、建構民族國家與歷史進程等問題之間複雜的關係。因此,本論文將以丁玲從二○年代到四○年代的文學發展為主軸,論述「女性」、「啟蒙」、「革命」這三個元素在不同時期此消彼長、交互更迭所組成的多重變奏。

另一方面,由於丁玲作品的關懷主題及發展歷程與中國現代文學史有諸多相互對應之處,因此在縱向論述丁玲文學發展歷程的同時,更將丁玲的作品放置在整個中國現代文學發展的脈絡來觀察,橫向地比較丁玲創作與同時期其他作家同類題材的差異,透過差異來凸顯丁玲如何在文學發展的主潮中展現個人創作精神內涵的獨特性,以及其文學發展脈絡與中國現代文學的對應關係。丁玲最初期的創作主要思考五四啟蒙運動影響下的女性問題,因此將丁玲與五四女性前輩作家廬隱、馮沅君等人相互比較,說明丁玲對五四女作家的繼承與超越;在二○年代末至三○年代初從「啟蒙」走向「革命」的歷程中,將丁玲與文學伴侶胡也頻相互比較,論析性別差異如何影響兩人面對「啟蒙」與「革命」問題的看法和視角;在「革命＋戀愛」主題的小說中,則將其與開創此一主題的小說家蔣光慈加以比較,說明在性別、學養與思想背景等方面都不同的兩人在書寫此議題時態度上的差異;在四○年代末期有關土地改革運動主題

的小說中，將丁玲與周立波加以比較，透過他們的作品所展現的文
學史意義，來說明歷史轉折對文學產生的影響。

在縱向論析丁玲文學道路的開展和橫向比較丁玲與其他作家的
差異時，值得進一步觀察和探究的是中國現代知識分子與國家、社
會的互動關係。本人在博士論文《「社會整體性」觀念與中國現代
長篇小說的發生和形成》一書中曾透過對魯迅、胡適與周作人等人
五四時期的「個人主義」論述，來強調中國的個人主義與西方個人
主義內涵在本質上的差異。由於中國高度的人口密度、傳統社會重
視人際關係的生活樣貌，以及晚清到五四時期以來憂患的歷史現實
等各種複雜因素，使得中國知識分子對於個人主義的主張從來沒有
脫離其與整體「社會」、「國家」和「民族」問題的思考。五四時
期的個人主義雖然強調「個性解放」的精神，但包括魯迅、陳獨
秀、胡適、周作人等人更在乎的其實是「個性解放」之後能對改造
文化、思想、社會，建立現代民族國家產生正面的影響。❹因此，
中國現代小說家對於長篇小說的架構基本上聚焦在思考現代民族國
家之建立及其相關的社會問題等「整體性」的概念上。❺而在探究

---

❹　參見拙作：《「社會整體性」觀念與中國現代長篇小說的發生和形成》（台
北：秀威資訊科技公司，2007 年 12 月）第二章第二節，頁 29-47。

❺　相關論述可參考陳建華：《革命與形式──茅盾早期小說的現代性開展 1927-
1930》（上海：復旦大學出版社，2007 年 8 月）。陳建華從盧卡奇的《歷史
小說》切入，說明盧卡奇文藝思想理論的發展脈絡，並以「整體性」概念作
為盧卡奇和茅盾共享的思想資源，論析茅盾二〇年代末期的文學特色和重要
性，說明馬克思主義的「整體性」概念如何在中國獲得文學上的發展。而拙
作《「社會整體性」觀念與中國現代長篇小說的發生和形成》也從盧卡奇的
「整體性」概念論述中國現代長篇小說的形成及其所關注的幾個面向。

丁玲小說創作的發展脈絡及其精神內涵時可以發現，丁玲的作品呼應時代思想主潮，同樣對民族國家的建立及其過程中所產生的現實問題具有高度的關注和參與，然而她的女性身分、鮮明的個性和對時代感覺異常敏銳的特質，使她在參與社會革命的過程中不斷與現實產生種種矛盾和衝撞，也在思考和對話的過程中尋求個人與社會、集體的磨合之道。在此漫長的磨合過程中，尤能凸顯丁玲的時代感和時代意義。

因此，本論文在縱向與橫向的交叉對比中，論述將透過以下的章節安排來展開。

第二章〈出走的娜拉：盧隱、馮沅君、丁玲作品中的情感書寫、啓蒙困境及其對女性處境的思考進程〉中將丁玲放在五四啓蒙運動的脈絡中，透過丁玲與五四女性作家前輩盧隱、馮沅君對於愛情、親情、友情、婚姻、家庭等問題的態度之比較，凸顯二〇年代末期登上文壇的丁玲對五四女性情感書寫的繼承與超越，並由此展現女性作家對於女性處境問題的思考進程。三位作家的共同之處在於她們都透過個人的具體經驗呈現「啓蒙」後所延伸出來的「女性」問題，而從這些問題又可以發現五四啓蒙內涵的匱缺之處：「啓蒙」思想雖然解放了個人，卻並未指出解放之後的人生道路，也不保證必然能找到真正的人生道路。盧隱、馮沅君等五四女作家偏重在描述「正在出走的娜拉」的心情，盧隱筆下的女主人公既反抗傳統家庭的束縛，又不願進入平凡瑣碎的新式婚姻生活，在新、舊時代的女性困境的夾擊之下，只能透過懷想學生時代的同性情誼來寄託悲哀絕望的精神；馮沅君則在與家庭決裂的五四時代企圖尋求親情與愛情的和解之道。相較之下，作為後輩的丁玲更偏重在

「出走以後的娜拉」的心情，她筆下的女主人公不再是家庭中的「女兒」，而是社會中的「個人」，她在思考女性人生出路的過程中建立女性的主體感覺。

　　第三章〈從啟蒙走向革命：論二〇年代至三〇年代初期胡也頻與丁玲的小說創作〉中企圖通過丁玲及其文學伴侶胡也頻兩人小說作品的比較，說明性別差異對文學創作主題的選擇及其表述方式可能產生的影響。兩人如何從五四啟蒙精神走向革命的道路？愛情與革命在兩人筆下將以何種關係呈現？而其呈現方法又與他們看待革命的態度有何關係？同時，也透過對丁玲小說的分析，說明「女性」、「啟蒙」與「革命」三者在此時呈現何種關係？整體來說，胡也頻與丁玲從二〇年代到三〇年代初期的文學創作完全貼合中國現代文學史從啟蒙走向革命的歷史道路。兩人早期的小說作品都受到五四新文化運動中「人的發現」的思想所影響，但兩人的關注焦點並不相同。胡也頻早年貧窮漂泊的歲月使他二〇年代的作品向廣大的社會底層展開，既從書寫下層群眾的生活苦境出發，進而思考與批判各種社會問題；又從反封建的啟蒙思想出發，進而反省麻木冷漠的國民性，其作品繼承五四「文學研究會」的文學傳統，在小說中展現知識分子的社會關懷和人道主義精神。丁玲走上寫作之路的某部分原因來自於文學伴侶胡也頻的影響，但丁玲卻從女性經驗出發開展出與胡也頻完全不同的創作題材，丁玲以女性生命出路的思考為起點，一方面強調女性「工作」的重要性，這是女性參與社會的方法；另一方面也從現代化與資本主義商品化的社會環境說明女性被觀看和物化的生存困境，這是女性參與社會時必須警覺的引誘和陷阱。同時，丁玲也坦率地呈現女性在面對以男性為主體的社

會時，不知將置身何處的孤獨徬徨之感，因此相較之下，丁玲更接近五四「創造社」的文學傳統，透過書寫、剖析自我，呈現新式女性知識分子的生存困境。1928 年胡也頻和丁玲來到上海後，受到革命文學風潮的影響，兩人的思想開始左傾。在關於革命與戀愛主題的小說中，胡也頻透過青年男女共赴革命之路描寫革命與戀愛的相輔相成；相較之下，因寫作而得以獨立自主並參與社會的丁玲，在面對革命時卻充滿疑慮，對她來說，五四所強調的個人解放與社會革命所強調的集體性和政治性，在思想上具有本質性的差異，因此在啟蒙與革命的交叉路口，她佇立思考。

第四章〈「亭子間」與「十字街頭」：蔣光慈、丁玲「革命＋戀愛」小說之比較〉中透過對蔣光慈、丁玲二○年代末期「革命＋戀愛」小說的比較，說明在性別、學養和思想背景等方面都不同的蔣光慈與丁玲在此一主題上的差異。而在「革命＋戀愛」小說中最具有象徵意義的「空間」是「亭子間」和「十字街頭」，透過對蔣光慈、丁玲小說的分析，說明兩人如何展現革命與戀愛、革命與文學、個人與集體以及公（十字街頭）、私（亭子間）領域之間理想與欲望相互交融的狀態。作為男性作家與共產黨員的蔣光慈早年留學蘇聯，回國之後在國、共分裂的革命中挫之際與後期創造社、太陽社的成員共同引發 1928 年的革命文學論爭，同時也是「革命＋戀愛」小說寫作形態的開創者。儘管他具有鮮明的革命意識形態，但他最強調的卻是革命激情，而非革命具體的思想或行動，因此他的文學創作在本質上是繼承五四浪漫主義的精神，以「革命」取代「愛情」成為生命激情的出口，同時也是表現自我的方法。他高唱革命的重要性，卻始終鍾情於文學。相較之下，作為女性作家和非

共產黨員的丁玲在二〇年代末期是革命文學論爭的局外人和旁觀者，她沒有加入論爭的廝殺中，而是從尋找女性自身定位與解決女性生命困境的視角出發思考「革命」對女性可能造成的改變，革命與婚姻、愛情、文學及其他各種工作一樣，成為女性生命可能的出路。經過這段時期的思考，最後終因胡也頻的遇難而促使丁玲走上左翼社會革命之路。曾經認真思考文學、戀愛與革命之間的差異的丁玲，在往後的生命實踐中，努力追求三者的並存。

第五章〈個人與集體、啟蒙與革命的消長、衝突和磨合：丁玲三、四〇年代的創作〉中從胡也頻遇難之後丁玲的精神痛苦談起，說明丁玲之所以走上「革命」的人生道路有其思想基礎與情感需求。在 1931 年創作〈水〉之前，丁玲透過〈從夜晚到天亮〉、〈莎菲日記第二部〉和〈某夜〉等篇章抒發胡也頻遇難之後痛苦頹喪以及力圖振作的心情，同時也透過〈一天〉、〈田家沖〉等篇章展現知識分子透過革命運動認識群眾的過程。三〇年代寫於〈水〉之後的一系列無產階級革命小說則可看做是丁玲對革命的實踐。抗戰時期丁玲的創作大致分為兩個區塊：大量的散記、速寫、報導和工作紀錄，以及寫於 1939 至 1940 年之前的小說集中在宣揚革命事業，包括抗日宣傳與農民階級意識的覺醒，這類作品可以說是三〇年代以後丁玲政治態度和政治活動的延續，著重在「革命」這一系統。而寫於 1940 年之後的小說，包括〈縣長家庭〉、〈入伍〉、〈我在霞村的時候〉、〈在醫院中〉、〈夜〉等小說及同時期的相關散文則在革命事業中思考個人與革命集體、群眾之間的關係。這一類的作品顯示丁玲在漫長的革命鬥爭和抗日戰爭中逐漸沉澱心緒，對現實問題有更深刻的體會和認識，使得她的創作生涯進入成

熟的階段，也代表丁玲開始對她三○年代暫時擱置的問題——「啟蒙」與「革命」的複雜關係進行更深入的思考。當「革命」成為丁玲自覺的選擇之後，由革命所延伸出來的個人與集體、知識分子與群眾、情感與理智、天生的個性與後天的鍛鍊、改造等等之間的衝突矛盾都成為她概括承受的問題，因此在她三、四○年代的作品中，不斷地尋求其間可能的磨合、共存之道。

第六章〈歷史的轉折：丁玲、周立波的「土改小說」及其文學史意義〉中將透過丁玲的《太陽照在桑乾河上》與周立波的《暴風驟雨》等兩部描寫國、共內戰期間共產黨執行「土地改革運動」的「土改小說」，分析丁玲與周立波在敘述與表現手法的差異，進一步說明兩部小說在文學史轉折點上所代表的意義。丁玲的《太陽照在桑乾河上》可以說是對土地改革運動的「整體性」書寫，它的表現手法繼承同樣具有鮮明的共產黨政治意識形態的茅盾在《動搖》中對於 1927 年國民黨清黨事件，以及《子夜》對於 1930 年前後中國社會性質與情勢的「整體性」描寫，丁玲在對「土地改革」運動過程的完整呈現中，也突顯運動內部複雜的階級與權力關係，同時向下開啟周立波以降對於農村土地革命過程的書寫。因此，丁玲的《太陽照在桑乾河上》可以說是中國現代文學中從傳統的現實主義過渡到中共建國後的社會主義現實主義的重要的轉捩點。而周立波的《暴風驟雨》則是完整的社會主義現實主義的初步示範，小說如同一場「政治儀式」，其中的人物與情節都具有高度的象徵意味，經過這場政治儀式的洗禮，小說中的貧農不但獲得「翻身」的實際成果，從而改善艱苦窮困的生活條件，同時更經由一次又一次的鬥爭大會，使原本目不識丁、蒙昧沈默的群眾學習初步的民主概念、

政治言說的方式與政治參與的步驟，最後脫胎換骨，蛻變為共產黨最穩定堅固的基層幹部，並由此塑造「新英雄」。而小說家也透過這場書寫的政治儀式的洗禮，一方面完成了「社會主義現實主義」的土改小說的寫作範式，也完成政治意識形態的表態，並得以登上新時代的文壇。

　　經以上章節的論述，本論文嘗試達到三個學術目的：第一，從對丁玲作品較為全面性的討論和分析，爬梳丁玲的文學發展歷程，並論析「女性」、「啟蒙」與「革命」等三大重要元素在丁玲創作中所產生的多重變奏。第二，透過對丁玲與同時期作家同類作品的比較，論析丁玲如何透過創作呼應時代與文學發展潮流，同時也突出丁玲個人獨特的思考與文學風格。第三，透過丁玲在創作實踐中對個人與社會、革命集體之間各種複雜關係的思考，探究中國現代知識分子在民族國家建立過程中的精神史。

第二章　出走的娜拉：
盧隱、馮沅君、丁玲作品中的情感書寫、啓蒙困境及其對女性處境的思考進程

一、前言

　　丁玲在 1927 年底因處女作〈夢珂〉受到文壇前輩、《小說月報》主編葉聖陶的賞識而正式登上文壇，在短短不到一年的時間之內，接連發表了〈莎菲女士的日記〉、〈暑假中〉、〈阿毛姑娘〉，並將這四篇作品結集成第一本短篇小說集《在黑暗中》，於1928 年十月出版。這部小說集的主題圍繞在對新女性處境的思考，丁玲以其桀傲不馴的姿態，大膽直陳新女性在面對「愛情」、「工作」與「現代化都市社會」等現實時所遭遇的困境，猶如「在黑暗中」孤軍奮鬥，且「困獸猶鬥」。這顆大膽而叛逆的文學新星綻放耀眼的光芒，迅速竄紅，馬上引起文壇的注意。毅真在 1930年發表〈幾位當代中國女小說家〉，首度將丁玲與幾位五四時期重要的女性小說家，包括冰心、蘇雪林、凌叔華、馮沅君等人並列討

論。❶從文學史的發發展脈絡來看，丁玲最初的小說創作聚焦在「女性」和「啓蒙」這二重的思考點上，這個特點使她繼承了她的五四女性前輩們，形成一套發展的系譜。然而，由於丁玲獨特鮮明的個性，由於她站在五四前輩披荊斬棘開創出來的道路上，與她的前輩們擁有不同的立足點，更由於她所面對的是與五四時期已然不同的社會環境，因此丁玲所面對的女性處境問題與五四女作家並不相同。從五四女作家到丁玲，可以看到出走的娜拉在人生道路上艱難前行，更可以看到這群女作家對於女性處境及其出路鍥而不捨的思考進程。

毅真在〈幾位當代中國女小說家〉中將五四以降的女作家大致分為三類，一是閨秀派的作家——冰心女士和綠漪女士；二是新閨秀派的作家——凌叔華女士；三是新女性派的作家——沅君女士和丁玲女士，並從作品的內容上分析三類的基本差異及作家的個人特色，這個分類基本上是中肯的。在這個基礎上，個人認為在討論丁玲對五四時期女性啓蒙議題的繼承與發展時，除了馮沅君外，廬隱是另一個不可迴避的對象，廬隱是與冰心齊名、創作時間較早且創作量豐富的五四女性小說家。從廬隱、馮沅君到丁玲，她們三人都對傳統封建思想和社會既定觀念採取質疑、追問和挑戰的立場，並以自身的經驗為例，坦率地表達作為五四「被啓蒙者」所感受到啓蒙內涵的匱乏，書寫女性在尋找人生出路時所面對的困境及其身體

---

❶　毅真：〈幾位當代中國女小說家〉，黃人影（阿英）編：《當代中國女作家論》（上海：上海書店，1985 年 5 月，據光華書局 1933 年 1 月初版本影印），頁 1-36。

感覺和心理狀態，因此她們的作品即使不是自敘傳，也帶有鮮明的個人印記。相較於當時男性知識分子從社會進步及文化改造的立場和觀點去宣揚婦女解放運動，並在教育、家庭、職業、參政、社交、戀愛、婚姻、離婚、貞操、獨身、道德、性教育、女性心理、娼婢問題和兒童公育等各方面思考和論辯新時代女性理想的生存狀態和社會定位❷，這些女作家則直率地從個人具體的經驗中呈現理想和現實的落差。維吉尼亞・吳爾芙在評論夏綠蒂・布朗蒂的《簡愛》時提到女性處境的壓抑和侷限使她的滿腹才華無法獲得完整透徹的發揮，她對生命的反抗和怨氣總是滲透在她的作品中，使她的作品扭曲變形：「應該描寫角色時，她寫的反而是她自己。她寫的一字一句，都在和命運對抗。」❸這樣的寫作狀態，何嘗不是盧隱、馮沅君、丁玲等中國現代女作家的心情寫照。

　　但在對女性處境問題的思考上，盧隱和馮沅君的思考範圍較狹窄，基本上集中從愛情、婚姻、家庭等方面思考女性啓蒙的問題，而丁玲的視野遠比五四前輩寬闊，她不僅書寫女性在愛情中種種複雜的情感流動，也尋求能讓女性得以獨立自主、安身立命的事業，同時更留意女性與社會交互影響、拉扯的互動關係，特別是資本主義發展的都市生活樣貌對女性欲望的誘惑及其所隱藏的陷阱。然而為了爬梳從五四時期作家盧隱、馮沅君到丁玲對女性問題思考的發展脈絡，本章將聚焦在三人的情感書寫上，從她們對愛情、親情、

---

❷　這些文章可參考梅生編：《中國婦女問題討論集》（《民國叢書》第一編第18卷，上海書店，原書為新文化書社出版，1923年）。

❸　維吉尼亞・吳爾芙：《自己的房間》（台北：探索文化公司，2000年2月），頁118。

友情、婚姻、家庭等問題的態度差異上論析三位作家的思考進程，
並突顯丁玲在女性啟蒙議題上的特殊性與開創性。

二、盧隱：在新、舊家庭／時代間進退兩難

　　整體來說，盧隱、馮沅君等五四女作家偏重在描述「正在出走
的娜拉」的心情，丁玲則更偏重在「出走以後的娜拉」的心情。而
盧隱個人短短不到四十年的生平經歷就是一個精彩的「正在出走的
娜拉」的故事。

　　盧隱（1898-1934）父親早逝，幼年時跟隨母親、舅父和兄妹度
過抑鬱的童年。❹ 1919 年秋天考入北京女子高等師範學校，正是
五四熱潮席捲北京之時，盧隱在新文化運動的洗禮下脫胎換骨，成
為熱情、積極，鋒頭甚健的學生，不但熱心於校內外各種社會、演
講活動，更開始創作白話小說❺。同時她身體力行，以反抗封建觀
念、勇敢追求愛情的實際行動來實踐五四「個性解放」的理念。然
而現實並不如她所預想的那樣美好，她背負著家族反對的巨大壓
力，堅持與志趣不投的未婚夫取消婚約，又不顧眾人的議論於

---

❹　可參考盧隱：〈盧隱自傳〉，《盧隱散文全集》（鄭州：中原農民出版社，
　　1996 年 12 月），頁 457-490。
❺　蘇雪林在〈關於盧隱的回憶〉一文中曾提到她與盧隱於民國六七年間在安慶
　　實驗小學初識，當時盧隱給她的第一印象是「常有抑鬱無歡之色」，民國八
　　年兩人同時考上北京女子高等師範學校，到了北京之後「好像換了一個
　　人」，鋒芒外露、辯才敏捷，在校內外的事務與課業文章上，都有出色的表
　　現。收於蕭鳳：《盧隱評傳》附錄（北京：中國社會出版社，2008 年 1
　　月），頁 212-218。

1923 年嫁給在故鄉已有元配妻子的郭夢良。然而結婚僅兩年，女
兒未滿周歲，郭夢良就因肺病過世。廬隱帶著年幼的女兒扶棺歸
鄉，在夫家陰鬱又充滿敵意的氣氛下度過喪夫後艱難的歲月。1930
年廬隱承受著社會議論的壓力，與小她九歲的李唯建戀愛結婚，卻
在 1934 年因難產過世。廬隱一生情路坎坷，經歷訂婚、解約、戀
愛、結婚、喪夫等種種磨難，在與現實衝撞的過程中展現她獨立勇
敢、執拗不屈的個性，她勇於追求個人幸福的故事就是五四個性解
放精神的一種典範。

　　然而，與她個人勇敢地追求女性自我解放的經歷相比，她的作
品卻充滿著幽怨嘆息的低語，和她個人的生命實踐形成鮮明的對
照。茅盾在〈廬隱論〉一文中即概括地論述廬隱的創作題材，他指
出在廬隱第一本短篇小說集《海濱故人》中的前七篇作品受到五四
熱潮的影響，即使在文學技巧上並不純熟，卻能在自身之外的社會
中尋找題材；隨著五四運動的落潮，自〈或人的悲哀〉起，廬隱的
作品題材轉向自我情緒的抒發，便不復有創作最初期較為寬闊的社
會眼光。❻三〇年代初期廬隱創作取材自上海「一二八事變」的長
篇小說《火焰》（未完稿），這部作品原本可能將是她文學創作的
重要轉折點，卻由於她的過早辭世而永遠無法獲得進一步的發展。
正如茅盾的觀察，廬隱的小說內容多半取材自個人的遭遇和心緒，
帶有濃厚的自敘傳的性質，然而廬隱創作題材的轉變並不僅僅是五
四落潮的時代因素，更為關鍵的是她自解除婚約、堅持與郭夢良結

---

❻　茅盾：〈廬隱論〉，《茅盾全集》第二十卷（北京：人民文學出版社，1990
　　年），頁 109-117。

婚及其往後一連串個人與命運的搏鬥之後,對於生命產生的悲哀荒涼之感。文學成為她苦悶的象徵,她將個人與殘酷的輿論、黑暗的現實和悲涼的命運衝撞時所感受到的委屈、痛苦、悲哀和孤立無援都化為筆下的文字,使得小說的抒情性遠遠超過敘述性,因此作品多半呈現悲哀淒然的秋風蕭颯之氣。評論家趙園從廬隱傷春悲秋的文字風格、情感狀態到書寫姿態看到她作品中舊文學的痕跡:

> 廬隱於舊文學濡染太深,遣辭造句常覺陳舊。刻意求工,雕琢太甚,更少了自然之致,是典型的「放腳鞋樣」、「改組腳」。但你得承認,這種文句因其一波三折,倒是恰能傳達廬隱式的情緒。五四時期弄筆的知識女性,筆下或多或少都有古典式才女那一種顧影自憐的態度。❼

廬隱的生命與文學正好形成鮮明的對照,彰顯她所處的新舊交替中的時代位置,她的生命實踐在五四新文化運動的鼓舞下充滿了新時代女性的勇氣,然而她作為先行者孤獨痛苦的心緒,更強化她作品中幽怨的古典遺緒。

在她勇敢、前衛、義無反顧的行動和古典、傳統、哀怨淒涼的文字風格之間,她的思想和情感卻陷入了新、舊時代的罅隙中進退兩難,沒有出路。她的悲哀便來自於作為五四時期最早一代「被啓蒙」的覺醒者,她在啓蒙理想和現實間的巨大落差中驚覺啓蒙思想

---

❼ 趙園:〈五四小說家簡論——廬隱·王統照·凌叔華〉,《中國現代小說家論集》(台北:人間出版社,2008 年 10 月),頁 283。

內涵的匱缺，其匱缺對女性來說尤為顯著，使她甚而對「啓蒙」本
身的價值產生了懷疑的態度。盧隱首先在五四「人」的重新發現的
興奮和鼓舞下認識了「人」的價值，也和同時期的許多青年作家一
樣追問著人生的意義和健全人生的方法，然而除了追問之外，現實
生活中盡是磨難和無奈，她們無法在實際的生活中找到解答的可
能。她在相愛的戀人身上看到的是傳統家庭的強大力量對愛情的傷
害（〈一個著作家〉）；從參加請願遊行的學生遭遇衛兵刀槍攻擊的
事件中看到軍閥政府的殘酷（〈兩個小學生〉）；從荷姑追問「靈魂
可以賣嗎？」看到棉紗工廠對工人身心的桎梏和剝削，也反省自己
面對窮人時廉價的人道主義（〈靈魂可以賣嗎〉）。最後，她只能像
KY 和亞俠一樣愁苦著「人生哪裡有究竟！」、「一生所得的代
價，只是愁苦勞碌。」（〈或人的悲哀〉），像「海濱故人」們慨嘆
人生多苦，命運漂泊聚散無定（〈海濱故人〉，《歸雁》），像沙侶和
玲素徬徨於人生何處是歸程（〈何處是歸程〉）。

　　在人生普遍意義、價值和歸宿的追問之外，「愛情」作為五四
反封建及張揚個性解放，具有啓蒙意味的特定話語，在盧隱小說中
也成為非常重要的題材。然而愛情這個主題在不同性別的作家筆
下，卻展現不同的面貌。李歐梵在〈情感的歷程〉一文中藉由對郁
達夫和徐志摩的討論分析五四時期所推動的「情感革命」：

> 　　愛情已經成為新道德的整體象徵，成為被視為外在束縛的傳
> 統禮教的自在的替代品。作為解放的總趨勢，愛情成了自由
> 的別名，在這個意義上說，只有通過愛，只有通過釋放自己

的激情與能量，個人才能真正成為完整的人，自由的人。❽

當男性作家們大聲宣揚他們對愛情的歌頌與渴望時，在廬隱筆下，愛情就如同無解的人生問題一般，不但沒有豐富飽滿而複雜的內涵，反而成為主人公苦惱的根源。首先，愛情作為傳統家庭及婚姻方式的對立面，讓主人公在二者之間搖擺不定、痛苦不堪。她從自身經驗出發，描寫有夫之婦或有婦之夫在已有的媒妁婚姻與愛情之間的兩難（〈或人的悲哀〉、〈海濱故人〉、〈一個情婦的日記〉、《女人的心》、《象牙戒指》），而最終往往是愛情的挫敗與破碎。即使愛情最終得以圓滿，主人公卻又陷入了婚姻生活的消沈和愛情的虛假中，她在〈或人的悲哀〉中提到：「人事是作戲，就是神聖的愛情，也是靠不住的，起初大家十分愛戀的定婚，後來大家又十分憎惡的離起婚來。」❾在〈麗石的日記〉中，結婚三年的雯薇抒發婚後的苦悶：「結婚以前的幾月，是希望的，也是極有生趣的，好像買彩票，希望中彩的心理一樣，而結婚後的幾月，是中彩以後，打算分配這財產用途的時候，只感得勞碌，煩躁，……」❿〈勝利之後〉則如同〈海濱故人〉，通篇描寫啓蒙之後的失落，小說中的幾個女孩經歷了不同的人生道路，曾經擁有活潑瀟灑的性格以及為了愛情和家庭奮鬥的慷慨氣概，在經過瑣碎又機械的家務消磨之下，

---

❽ 李歐梵：〈情感的歷程〉，李歐梵：《現代性的追求──李歐梵文化評論精選集》（台北：麥田出版公司，1996 年 9 月），頁 147。

❾ 廬隱：〈或人的悲哀〉，《廬隱小說全集》（上）（長春：時代文藝出版社，1997 年 3 月），頁 30。

❿ 廬隱：〈麗石的日記〉，《廬隱小說全集》（上），頁 48。

如今只剩下「勝利之後」的頹唐和黯淡⓫。盧隱小說中的愛情夾在
傳統觀念思想和新式家庭生活中試圖左右突圍，卻又單薄無力，使
她從未有餘暇在作品中直視主體在愛情中種種細膩而複雜的情感狀
態，體悟愛情的本質與內容。也因此愛情雖是盧隱小說重要的題
材，但除了與封建傳統力量互相對抗，並在新式婚姻生活中感到失
落外，她筆下的愛情如同「啓蒙」一樣缺乏具體、豐富的內涵，她
對愛情的描寫往往是一對戀人在遠離人群的世外桃源中徜徉，享受
著兩人世界的美好，如〈勝利之後〉沁芝與紹清在春天的蜜月旅
行，或在小屋裡廝守著，或在僻靜的馬路上散步⓬；在〈女人的
心〉中，純士和素璞則在美國紐約幽靜的鄉間度過平靜而幸福的婚
後生活⓭，而不涉及任何具體現實生活的描寫⓮。

⓫ 不僅僅是盧隱如此，擅長描寫「新聞秀」的女作家凌叔華在〈小劉〉中也涉
　及類似的題材。〈小劉〉中的年輕女孩們當年在女學堂上學時頗以自己的青
　春為傲，對於結婚並懷有身孕而來學堂旁聽的少奶奶頗為惡意的嘲弄，然而
　多年以後，當年伶牙俐齒的小劉在十七歲結婚之後，因接連生育而病弱，陷
　溺在兒女成群爭鬧不休的現實生活裡。盧隱的〈勝利之後〉以書信抒情的方
　式娓娓道來女性在婚姻生活中消沈的精神狀態，凌叔華的〈小劉〉則以旁觀
　者敘述的方式客觀地呈現女性生兒育女後忙碌、瑣碎又繁雜的家庭生活。凌
　叔華：〈小劉〉，《凌叔華小說集Ⅰ》（台北：洪範書店，1984 年 11
　月），頁 117-137。

⓬ 盧隱：〈勝利之後〉，《盧隱小說全集》（上），頁 225-226。

⓭ 盧隱：〈女人的心〉，《盧隱小說全集》（下），頁 753-758。

⓮ 盧隱在寫給石評梅的散文〈寄天涯一孤鴻〉中不但直言愛情勝利之後何嘗沒
　有痛苦，更以為「戀感譬如漢漢平林上的輕煙微霧，只是不可捉摸，使戀感下
　蹲於可捉摸的事實，戀感便將與時日而并逝了。」盧隱：《盧隱散文全集》，頁
　364。由此可見盧隱筆下的愛情只停留在情熱忘我的階段，既不落實在現實生
　活中，更不可能追問愛情在與現實碰撞、結合後轉化、昇華的可能辦法。

　　啓蒙（愛情）內涵的匱缺是影響廬隱小說思想內涵及風格最關鍵的因素。在新、舊家庭／時代之間進退兩難的廬隱所能找到的身心安頓之處，除了已經回不去的女兒國烏托邦外，只有死亡。廬隱小說中屢屢提到她所眷戀的青春少女時代，〈海濱故人〉中的女孩們在進入成人的世界後，慨嘆好友的風流雲散，只能苦苦追念當年海濱的聯袂倩影，最後修建了海邊精廬，留給在人生旅途中失意的海濱故人。〈勝利之後〉的沁芝直言：「我近來對於處女時的幽趣十分留戀。」總是懷想學生時代和女伴一同旅行的美好時光。她們甚至興起相伴終身的念頭，麗石作著與沉青共同生活的「未來的快樂夢」❺，露沙則想在海邊修一座精致的房子，和云青、宗瑩、玲玉過著寫作、教孩童讀書的單純生活。❻簡瑛瑛從廬隱這些描述女性情誼的篇章中論述作者在作品中隱藏的同性愛戀與情慾流動，並以海濱故人們理想的幻滅來「反映社會大眾對女性及女同志們的無情壓力與偏見。」❼孟悅、戴錦華則認為這「顯然不是性倒錯意義上的同性戀，而是存在於女兒們心中的理想國，一個剔除了男人與對男人的欲望（性威脅與性焦慮）的女兒國，一個建立在烏有之上的姊妹之邦。」❽此二者皆從女性主義的視角去強調廬隱如何企圖擺

---

❺　廬隱：〈麗石的日記〉，《廬隱小說全集》（上），頁51。

❻　廬隱：〈海濱故人〉，《廬隱小說全集》（上），頁79。

❼　簡瑛瑛：〈何處是（女）兒家？——現代女性文學中的同性情誼與書寫〉，《何處是女兒家——女性主義與中西比較文學／文化研究》（台北：聯合文學出版社，1998年11月），頁25。

❽　孟悅、戴錦華：《浮出歷史地表——中國現代女性文學研究》（台北：時報文化出版公司，1993年9月15日），頁96。

脫父權的控制，從而摸索、重構女性的話語方式（不管結果是否成功），也各有其創見。然而，若從廬隱整體的小說內涵來看，則會發現女兒國烏托邦的建立所要剔除（逃避）的不僅僅是男人，其實是啓蒙之眼所看見的黑暗的現實社會。

　　如此才能解釋為何在廬隱的筆下總是充滿了對遠離塵囂，如同世外桃源般的大自然的美好謳歌。它們既是男女主角談情說愛的場所，也是同窗姊妹分享心事的所在，更是可以寄託終身的地方。在〈寄梅窠舊主人〉、〈靈海潮汐致梅姐〉等散文中，廬隱一再提及「這種清幽的絕境，如果我能終老於此，可以算是人間第一幸福人了」[19]，夢想中的樂園是「求兩椽清潔質樸的茅屋，一庭寂寞的花草，容我於明窗淨几之下，飲釅茶，茹山果，讀秋風落葉之什……」[20]因為在大自然裡「眼不見為淨」，這裡沒有醜陋的成人世界、現實社會，就如同她筆下的女兒國烏托邦一般。

　　因此廬隱筆下女兒國烏托邦的建立正說明了五四啓蒙內涵的匱缺導致廬隱等新式女性知識分子對啓蒙理想產生的幻滅之感。這種幻滅之感使她特別懷念、讚美學生時代的青春美好。廬隱在許多篇章中都抱怨學校課程的單調、無聊，因此並非學校教育讓她們在知識上有所精進、收穫，而是女校生活正處在傳統家庭與畢業後成家立業等種種責任、壓力之間，不但意味著「自由」，也意味著與現實生活某種程度的隔閡，這是娜拉打開家門，讓門在背後「碰」地

---

[19]　廬隱：〈寄梅窠舊主人〉，廬隱：《廬隱散文全集》，頁382。

[20]　廬隱：〈靈海潮汐致梅姐〉，廬隱：《廬隱散文全集》，頁 378。此外，在〈囈語〉、〈寄燕北故人〉等篇章中，廬隱也反覆談及類似的心願。

關上的剎那，也是「啓蒙」的剎那，充滿著興奮激昂的情緒，還來
不及思索、也還不需要煩惱「出走」、「啓蒙」之後所必須付出的
代價和背負的責任，於是女校時期成為短暫但珍貴的黃金歲月，也
成為她筆下女兒國烏托邦的原型，而她書寫和建構女兒國烏托邦便
帶有對青春時期強烈的「挽回」手勢。與她對女兒國烏托邦（過
去）的追戀相互對照的情緒是對悲哀情緒的耽溺（現在）。廬隱在
〈寄燕北故人〉中說道：

> 悲哀才是一種美妙的快感，因為悲哀的纖維，是特別的精
> 細。它無論是觸於怎樣溫柔的玫瑰花朵上，也能明切的感覺
> 到。比起那近於欲的快樂的享受，真是要耐人尋味多了。並
> 且只有悲哀，能與超乎一切的神靈接近。當你用憐憫而傷感
> 的淚眼，去認識神靈的所在，比較你用浮誇的享樂的欲眼
> 時，要高明得多，悲哀誠然是偉大的！㉑

悲哀的情緒不單純是痛苦的根源，甚至形成耐人尋味的快感，這種
對悲哀的耽溺也表現在主人公頹廢縱酒（如《象牙戒指》中的沁珠）的
行為上，更如趙園所論，廬隱的寫作是「因感到悲哀而借一支筆宣
洩」，也「驅遣文字意在追求詩化了的『悲哀』」㉒。然而不論是
對女兒國烏托邦的懷想，或是對悲哀情緒的耽溺，都是啓蒙幻滅後

㉑　廬隱：〈寄燕北故人〉，廬隱：《廬隱散文全集》，頁 351。
㉒　趙園：〈五四小說家簡論——廬隱・王統照・凌叔華〉，《中國現代小說家
　　論集》，頁 284。

缺乏出路的表徵：從耽溺中自憐自傷，也自戀自賞，同時也迴避了
無法解決的啓蒙內涵匱缺的問題。

也正是對啓蒙理想的幻滅感到痛苦和絕望，使她筆下的主人公
一再懷疑，甚至否定啓蒙的價值。「海濱故人」們反覆哀嘆：

> 「若果始終要為父母犧牲，我何必念書進學校。……現在既
> 然進了學校，有了知識，叫我屈伏在這種頑固不化的威勢
> 下，怎麼辦得到！」

> 「十年讀書，得來只是煩惱與悲愁，究竟知識誤我？我誤知
> 識？」

> 「……若果知道越有知識，越與世不相容，我就不當讀書自
> 苦了。」

> 「一天一天覺得自己孤獨，什麼悲愁，什麼無聊，逐件發明
> 了。……豈不是知識誤我嗎？」❷❸

在〈勝利之後〉中，文琪轉述教育界的朋友對女子教育的批評：
「受了高等教育的女子，一旦身入家庭，既不善管理家庭瑣事，又
無力兼顧社會事業，這班人簡直是高等遊民。」❷❹沁芝也對自己的
教育工作感到空虛和沮喪，因而自暴自棄地否定女性參與社會工作

---

❷❸ 盧隱：〈海濱故人〉，《盧隱小說全集》（上），頁 75-78。
❷❹ 盧隱：〈勝利之後〉，《盧隱小說全集》（上），頁 230。

的價值：

> 我覺得女子與其和男子們爭這碗不乾淨的教育飯吃，還不如
> 安安靜靜在家裡，把家庭的事務料理清楚，因此受些男子供
> 給的報酬，倒是無愧於良心的呢！㉕

面對著前途無路的窘迫，這群出走的娜拉猶如魯迅筆下的鐵屋子中
最先被喚醒的清醒者，對於被啓蒙的幸與不幸感到徬徨猶疑㉖。然
而啓蒙之眼已被鑿開，眼前茫茫無路，卻也再回不到過去了。盧隱
的作品呈現一派悲哀蕭瑟之感，正說明她的困境，除了懷想當年的
女兒國烏托邦聊以自慰，現實中沒有任何一個讓她們滿意的地方可
供駐足。這也是這一代被啓蒙者與他們的啓蒙者魯迅的差異，魯迅
深知鐵屋子的黑暗，即使面對著空虛的暗夜，也堅決以身肉搏，戰
鬥到底。㉗而盧隱在啓蒙內涵匱缺的悲哀和絕望下，在現實與過去
之間進退失據。

　　於是，在盧隱筆下出現大量的「疾病」隱喻，也與她的文學前
輩魯迅有完全不同的意涵。蘇珊・桑塔格在其名著《疾病的隱喻》

㉕　盧隱：〈勝利之後〉，《盧隱小說全集》（上），頁232。
㉖　魯迅在〈《吶喊》自序〉中提到他曾對前來向他邀稿的錢玄同提出著名的
　　「鐵屋子」的比喻，當時情緒消沈的他以為「現在你大嚷起來，驚起了較為
　　清醒的幾個人，使這不幸的少數者來受無可挽救的臨終的苦楚，你倒以為對
　　得起他們麼？」《魯迅全集》第一卷（北京：人民文學出版社，1981年），
　　頁419。
㉗　魯迅：〈希望〉，收於《野草》，《魯迅全集》第二卷（北京：人民文學出
　　版社，1981年），頁177-178。

中分析疾病被當作隱喻的修辭手法所包含的社會性、政治性與國家
意涵，及因疾病而產生的種種偏見與懲罰，包括肺結核逐漸被美化
為具有貴族性與羅曼蒂克的藝術氣息的疾病，患者發熱潮紅的病徵
被視為是具有毀滅性的激情，而其蒼白瘦弱的病體又是柔美的象
徵，罹患肺結核而到郊區旅行休養則帶有自我放逐的意味，是一種
個性化的疾病；而梅毒、癌症及其後發現的愛滋病則被視為是具有
侵略性、破壞性、完全無法美化的恐怖疾病，癌症毫無節制的、失
控的細胞突變與增生，梅毒與愛滋病的「污染」性，被認為是健康
健全的社會所必須全力防堵、切除、隔絕的邪惡勢力。大型的流行
病（如鼠疫）則被視為是上天對群體的懲罰。蘇珊・桑塔格此書著
力於闡明並擺脫疾病所被賦予的種種偏見和隱喻，意在警示人們正
視疾病本身，並祛除附加在患者身心上的種種懲罰。㉘

　　然而在中國現代文學中卻正好相反，小說家正是透過書寫疾病
賦予其對文化改造的思考。在中國現代小說家中，到日本學醫的魯
迅很早就以疾病的觀點來思考並敘述中國社會問題。從日本時期的
學醫、棄醫從文，到成為文化戰士，魯迅的關注點從中國人孱弱的
病體轉移到精神的空洞性，在魯迅筆下，「疾病」與國民性思考結
合在一起，具有一體兩面性，它一方面意味著國民性的麻木無覺、
殘忍冷漠，一方面又意味著一種清醒的眼光和精神。在他著名的小
說〈藥〉中，革命烈士夏瑜意欲以生命的犧牲作為喚醒群眾精神的
「藥」，然而他的鮮血到了群眾手中，卻成為象徵愚昧和殘忍的

㉘　蘇珊・桑塔格：《疾病的隱喻》（上海：上海譯文出版社，2003 年 12
　　月）。

「人血饅頭」。生病的不僅僅是華小栓，不僅僅是他無知而貧窮的父母，那些在清晨趕早去看殺頭的「看客」，以及圍繞著「人血饅頭」開展出來的那場群眾的茶館議論，都顯示中國國民性中的麻木病徵。但在〈狂人日記〉中，罹患精神疾病的狂人卻是吃人禮教下唯一一個具有自省能力的清醒的人。

盧隱筆下的「疾病」繼承魯迅，也是富有精神性的意涵，然而其病體卻不是外在的群眾，而是知識分子自身，其病症常是失眠、做惡夢、頭疼、咳血、心臟病、寒熱交錯、精神衰弱、全身無力等，而根源便在於啓蒙內涵的匱缺與啓蒙理想和現實之間的落差所造成的挫敗感和無力感，以及隨之而來的抑鬱和消沈。❷⁹但是不像魯迅對疾病以堅決正視的眼光來進行深刻的描寫和思考，盧隱的疾病是一種「逃避」的姿態。如同前述盧隱對悲哀情緒的耽溺，「疾病」也不純粹是痛苦的，麗石在養病中便體會到難得的「靜」的境地：

> 我每回想到健全時的勞碌和壓迫，我不免要懇求上帝，使我永遠在病中，永遠和靜的主宰——幽秘之神——相接近。❸⁰

盧隱筆下的疾病與悲哀的情緒相糾結，悲哀成為病根，疾病也加重

---

❷⁹ 除去《象牙戒指》紀錄好友石評梅的愛情故事，因此小說中的沁珠也如同石評梅一樣死於腦膜炎，其他作品中主人公的疾病往往是因精神抑鬱苦悶所造成的。例如她在〈麗石的日記〉中便提到麗石是死於心臟病而非身病。盧隱：〈麗石的日記〉，《盧隱小說全集》（上），頁45。

❸⁰ 盧隱：〈麗石的日記〉，《盧隱小說全集》（上），頁48。

了人生悲哀之感。同時，臥病能暫時逃避人生所必須面對的痛苦困境，到寧靜的遠方「養病」更是「與世隔絕」最正當的理由。

從對大自然的美好謳歌、對女兒國烏托邦的追戀嚮往到悲哀情緒的耽溺與疾病的書寫，盧隱寫出了作為五四時期第一代覺醒的新式女性知識分子的精神狀態：在新、舊時代的交接點上，啓蒙同時給予她們希望與絕望、出路與困境，在面對現實的絕望與困境之前，她們一面寄望無法實現的烏托邦，一面掙扎在悲哀與疾病的痛苦之間，然而對悲哀與疾病的耽溺也讓她從真正的啓蒙困境問題前輕輕滑過。

三、馮沅君：在愛情與親情之間尋求和諧

馮沅君（1900-1974）是盧隱在北京女子高等師範學校的同學，由於出身書香世家❸，加上馮友蘭、馮景蘭兩位兄長作為啓蒙的榜樣，馮沅君從少女時代就立志要像兄長一樣讀書自立。自女高師畢業後，馮沅君成為中國第一位考入北京大學國學研究所的女性研究生，從此走上學術研究的道路，成為中國古典文學學者。

馮沅君的新文學創作不多，且創作時間短暫地集中在 1922 至 1928 年間，共出版了短篇小說集《卷葹》、《劫灰》，以及書信體小說《春痕》等三部作品。魯迅在〈《中國新文學大系》小說二

---

❸ 馮沅君的父親馮台異是清光緒戊戌（1898）年間的進士，大哥馮友蘭、二哥馮景蘭先後考入北大，出國留學，並成為中國著名的哲學家和地質學家。馮沅君的家世背景與成長經歷，可參見許志杰：《陸侃如與馮沅君》（濟南：山東畫報出版社，2006 年 5 月），頁 1-25。

集導言〉中認為馮沅君的小說「實在是五四運動直後,將毅然和傳統戰鬥,而又怕敢毅然和傳統戰鬥,遂不得不復活其『纏綿悱惻之情』的青年們的真實的寫照」❷,完整而精準地概括馮沅君的小說主題及風格。馮沅君最具有代表性的小說是以青年男女的戀愛為題材,她也是最早開始描寫知識女性戀愛時的心理狀態的女作家。她最引人注目的作品集中描寫經過五四思潮洗禮的新女性面對愛情時,從矜持含羞到大膽熱烈、纏綿真摯的感情,以及他們在傳統封建思想與「個人解放」觀念的夾擊下,在勇進與退縮之間擺盪,既複雜又矛盾的心理狀態。在〈隔絕〉、〈旅行〉等篇章中,馮沅君細膩地描寫愛情初萌時緊張羞澀的心情、肉體相親時所引起的欲望與悸動,即使她筆下的男女主角最終仍是發乎情,止乎禮❸,但她終於直視男女青年在愛情萌發時的種種情緒。然而隨著雙方情感的確立和發展,「愛情」的意義開始不再純粹,而附加了時代的價值、思想和色彩。「愛情」作為五四時期反封建的一種標誌性行為,使主人公在追求和擁有愛情時比其他時期顯得格外勇敢、驕傲和堅決。如同孟悅、戴錦華所言:

　　馮沅君給我們講的與其說是一個男人和一個女人的戀愛故

---

❷　魯迅:〈《中國新文學大系》小說二集導言〉,魯迅編選:《中國新文學大系(小說二集)(影印本)》(上海:上海文藝出版社,2003 年 7 月),頁7。

❸　幾乎所有的評論者都無一例外地注意到馮沅君在〈旅行〉中描寫到男、女主角在旅途夜晚同房共眠的那個經典場景。馮沅君:〈旅行〉,《馮沅君小說——春痕》(上海:上海古籍出版社,1997 年 10 月),頁 20。

事，毋寧說是男女二人以戀愛方式共同構起一座反封建叛逆
營壘的故事。至少，這一戰鬥故事比戀愛故事更直觀生動。❸

在〈隔絕〉及其補述〈隔絕之後〉中，主人公不願與封建家庭及媒
妁婚姻妥協，不惜以生命來護衛「神聖」的愛情，愛情此時成為理
想的代名詞，足以讓人以身殉「道」。同時，愛情讓他們在世俗醜
惡的目光中顯得與眾不同：

> 可是我們又自己覺得很驕傲的，我們不客氣的以全車中最尊
> 貴的人自命。他們那些人不盡是舉止粗野，毫不文雅，其中
> 也有很闊氣的，而他們所以僕僕風塵的目的是要完成名利的
> 使命，我們的目的卻要完成愛的使命。❸

這種面對愛情時堅定又驕傲的心情，讓人聯想到魯迅〈傷逝〉中初
戀時的子君：「我是我自己的，他們誰也沒有干涉我的權利！」當
涓生送子君離開小屋時，面對鄰居窺伺的眼光，子君「目不邪視地
驕傲地走了」❸。這種心情包含著啓蒙之後面對預想的美好前景的
興奮感、對自己能勇敢追求理想（愛情）的驕傲感，當然也包含愛
情本身的幸福感。
　　與愛情對立的封建家長形象在馮沅君筆下也有其特色。五四時

---

❸　孟悅、戴錦華：《浮出歷史地表──中國現代女性文學研究》，頁105-106。
❸　馮沅君：〈旅行〉，《馮沅君小說──春痕》，頁19。
❸　魯迅：〈傷逝〉，收於《彷徨》，《魯迅全集》第二卷，頁112。

期反封建作品中（包括前述的盧隱）的家長形象多以「父親」為主（或同時以「父母」來表現），但到了馮沅君筆下，「慈母」代替「嚴父」成為媒妁婚姻的決定者和執行者，慈母同時又是嚴父，使得她筆下的女主人公對母親產生既對抗又眷戀的複雜情緒。孟悅、戴錦華從心理分析的角度說明馮沅君筆下的女性「搖擺於弒父階段（伊底帕斯階段）與前弒父階段（前伊底帕斯階段）之間」**❸**，因此她一方面反抗代表父權的封建觀念，一方面又切不斷母女紐帶，對母親懷有強大的依賴。這是從理論的角度去架構、詮釋馮沅君的小說。然而回歸到最根本的起源，產生這種改變最直接的原因應該仍是馮沅君個人的經驗。馮父早逝，母親成為馮家的大家長，馮沅君在女高師讀書時曾因逃避故鄉的婚約而藉故不歸，又因自由戀愛而長期為慈母和情人如何抉擇感到痛苦，最終在北京大學讀研究所時，在母親的交涉下解除婚約。**❸**在追求愛情自由、婚姻自主的過程中，馮沅君所面對的阻力是母親，因此在馮沅君筆下，父親是缺席的，母親既是封建傳統思想的執行者，又是疼愛孩子的慈母。由於母親形象的複雜性，使得馮沅君筆下的女主人公既同時歌頌情人之愛與慈母之愛，以為這兩種愛是同樣絕對而神聖的，又為情人之愛與慈母之愛的矛盾而感到難以取捨。在〈隔絕〉、〈隔絕之後〉、〈旅行〉等篇章中，馮沅君歌頌愛情的聖潔美好，與封建思想勢不兩立；在〈慈母〉、〈寫於母親走後〉等篇章中，又寫出女兒對母親深深的孺慕之情；在〈誤點〉中，慈母的愛與情人的愛構成相互衝突的悲

---

❸ 孟悅、戴錦華：《浮出歷史地表——中國現代女性文學研究》，頁 115。

❸ 嚴蓉仙：《馮沅君傳》（北京：人民文學出版社，2008 年 8 月），頁 11-64。

劇，使主人公感嘆：「最幸福的人，是各面的愛都諧和一致。」
❸；她們有時因自己的滯京不歸而責備自己是「為了兩性的愛，忘
記了母女的愛的放蕩青年」❹，有時堅決地表示：「我寧作禮教的
叛徒，我不作良心的叛徒！」❹；在《春痕》裡，媛則向璧直言：
「世間最能體貼我們的人，母親，情人！」「我們彼此相愛，我們
又要彼此愛我們的老人。」❷孟悅、戴錦華以為：

> 通過情人的愛，她成為父權和禮教的叛逆，但又通過母親的
> 愛來迴避從女兒成長為成人的恐懼，迴避那個關於我是誰，
> 從哪裡來，到哪裡去的，關於一個未知、孤獨的性別的諸多
> 問題。❸

此說論述女性主體建立之艱難性，然而，如果從女性主體感覺的角
度看待馮沅君的小說，其作品不也說明啓蒙的複雜性和艱難性。作
為五四時期一套看似對立的價值取向：子女與父母、個人與家庭、
自由戀愛與媒妁婚姻、現代與傳統等等，其實二者之間的實際關係
遠非觀念中的簡單二分，反而有著千絲萬縷的糾纏。建立主體價值
並不意味著必得「弒父」，追求個體的獨立自主也並不意味著非得
拋棄家庭親情，當時許多知識分子往往兼具著新、舊兩種思想和行

---

❸　馮沅君：〈誤點〉，《馮沅君小說——春痕》，頁37。
❹　馮沅君：〈慈母〉，《馮沅君小說——春痕》，頁28。
❹　馮沅君：〈誤點〉，《馮沅君小說——春痕》，頁37。
❷　馮沅君：《春痕》，《馮沅君小說——春痕》，頁163。
❸　孟悅、戴錦華：《浮出歷史地表——中國現代女性文學研究》，頁117。

為。馮沅君筆下的母親時而是殘酷的大家長，可以為了媒妁婚姻將女兒幽禁在小屋裡，時而又是勞苦而悲憫的慈母，就如同傳統封建觀念既是啓蒙思想必須反抗、破除、改造的對象，卻又曾經是孕育自我的搖籃。以柔弱的「慈母」取代專制的「嚴父」，一方面複雜了「傳統」的內涵，說明傳統並非全然是負面價值，另一方面也將封建思想觀念及其僵化體制與天倫親情區分開來，殘酷的是吃人禮教，親情卻是自然人性的表露。

除了《卷葹》、《劫灰》兩本短篇小說集觸及對愛情的描寫，以及年青的主人公與封建力量反抗的決心，馮沅君在 1928 年還出版了書信體小說集《春痕》，這本小說則可以說是記錄馮沅君與陸侃如相識相戀過程的情書集。此書對愛情的描寫不再如五四時期的勇敢熱烈，因此錢杏邨批評女主人公是「多愁多病的黛玉型」：

> 當年的勇敢的精神，已經是因種種磨練而被摧殘殆盡了。在這裡所留下的，只是一個憂鬱，沉著，飽經世變，不肯以真面目向人的女性。**⑭**

從《卷葹》到《春痕》，可以看到五四時期青春昂揚的吶喊到五四退潮後帶著消沈情緒的潛伏狀態之間的轉變，然而這部書信集也較直接地描寫戀愛中的女性曲折婉轉又細膩真切的情思，仍然有其文獻價值。更重要的是，在女主人公的性格或思想侷限中，我們又看

---

⑭ 錢杏邨：〈關於沅君創作的考察〉，黃人影（阿英）編：《當代中國女作家論》，頁 126。

到新、舊時代交接處的特殊性，也是傳統與現代並非決然二分的複
雜性：她們既有五四兒女勇敢追求幸福的精神，又有古典才女幽怨
傷愁的情思。

從盧隱到馮沅君，既可以看到兩位作家各自的特色，又可以看
到五四女性作家在啓蒙之後的艱難跋涉。與盧隱相比，馮沅君的人
生旅途相對順遂，因此相較於盧隱作品中的悲哀消沈，馮沅君面對
人生時表現得更為堅定自信；盧隱的作品充滿傳統文人式的傷春悲
秋，富有濃厚的情緒色彩，馮沅君的作品則更具有現代學者式的理
智和節制。

同時，在作品思想與風格上，馮沅君也比盧隱更具有現代意
義，這最直接表現在對於「愛情」的表述上：盧隱並不直接描述愛
情，以及女性在面對愛情時的情緒和感受，馮沅君則更敢於直視新
式知識女性在初次面對愛情時的喜悅和羞怯，以及她面對家庭（傳
統）與愛情（現代）之間的衝突矛盾時的兩難。即使她筆下的愛情體
驗遠不及丁玲深刻複雜，但終究是一個初步的嘗試。從一個鮮明的
例子可以看到盧隱與馮沅君的差異。兩位作家在敘述「愛情」時都
利用了「旅行」作為隱喻。「旅行」（包括「幽會」）既是增進兩人
情感交流、營造兩人愛情世界的機緣，更意味著對現實生活和社會
規範的逸出（或躲避），現實是充斥著封建思想的黑暗牢籠，愛情
的旅行則讓青年男女的感情暫時從牢籠中拔昇出來。然而在對旅行
的描寫中，盧隱完全著重在對美好的自然環境的讚美，以及人在其
中擺脫塵囂俗慮、心曠神怡的愉悅。馮沅君則有更強的現實感，更
敏銳地體察自己與情人，「我們」與他者之間的細微感覺。在〈隔
絕〉中，男、女主人公在公園約會時努力尋找「人們的眼光注射不

到的地方」，在綠樹叢裡、蘆花深處偷偷地擁抱、親吻，在小舟上緊緊依偎，寫出熱戀之時靈魂與身體的戰慄與迷亂❹；而在〈旅行〉中，情人之間則結成聯合陣營，共同抵禦他人注意的眼光。在馮沅君筆下，即使在「旅行」中，依然存在著人與人之間因愛情，或因反抗世俗所造成的情緒張力。

　　然而，在描寫愛情時，馮沅君和盧隱也有著共同的侷限，即在於愛情永遠不涉及性與欲望。盧隱在〈海濱故人〉等篇章中提及愛情中的精神生活，「形跡的關係有無，都不成問題」❻馮沅君則一再強調純潔的愛情是靈魂最高的表現，夜夜同衾共枕，擁抱睡眠卻沒有更進一步的性愛。這種只有「情」而無「性」的愛情書寫自有其時代的保守性和侷限性。❼李歐梵在〈情感的歷程〉中論述五四時期的郁達夫、徐志摩在情感表現上的突破在於書寫狂熱躁動，混雜著愛與性、精神與肉體的愛情：

　　　　柏拉圖被拋到一邊，而他的「精神戀愛」的觀點，即男女之
　　　　間的愛情不應付諸行動或摻雜性的的欲望的觀點，則被抽掉
　　　　了哲學意蘊，成為五四時期一個十分陳腐的觀念。❽

---

❹　馮沅君：〈隔絕〉，《馮沅君小說——春痕》，頁5-8。

❻　盧隱：〈海濱故人〉，《盧隱小說全集》（上），頁90。

❼　孟悅、戴錦華指出，高揚精神之愛貶低肉體之愛說明戀愛自由的觀念本身充滿男性中心的氣息，它迴避了女性的性愛與願望。《浮出歷史地表——中國現代女性文學研究》，頁112。

❽　李歐梵：〈情感的歷程〉，李歐梵：《現代性的追求——李歐梵文化評論精選集》，頁148。

與男性筆下拋棄「精神戀愛」的愛情截然不同，同時期的女作家只
寫「精神戀愛」，然而她們只寫精神戀愛的原因卻不在於追問愛情
形而上的哲學意涵，而在於受傳統道德的約束和壓抑，她們必須在
成功地尋求愛情的解放之後，才可能進一步尋求性與欲望的解放，
由此也再次呈現女性個性解放的艱難之處。

　　此外，她們不涉及性與欲望的愛情描寫也與兩位作家看待愛情
的態度有關。在盧隱的小說語境中，她無法解決啓蒙（包括愛情）內
涵匱缺的困境，只能希冀世外桃源般，與現實隔絕的人生願望；同
樣的，愛情若不再僅止於精神生活，而落實到具體的欲望，那麼勢
必與婚後那種庸碌而瑣碎的生活糾結在一起，成為人生又一個難解
的課題。當她迴避現實生活中的一切問題時，自然也把性與欲望同
時迴避掉了。而在馮沅君的小說語境中，愛情等同於「理想」、
「信仰」，只有迴避性愛，才能迴避欲望可能失控的危險性，也才
能維持愛情的神聖地位。更重要的是，在馮沅君筆下的愛情，幾乎
全是發展中的愛情，而沒有發展停滯後的愛情。為了「愛情」的神
聖性，她迴避了愛情停滯之後的困境，於是潛意識地想減緩愛情升
溫、進展的速度，想拉長愛情生長的時間，不讓它發展到停滯的狀
態。也許就是這個原因，馮沅君在《春痕》中讓人最印象深刻的就
是情感的節制，不斷克制情人興奮熱烈的情緒，強調淡而持久的友
誼，含蓄、收斂、慢慢發展的愛情，因此帶有古典閨秀面對愛情時
的矜持。例如：

愛情的給予不宜太隨便了（至少說女子不宜如此），太隨便不獨

> 顯得人性格之草率，而且意味便不深厚濃密。❹

> 戀愛在人生中固然重要，但我不願墜為之顛倒至此。愛之成就決非一日之力，我們的壽命長著呢，留些糖果兒慢慢吃。❺

　　除了不涉及欲望的愛情描寫之外，在人物塑造上也可以看到馮沅君的侷限，這可以從兩個方面來觀察。一方面，她筆下的理想女性形象完全符合傳統的審美眼光，如〈我已在愛神前犯罪了〉中的主人公愛上他的學生，其形象是未施脂粉、裝扮素雅，不但灑脫透逸，同時具備靈心慧性；〈潛悼〉中的主人公愛上他的嫂嫂，其形象是端莊流麗、清雅絕俗，她筆下的女性典範是中國古典閨秀式的女子。另一方面，從她筆下的母親形象可以發現，她永遠將母親放在人倫的位置中來描寫，而從來不曾察覺母親也是一個女人。盧隱、馮沅君在愛情書寫上的侷限，以及馮沅君在女性人物形象塑造上的侷限，都將由丁玲來突破。

四、丁玲：對「五四」情感書寫的繼承與超越

　　丁玲在二〇年代末期以「出走以後的娜拉」之姿崛起於文壇，她筆下的女主人公所面對的不再是封建家庭、媒妁婚姻與個人、愛情之間的抉擇，而是娜拉在徹底關上家門，毫無退路之後，面對茫

---

❹　馮沅君：《春痕》，《馮沅君小說——春痕》，頁147。
❺　馮沅君：《春痕》，《馮沅君小說——春痕》，頁154。

茫前景將如何走下去的問題。由於她的孤立無援，她只能與現實社
會進行肉搏戰，因此在她的情感書寫中，特別能清晰地感受到她所
承受的身心壓力與疼痛之感，她對自我的身心感覺以及外在的社會
現實，都有更具體、深刻的體察和描寫。

　　〈莎菲女士的日記〉可算是丁玲早期作品中最著名也最出色的
代表作。「莎菲」這個名字也如五四時期的「娜拉」一樣，成為中
國現代文學史上具有特殊內涵和意義的代名詞。這篇小說的主題看
似圍繞在莎菲的戀愛經歷上，實則丁玲想要透過莎菲呈現五四退潮
之後，新式女性知識分子的人生困境和社會處境，以及她們面對愛
情、欲望與追尋人生意義和目標時種種複雜曲折的困惑和矛盾。同
樣面對啟蒙內涵匱缺的苦惱，廬隱筆下的女主人公為此感到頹唐消
沈，甚至懷疑啟蒙的價值，瞻前顧後，進退維谷；丁玲筆下的女主
人公也感到苦悶徬徨，卻毅然決定孤獨地走下去，決不回顧背後的
家門。❺¹兩者態度的差異決定了兩人情感書寫的風格差異：廬隱悲
哀蕭瑟，而丁玲的頑強倔強，丁玲即使在絕望中也猶作困獸之鬥。

　　〈莎菲女士的日記〉最核心也最精彩的部分在於描寫莎菲面對
「愛情」時複雜的心情❺²，丁玲大膽、坦白又細膩地寫出女性在面

---

❺¹　〈莎菲女士的日記〉結尾寫道莎菲自憐地決定在無人認識的地方「悄悄的活
　　下來，悄悄的死去」，而不是依附任何可能的依靠。丁玲：《丁玲全集》第
　　三卷（石家莊：河北人民出版社，2001 年 12 月），頁 78。

❺²　藍棣之認為〈莎菲女士的日記〉小說的核心，「是在抒訴女主角內心深處靈
　　與肉的衝突，情欲與思想的衝突，以及最後靈怎樣戰勝肉，尊嚴怎樣戰勝欲
　　望，真實怎樣戰勝虛假。」藍棣之：〈丁玲：《莎菲女士的日記》、《我在
　　霞村的時候》〉，藍棣之：《現代文學經典：症候式分析》（北京：清華大
　　學出版社，1998 年 8 月），頁 117。

對異性和感情時非常複雜隱微又矛盾的心情。圍繞在莎菲身邊的男性有葦弟和凌吉士，葦弟對莎菲很好，但凌吉士才是真正吸引莎菲的異性。莎菲周旋在兩位男性間，精神與肉體、理智與情欲產生種種衝突和拉扯，有時期待安穩，有時又渴望刺激，使她的態度忽冷忽熱，表裡不一。例如在小說一開頭，十月二十四日後半段的日記中描寫葦弟前來探訪病中的莎菲，葦弟的拜訪讓莎菲無聊苦悶的生活獲得紓解，莎菲明明是很高興的，但是她卻不願意自然地流露高興的心情，而要以冷冷地、好像不在乎的樣子來對待葦弟。她的內心希望葦弟留下來陪她，如果葦弟離開，她會恨葦弟竟然不懂得她寂寞的心，可是如果葦弟如她所願地留下來，她又覺得葦弟太順從了，太好支使了，與他談戀愛太沒有刺激感和挑戰性了。葦弟並不是莎菲真正喜歡的人，但是她還是期待葦弟能對她好，當葦弟真的對她好時，她又覺得葦弟只會愛她，而不能真正地了解她。後來因好友雲霖的關係而認識了新加坡華僑凌吉士，凌吉士美好的外貌使莎菲心動，在一月四日的日記中，莎菲坦率地直言她急著搬家，就是為了製造和凌吉士見面的機會。在之後的日記中可以看出，她為了吸引凌吉士的注意，欲擒故縱。在戀愛中，莎菲是有心機的，是虛榮的，也是任性的。隨後她發現凌吉士並不如他的外貌那麼美好，他不但靈魂庸俗，還是個會去韓家潭玩樂的花花公子，但莎菲的情感抗拒不了凌吉士的外貌，她的理智無法說服她的情感，讓她離開凌吉士。三月二十七日晚的日記，她描寫苦苦等待凌吉士來看她時難熬的心情，生動地寫出每個戀愛中的人都曾體會過的感受。最後，三月二十八日凌晨三時的日記，她詳細地紀錄面對靈魂和肉體的抉擇，她的理智和情感如何激烈地搏鬥著，但她終究無法抗拒

凌吉士的吸引，想要得到他的吻。然而當凌吉士真的吻了她後，她
的理智又忽然清醒，她深深痛悔，痛悔自己的墮落。小說中這種種
心情的描寫，都細膩地表現出女性在面對感情時幽微而複雜，甚至
是善變的真實心理。

　　在丁玲筆下的愛情中，男、女主人公之間始終存在著相互吸
引、較勁的緊張關係，同樣的緊張關係也反映在女主人公面對愛情
的吸引時內心冷靜與熱情的拉扯。如〈一個女人和一個男人〉描寫
有夫之婦薇底在愛情遊戲中虛擲生命的情熱，她大膽地勾引頹廢浪
蕩的詩人鷗外鷗，想要得到詩人對她的崇拜。而男主人公鷗外鷗則
以嫖妓、墮落的方式報復失意的人生。小說最精彩之處在於描寫女
主人公想要征服男人時的挑戰欲望和虛榮感，勾引之後又後悔的複
雜心情，以及她和情人在夜晚偷偷幽會時各懷鬼胎的心思。〈他走
後〉則描寫女主人公麗娴在情人冬秀走後，回想自己周旋在幾個男
人之間的複雜情緒，她無法克制異性對她的吸引和誘惑，渴望大膽
放肆的戀愛，但在冷靜反省自己的情感時，又為自己的貪婪和殘酷
感到深深懊悔。

　　在對於愛情的描寫方面，丁玲的這些作品雖然寫在二〇年代末
期這個革命浪潮淹沒個性解放之聲的年代，但小說的基本精神卻是
繼承五四的。「愛情」這個詞語在五四時期與在二〇年代末期以
後、革命思想盛行的年代具有不同的意涵。在五四時期，「愛情」
和自由、個性解放、反封建等概念結合成一組具有互文意義的詞
語，丁玲早期的小說承繼五四精神，以愛情來象徵個性解放的精
神，但更深刻地思考其中的問題。以五四時期專注於描寫愛情的馮
沅君和丁玲相互比較，可以發現在這個議題上，丁玲對五四前輩女

作家基本上有三個方面的超越。首先，對馮沅君來說，張揚愛情的崇高是她筆下的女主人公反叛封建觀念的策略，愛情是她反抗傳統所依恃的精神堡壘。她看似描寫愛情，實則在寫反叛傳統的故事。而對丁玲來說，描寫愛情是深刻地認識自我的方式，同時也展現個性解放的姿態。其次，在馮沅君筆下，女主人公和愛人是同盟戰友，馮沅君只描寫戀愛發展時的緊張羞澀和幸福快樂，從來不描寫在戀愛發展過程中及停滯之後，女主人公和愛人之間可能的矛盾或衝突。丁玲則進一步追問馮沅君逃避或無暇處理的問題，她更強調在愛情中認識性別之間種種的差異，透過愛情的苦惱更深刻地分析自己、認識自己，更徹底地追求個人獨立自主的精神。在反叛傳統的道路上，馮沅君筆下的女主人公有她的愛人作為戰友，但在愛情的過程中，丁玲認為女人只有自己，而沒有任何依靠。馮沅君只注意到愛情中的自己，丁玲卻是在和男人的搏鬥中更清楚地看到自己。第三，馮沅君始終強調純潔、神聖，與欲望無涉的愛情，丁玲則毫不迴避在愛情中對異性肉體的、官能性的欲求❺❸，進一步大膽而坦率地挖掘女性內心真實的種種「欲望」，包括對性、對肉體的欲望、想要操控征服種種感情的欲望、追求生命意義的欲望、對自我成就和自我定位的欲望，以及欲望像個深淵，無論如何也無法獲

---

❺❸　〔日〕中島碧在〈丁玲論〉一文中則直言：「敢於如此大膽地從女主人公的立場尋求愛與性的意義，在中國近代文學史上丁玲是第一人。」袁良駿編：《丁玲研究資料》（天津：天津人民出版社，1982 年 3 月），頁 529。史書美也以為〈莎菲女士的日記〉是一個重要的里程碑：「這是中國現代史上第一次以女性的角度陳述女性為性的主體，而不是性的客體的小說。」史書美：〈中國現代文學中的女性自白小說〉，《當代》第 95 期（1994 年 3 月 1 日），頁 123。

得滿足的失落感等問題。❺從這三個方面來看，丁玲的個人主義是
比五四女作家更為極端，也更為深刻的，她把每一個人（特別是自
己）當作一個完全獨立的個人來分析，而且最關注內心精神的真實
感受。她雖然透過女主人公的人際關係來呈現人物的困境，但問題
本身往往不在外部，而在女主人公自身。

　　丁玲藉由莎菲們的故事抒發個人追尋生命意義和出口的心路歷
程，使得丁玲早期的小說風格近似於五四時期的郁達夫。她的虛無
頹廢如郁達夫，困頓挫敗如郁達夫，但她面對個人問題時的坦率直
視、毫不躲避也如郁達夫。從丁玲對郁達夫的繼承又可以發現女性
解放的艱難之處：五四時期的女作家包括冰心、盧隱、馮沅君、凌
叔華等人對女性自身內在心靈與欲望的挖掘都無法達到男性作家如
郁達夫的坦率和深度，而這個工作，直到二〇年代末才由丁玲完
成。更重要的差別是，在郁達夫著名的〈沉淪〉中描寫個人被欲望
所誘惑，因縱欲而墮落感到懺悔的心情，其中充滿了個人對欲望的
抵抗姿態；但在丁玲〈莎菲女士的日記〉中，莎菲卻因社會的眼光

---

❺　在丁玲之前，文化界並非沒有對女性欲望的討論。1918 年周作人在《新青
　　年》上發表日本與謝野晶子的〈貞操論〉譯文之後，文化界從對貞操、婚姻
　　制度的反思，延展到對女性情愛、欲望與女性特質等問題的討論。但參與討
　　論者多為男性，並將女性欲望與「強種強國」等國家民族論述結合起來。相
　　關討論可參見彭小妍：〈五四的「新性道德」：女性情慾論述與建構民族國家〉
　　一文中，對章錫琛主編的《新女性》與「性學博士」張競生主編的《新文化》重
　　要論點的討論。彭小妍：《海上說情慾：從張資平到劉吶鷗》（台北：中央
　　研究院中國文哲研究所，2001 年 1 月），頁 1-25。相較於五四以來有關女性
　　情欲的討論，丁玲的獨特之處在於純粹而坦率地直視女性自我內在的種種欲
　　望，並反省、思考精神與肉體、理智與情感之間複雜的矛盾和糾結。

而被迫壓抑個人的欲望，如在一月一日的日記中，莎菲初識凌吉士，被他的美貌所吸引，想要親吻他的唇，然而她的理智立刻提醒她：「我知道在這個社會裡面是不准許任我去取得我所要的來滿足我的衝動，我的欲望，無論這于人並沒有損害的事，我只得忍耐著，……」❺，莎菲以為欲望本是「于人並沒有損害」，她是因社會的眼光而壓抑它，這壓抑並非出於個人的自由選擇。又如在一月四日的日記中，當她夜晚反省自己白天親近凌吉士的瘋狂舉動後深深懊悔，「我懊悔，懊悔我白天所做的一些不是，一個正經女人所做不出來的。」❺這「正經女人」的標準仍是社會規範。郁達夫筆下的男性是以自我省視的態度懺悔個人縱欲的行為，丁玲筆下的女性卻在社會的道德標準下扼殺了自己的欲望，由此更可看出女性啓蒙與個性解放的艱難。

也由於上述丁玲對五四女作家幾個方面的超越，使得丁玲筆下的女性形象有了嶄新的面貌。如前所述，馮沅君筆下的理想女性不論在外在與內在皆維持傳統的審美眼光，儘管她們在面對愛情時表現得熱烈而真摯，但她們的行為模式不但受到傳統思維的規範，同時又被強大的理智所節制和壓抑。丁玲筆下的女性則自三○年代初期便被賦予時髦的稱呼——「Modern Girl」❺，這些女性在較大的程度上褪去了封建觀念的束縛和影響，成為一個更為獨立自主的個人，在她們大膽坦率的行事作風和敢愛敢恨的鮮明個性中，也毫不

---

❺　丁玲：〈莎菲女士的日記〉，頁 47。

❺　丁玲：〈莎菲女士的日記〉，頁 50。

❺　方英：〈丁玲論〉，黃人影（阿英）編：《當代中國女作家論》，頁 38。

掩飾自己豐沛的情感、欲望及種種正面、負面的情緒。再加上現代
都市文明的洗禮，她們的性格中又帶有現代式的苦悶和頹廢，以及
隨之而來的對於刺激感的追求。而她們面對生命時的虛無感和孤獨
感，也是現代化城市生活的產物，與廬隱、馮沅君筆下古典才女式
的傷春悲秋在本質上並不相同。

　　同樣值得注意的是，五四所追求的「愛情」不論在馮沅君或丁
玲筆下，還可以看成是「女性人生出路」的換喻。回應到作家所面
對的現實，馮沅君由於出身書香世家，加上個人後天的努力，求學
期間固然也屢遭阻礙，但在兄長的支持下，不但成為北京大學第一
位女性研究生，並且順利完成學業，擁有穩定的工作。與陸侃如相
識相戀後，夫妻志同道合，一起留學法國。在人生的道路上，馮沅
君與丈夫相伴相隨，生活穩定順遂。反觀丁玲從湖南離家之後，一
路輾轉漂泊上海、南京、北京等地，在過程中不斷尋求人生的出路
和謀生的辦法，完全是個「流浪知識分子」，於是丁玲更真切地看
到「出走以後的娜拉」所面對的社會現實的嚴酷考驗。所以相較之
下，馮沅君面對愛情本身沒有疑慮，因為在她的世界中，「娜拉」
的前程更為美好光明，而丁玲則在愛情中焦慮不安，因為她尚未找
到女性真正的立足之地。

　　在愛情的議題之外，丁玲對於同性情誼的描寫也有新的突破，
〈暑假中〉是其中重要的代表作。簡瑛瑛很早就發現〈暑假中〉的
價值，認為丁玲在文本中對於「同性愛戀描寫得頗直接大膽」[58]。

---

[58]　簡瑛瑛：〈何處是（女）兒家？——現代女性文學中的同性情誼與書寫〉，
　　　《何處是女兒家——女性主義與中西比較文學／文化研究》，頁31。

如同她描寫愛情時的坦率直接，她也毫不避諱青春時期的女性在同
性友誼之間的爭風吃醋，丁玲描寫承淑和嘉瑛、德珍與春芝之間種
種愛的誓言、親吻與擁抱，以及因對方的不理解自己而感到氣憤惱
怒，這種種的情緒都與異性之愛極為類似。與丁玲同樣坦率直接地
描寫同性之愛的五四女前輩是凌叔華，她的〈說有這麼一回事〉細
膩地描寫兩個女孩影曼和雲羅之間親暱愛戀的身體感覺和心靈交
通，以及雲羅接受父母之命出嫁後，影曼的痛苦失落。然而凌叔華
對此議題並無強烈的意識，如同她的其他小說，她更著意於描寫女
性幽微曲折的感情，而非思考女性人生的問題❺。丁玲的〈暑假
中〉則不同，與其說她意在描寫女性同志之愛，不如說她在追問
「出走以後的娜拉」可能的出路。在小說的精神和思維上，凌叔華
和盧隱更為接近，她們筆下的女兒國烏托邦是在面對社會的黑暗現
實後傷悼過往美好的青春歲月，因此小說著重在少女進入成人世界
後，面對人事的風流雲散產生的悲哀之感，而丁玲筆下自立女校的
教職宿舍則非但不是烏托邦❻，而且是面向現實社會的。這可以從
小說所涉及的幾個問題來討論。

　　首先，在小說的第二節，承淑和志清兩人討論到她們所抱持的

---

❺　凌叔華的〈說有這麼一回事〉並非她原創的題材，而是重寫、改寫楊振聲倉
　　促而就的小說〈她為什麼發瘋了〉，因此小說的主題和雛形是楊振聲所設定
　　的，見楊振聲寫於〈說有這麼一回事〉之前的「附字」，《凌叔華小說集
　　I》，頁 89。

❻　畢玲薔在〈洞見與盲點——丁玲早期作品中的女權思想〉中以為〈暑假中〉
　　的女性世界是「帶有理想色彩的世界」，是個「自足的小天地」。中國丁玲
　　研究會編：《丁玲研究》（長沙：湖南師範大學出版社，1992 年 8 月），頁
　　239。

「獨身主義」的志向：

> 于是她（志清）便嘲笑起那群宣過誓，願為這名詞而犧牲的
> 新舊同學們，她們有的讓父母嫁到一些不能讓自己滿意的莊
> 戶人家，生意人家；有的讓人把自己送給那些軍官做少奶
> 奶；還有的妥協了，任朋友主宰自己的命運，隨便介紹給一
> 個人以了結這件大事。其餘的，還擁護這面旗幟的一些，則
> 摟抱女友、互相給予一些含情的不正經的眼光，呷昵的聲
> 音，做得沒有一絲不同于一對新婚夫婦所做的。❻

志清不但嘲笑年紀一到，就急急地將自己嫁出去的同學們，也嘲笑
雖然不結婚，卻和女伴們談著類似異性戀愛的虛假的獨身主義。她
對自己感到驕傲，因為她「什麼都看不起，什麼感情都是可笑的東
西」。然而志清也有她個人的困境，為了堅持她的獨身主義，她必
須在經濟上及未來的人生道路上完全獨立，因此她苦苦地賺取微薄
的薪水，暗暗地存錢，精打細算地放債生息，總是被人議論著她的
吝嗇。在這短短地片斷中已經完整地呈現二○年代出走娜拉的處
境。因此在丁玲筆下，同性情誼的書寫可以說是一種對愛情、婚姻
的抗拒姿態：既不願接受父母媒妁的婚姻，也不願隨便接受由朋友
介紹的新式婚姻，又不知什麼時候才能遇到心靈契合的愛人，更不
知道曾經讓人心動的愛情會不會變質❻，那麼孤獨的娜拉想要在人

---

❻　丁玲：〈暑假中〉，《丁玲全集》第三卷，頁84。
❻　在這篇小說中，丁玲透過德珍婚禮中一個三十四歲還未結婚的男賓所說的關

生的旅途中找個可能的伴侶，便只能在「姊妹」中尋找，而青春勃發的生命若缺少了愛情作為展演的對象，同性情誼便成為另類的感情出口。如果連「姊妹」都捨棄，就必須如志清一般過著艱困刻苦的生活，以儲備未來生活的資本。因此在小說結尾時，志清相信承淑可以陪伴她到老，意味著這群不肯輕易向婚姻妥協的孤獨女性將在艱難的道路上結伴同行。

　　然而問題還沒有如此簡單，在這抗拒婚姻的姊妹陣營裡並非毫無矛盾，有人終將脫離，留在此中的同志對未來人生也有不同的規劃和想法。❸德珍不管春芝怎樣埋怨和哭鬧，仍然離開自立女校，

於「老等」這種鳥類的故事，說明幸福是不會等人的，必須靠自己去找；然而她又透過承淑對過去往事的追想來說明可靠伴侶的難尋：過去自己曾經喜歡的表哥，現在成為一個好吃酒又好打牌的男人。丁玲：〈暑假中〉，《丁玲全集》第三卷，頁 101，105。丁玲在此清楚而完整地說明新式知識女性新的人生課題：新女性不能再像傳統女人那樣在家被動地等待婚姻的降臨，幸福必須靠自己的行動去尋找和創造，所以在她其他的小說中，讀者不斷看到向愛情大膽勇進的女性；然而在愛情這件事上卻充滿複雜的變數，這風險也得自己承擔。

❸ 呼應到現實也是如此，丁玲和好友王劍虹從湖南到上海求學，一路相伴相守，情同姊妹。但當王劍虹與瞿秋白相戀後，丁玲也曾經歷過情感的波動。她一方面促成兩人的愛情，但一方面也因好友的戀愛而覺得寂寞，因而獨自離開上海。王劍虹最後因瞿秋白傳染給她肺病而過世，丁玲曾為此對瞿極不諒解。如同她筆下的愛情充滿各種變數，同性情誼同樣也無法天長地久。丁玲：〈我所認識的瞿秋白同志〉，《丁玲全集》第六卷，頁 31-48。這樣的心情尚可見於丁玲的小說〈歲暮〉，〈歲暮〉中的「魂影」和「佩芳」可以說是王劍虹和丁玲的化身，佩芳因魂影和心的甜蜜戀愛而感到心酸與感傷，在歲暮之際為自己列出幾項人生的功課，希望鍛鍊自己脆弱的理性，同樣表現女性在同性伴侶離開一路同行的人生道路後的失落和孤獨，以及往後必須自

走上婚姻一途。德珍結婚後，自立女校的教職宿舍變得格外沉悶，嘉瑛在承淑的關懷中看到其他許多模糊但可愛的（異性）面孔，因此對承淑的示愛感到格外厭煩，她渴望真正的熱烈的異性愛情；承淑在回顧辛酸的往事、面對渺茫的未來時，也如廬隱筆下的女性懷疑啓蒙的價值：「無知無識地終日操勞著那簡單的毫不須用思想的一些笨事，把生命浪費去，不強于現在這孤零的古廟生活嗎？」❻❹志清則在終日存錢、賺錢的生活中感到生命的無趣，自問為何不能在生涯中生出「一點點可詠歎的事」？這群女孩中有的期待幸福的婚姻，有的嚮往浪漫的愛情，有的對未來感到消沈和無望，有的則仍存有不甘於現狀的熱情和夢想。她們的情感狀態與對人生的想望並不相同，但都反應著出走的娜拉面對前方未知的人生旅途時的精神表徵。同時，如同丁玲筆下的愛情充滿著緊繃的張力，丁玲筆下的同性情誼也不像廬隱筆下那樣和諧相親，這群女孩既能親吻擁抱，共枕同眠，也會爭吵撒野、嫉妒報復。

　　小說末尾，在學校感到寂寞的嘉瑛決定回鄉，志清則計畫繼續升學，然而由於校長交付了招生的工作，她們便忙著要講授的功課，而把各自的計畫放下了。這樣的結尾一方面意味著改變現狀的困難，人往往是且戰且走，總是被無法接受的現實逼迫時才會下決心尋求改變。雖然她們各人都有自己的理想，但在生命尚有餘裕時，鮮少有人能有勇氣和動力去改變她並不完全滿意的現實，去追求她真心想望的理想。但是更重要的是，這樣的結尾意味著女性在

立自強的心理建設。〈歲暮〉，《丁玲全集》第三卷，頁 211-220。
❻❹　丁玲：〈暑假中〉，《丁玲全集》第三卷，頁 106。

工作中所獲得的成就感和充實感,相對於愛情、婚姻或家庭,女性也許只有找到自己的人生事業,才可能找到安身立命之道。

此外,小說中的自立女校是由一個古廟所改建的,這新、舊雜揉的意象,正如同這群女教師也是從封建家庭中走來,經過新式教育的洗禮,而成為新式的知識女性。因此,古廟與自立女校之間意象的轉換,便有其豐富的意涵。當這群女教師因百無聊賴而感到生命的寂寞困頓時,她們眼中的學校便成為「一座無人的荒廟」,盡是「灰敗的樑柱,黝黑的殿堂,不平正的瓦簷,和充滿淒涼悄然而來的微風」,而自己是「一個皈依了的正在懺悔著的尼姑」**⑥**;但當她們舒適而懶散地過暑假生活時,這座殿堂便成為她們話家常的悠閒所在;而當她們忙碌於工作時,這裡又充滿著熱鬧的活力與朝氣。

丁玲筆下的女主人公全是已經走出家庭的娜拉,因此在她早期的作品中,除了處女作〈夢珂〉描寫女主人公在姑母家短暫的寄宿生活之外,鮮少著墨於家庭和親子關係。相較於五四女作家強調母女親情,丁玲對於母親的描寫也有重大的突破:如前所述,五四女作家筆下的母親形象永遠是放在人倫關係中來描寫,除了作為母親的專制或慈愛外,這些母親沒有自己的聲音,沒有作為一個女人的心情,她們的思想全部受制於傳統的家庭觀念。然而丁玲將「母親」從家庭倫理關係中解放出來,也從文學作品的既定形象中解放出來。丁玲在 1932 年應《大陸新聞》副刊主編樓適夷之邀撰寫長篇連載小說《母親》,這部作品雖題為《母親》,但丁玲在敘述中

---

⑥ 丁玲:〈暑假中〉,《丁玲全集》第三卷,頁 102。

不但明示母親的姓名，而非以「某太太」、「某老太太」或「母
親」來稱呼，突顯母親作為一個「個人」的主體性，同時小說並不
著重於描寫母女親情關係，而是用一個女人的眼光，去回顧作為一
個女人的母親，以及作為一個母親的女人的啓蒙與成長。

　　小說中的「母親」曼貞原本是個終日在上房看書，生活無慮、
百事不問的少奶奶，但喪夫的痛楚經歷使她被迫改變安穩的生命道
路，卻也意外地讓她獲得走出家庭的契機。小說細膩地描寫她在喪
夫後為黑暗茫然的前途感到悲苦無依、六神無主的軟弱心情，她怎
樣在佣人面前壓抑痛苦的心情，卻用「錦緞的被，蒙著頭，竭力壓
住自己欲狂的聲音，然而也很尖銳慘屬的哭起來了。」❻❻在這描寫
母親喪夫的巨大哀慟中，未嘗沒有丁玲自己失去胡也頻時幾近崩
潰，卻必須強打精神的心情投射。在這生命的創痛中，堅強的曼貞
努力讓自己振作起來面對艱難的現實，卻也因此開啓她對家庭之外
的世界的認識。這個認識首先表現在她對大自然、農村和農民勞動
生活的體驗上。為了開源節流，曼貞在忠心的老僕人么媽和長工長
庚的建議和輔助下開始關心農事，小說的第二節描寫農村的寧靜美
好怎樣舒坦了曼貞鬱結的心，農民的樸實可靠讓曼貞擁有吃苦的決
心，她也願意放下小姐的身段，參與紡紗等勞動工作，並為此感到
有趣，雖然她的勞動體力遠遠比不上家裡的佣人，但她卻因此對未
來的生活產生信心：

　　　生活不是全無希望的，只要她肯來決定。過去的，讓它過去

---

❻❻　丁玲：《母親》，《丁玲全集》第一卷，頁122。

> 吧,那並不是可留戀的生活,新的要從新開始,一切的事
> 情,一些人都等著她的。她一定要脫去那件奶奶的袍褂,而
> 穿起一件農婦的、一個能幹的母親的衣服。**❻❼**

對農村和勞動的認識之外,生命更大的開展和突破是在曼貞回到武
陵的娘家後,由於弟弟于云卿開辦女學,而讓曼貞興起讀書的念
頭。雖然曼貞讀書的決定遭到了許多阻礙,夫家的親戚們對此非常
不滿,僕人么媽們也因無法理解而持反對意見,連自己的弟媳于三
太太也不高興,但是曼貞卻力排眾議,堅持自己的理想:

> 她不願再依照原來那種方式做人了,她要替自己開闢出一條
> 路來,她要不管一切的譏笑和反對,她不願再受人管轄,而
> 要自己處理自己的生活了。**❻❽**

這意味著女性主體的覺醒和獨立。在曼貞入學之後,她積極而努力
地學習,又在好友夏真仁(原型為丁玲母親的好友,共產黨員向警予)的
鼓勵下艱難又勉力地上體操課,以鍛鍊被纏壞的小腳。更進而關心
晚清排滿的國家局勢,懷抱革命救國的理想,因此她們邀集了一群
同學好友結拜為姊妹,這群姊妹不是只圖聚在一起談笑,「而是願
意在社會上,在事業上永久團結成一體,共同努力」**❻❾**的同志。

---

❻❼ 丁玲:《母親》,《丁玲全集》第一卷,頁148。

❻❽ 丁玲:《母親》,《丁玲全集》第一卷,頁167。

❻❾ 丁玲:《母親》,《丁玲全集》第一卷,頁206。

　　丁玲的《母親》不但展開一個女人的主體與自覺，同時也注意
到母親與其所屬時代的相互關係，包括時代對女性的啟蒙與限制，
以及母親對時代的回應與突破。小說寬闊的社會視野與丁玲原本寫
作的構思和企圖有關，她在〈給《大陸新聞》編者的信〉一文中曾
完整地說明自己寫作《母親》時的架構：

> 書裡包括的時代，將從宣統末年寫起，經過辛亥革命，一九
> 二七年大革命，以至最近普遍於農村的土地騷動。地點是湖
> 南的一個小城市，以及幾個小村鎮。人物大半將以幾家豪紳
> 地主做中心，也帶便的寫到其它的人。為什麼要把這書叫做
> 《母親》呢？因為她是貫穿這部書的人物中的一個，更因為
> 這個母親雖然受了封建社會制度的千磨百難，她終究是跑過
> 來了。在一切苦鬥的陳跡上，可以找出一些可記的事。雖說
> 很可惜，如此自己所引以為憾的，就是她的白髮已經滿鬢，
> 不能再做什麼事，然而那過去的精神和現在的屬於大眾的嚮
> 往，卻是不可卑視的。所以叫《母親》，來紀念這個做母親
> 的。❼⓿

從丁玲的自述可以了解她是以社會、歷史發展的脈絡來架構全書，
然而最後因《大陸新聞》被查禁而停載，僅僅寫到辛亥革命爆發。
然而因全書架構的宏大，小說細膩而完整地展現晚清女性在家庭之

---

❼⓿　丁玲：〈給《大陸新聞》編者的信〉，《丁玲文集》第五卷（長沙：湖南人
　　民出版社，1984 年 7 月），頁 387-388。

外的社會活動，以及她們與時代變局的互動。曼貞幸運地在晚清女學興起的過程中得以從家庭出走，然而她也深受舊時代種種思想觀念的束縛和戕害，例如作為一個女人的限制，她雖然與弟弟只相差一歲，然而當弟弟在讀書時，她卻只能關在房裡學繡花，童年教育的差異使得她與弟弟在往後的發展產生天壤之別；例如纏小腳使她即使穿著平底鞋，也無法像一般的農婦勝任田裡、菜園裡的勞動，在往後把腳放大的過程中，還得吃盡苦頭，不斷浸泡冷水，刺激、磨練它；例如她作為一個寡婦去爭取讀書的機會時，她向兄弟保證「江家已經有那麼多節婦牌坊匾額」，她一定會潔身自愛，不留一句話柄給別人，在她爭取個人權益的同時，她一定顧全家族的名譽，她無法像五四之後的男女青年一樣大膽任行、義無反顧。

　　同時，丁玲也在小說中展現女性覺醒的艱難，即使興辦女學，許多小姐、少奶奶們興沖沖地去讀書，但往往僅持續一段時間，便提出各種家庭因素而退學了。更有許多女性對讀書、知識並不熱心，只喜歡上手工課、圖畫課，並對衣飾充滿高度的興趣。此外，丁玲一直擁有對於物質文化的敏銳感受，她描寫女學興起後對女性衣著的改變：原本的小姐奶奶們的衣著盡是五顏六色的鑲邊錦緞，頭上手上也配戴各種金珠寶石的首飾，她們對於女先生脂粉不施、全無首飾，以及裸露在外的白襪子、放大的腳不敢恭維，但在上課之後，從省裡來的女先生的裝扮成為新的流行，她們也開始改穿白竹布襪子和黑緞鞋，首飾也逐漸減少。**❼**這些細膩地觀察和描寫，都更鮮明具體地展現晚清女性的處境與生活。

---

❼　丁玲：《母親》，《丁玲全集》第一卷，頁 161、186。

五、結語

　　娜拉出走後的道路崎嶇艱辛，五四時期的盧隱、馮沅君到二〇年代末期崛起的丁玲，都是五四啓蒙運動中的被啓蒙者，然而她們既缺乏足以作爲典範的前輩，又在啓蒙的過程中察覺啓蒙內涵的匱缺，於是決定成爲女性前途的築路工，以肉身在紛亂複雜的社會中殺出一條血路。

　　盧隱、馮沅君作爲五四最勇敢叛逆的一群女兒，以自身的經驗，抒發她們在離開家庭之後的心情。盧隱的作品呈現她在新、舊時代間進退失據的困境，她筆下的女主人公反抗封建傳統家庭，又不願進入平凡瑣碎的新式婚姻生活，面對早年立定的獨身主義又感到有所不足，於是一心追戀早已逝去的青春學生時代的烏托邦，陷入深深地悲哀之中。馮沅君則在與家庭決裂的五四時代企圖尋求愛情與親情、情人與母親之間的和解之道。作爲後輩的丁玲站在五四的基礎上，已完全擺脫家庭中的女兒形象，而成爲社會中的個人（女人），於是她對於愛情、同性情誼和母親的描寫，都與她對女性自我認識，以及女性與社會的關係等思考有關，因此她更純粹而深入地描寫女性的感情狀態，以此建立女性自我的主體感覺，同時也將女性放在時代、社會的脈絡中，因而展開比五四女作家更寬闊的社會視野。

第三章　從啟蒙走向革命：
論二○年代至三○年代初期
胡也頻與丁玲的小說創作

一、前言

1925 年五月上旬，胡也頻（1903-1931）與丁玲相識於北京。在
此之前二十年的生涯，胡也頻和丁玲各自走過崎嶇的人生道路。胡
也頻生長在福建福州，幼年曾在私塾及小學讀書，十五歲時因父親
經營的戲班解散，生活難以為繼而被送到金舖當學徒。1920 年因
不堪學徒生涯的種種屈辱而出逃，乘船來到上海，進入浦東中學。
1921 年輾轉到了天津，進入天津大沽口免費的海軍學校讀書。
1923 年海軍學校校舍因直奉戰爭毀於炮火，學校解散，胡也頻又
流浪到北京，在北京展開貧窮慘澹的寫作、編輯生涯。❶

---

❶　有關胡也頻早年的經歷，參考丁玲：〈一個真實人的一生──記胡也頻〉，
　　《丁玲全集》第九卷（石家莊：河北人民出版社，2001 年 12 月），頁 60-
　　67；張小紅：《左聯五烈士傳略》（上海：上海人民出版社，2001 年 1
　　月），頁 69-76。

　　相較於胡也頻一路孤獨飄零，丁玲則較為幸運地有個開明的母親一路支持她勇敢前行。丁玲在湖南桃源女子第二師範學校經歷五四運動的洗禮，剪掉了辮子。又在母親的支持下轉學到長沙著名的周南女中，受到語文教師陳啓明的啓蒙，廣泛地閱讀《新青年》、《新潮》等進步刊物，增加了和封建禮教搏鬥的思想和勇氣，不久便和周南女中包括楊開慧（毛澤東夫人）等五位同學一起轉入長沙岳雲男子中學，成為湖南男女同校的創舉，接著又反抗舅父的權威，解除了包辦婚姻。此時的丁玲嚮往在廣闊的天地間追求人生的道路，因此和摯友王劍虹等人一起前往上海平民女校讀書。然而在上海尋找人生出路的過程並不順遂，丁玲和王劍虹遊蕩於南京、上海等地，也曾在瞿秋白的建議下進入上海大學讀書，但終於因瞿秋白和王劍虹的戀愛、結婚而感到寂寞，丁玲最後決定離開上海。❷

　　丁玲在 1924 年夏天來到北京，此時的胡也頻剛剛開始寫小說，並在這一年的十二月與項拙、荊有麟兩人一起為《京報》合編副刊《民眾文藝週刊》。胡也頻與丁玲相識、相戀後，度過一段貧窮但快樂的時光，兩人悠遊、享受著閱讀古今中外各種文學作品的生活。丁玲也在 1927 年秋天寫成了第一篇小說〈夢珂〉，正式展開她的文學生涯。丁玲早期的作品以小說為主，胡也頻則同時是個詩人和小說家。胡也頻的小說和詩歌在風格上頗有差異，他的小說

---

❷　有關丁玲早年的經歷，可參考她的幾篇散文自述，包括〈我的中學生活的片斷〉，《丁玲文集》第五卷（長沙：湖南人民出版社，1984 年 7 月），頁 317-328；〈我怎樣飛向了自由的天地〉，《丁玲全集》第五卷，頁 262-265；〈早年生活片段〉，《丁玲全集》第十卷，頁 295-301；〈早年生活二三事〉，《丁玲全集》第十卷，頁 302-309。

展現他對社會底層苦難群眾的現實關懷，而他的詩歌則同時兼具浪漫主義和象徵主義的色彩，以瑰奇的文字和豐沛的意象聯想，謳歌真摯熱烈的情志。為了比較的方便，胡也頻的作品在此僅以小說作為討論的對象。從胡、丁兩人二〇年代中期到三〇年代初期胡也頻遇害這段時期的小說創作，可以發現兩人的創作軌跡貼合中國現代文學史從啓蒙走向革命的歷史道路。本章企圖通過對胡也頻和丁玲小說作品的爬梳和分析，比較兩人從「啓蒙」走向「革命」的文學道路有何異同，並由此說明兩人與文學史的對應關係。

二、書寫社會底層的苦難
——胡也頻二〇年代中期的文學作品

胡也頻在 1924 年八月初寫成了小說處女作〈雨中〉，刊登在當月十日出刊的《京報》副刊《火球旬刊》第一號上。這個短篇雖然篇幅不長，文字也相當樸拙，但卻包含了胡也頻小說中幾個重要的關懷焦點和基本精神。

小說內容描述赤貧而飢餓的趙二嫂苦苦等待著在雨中辛苦拉洋車掙錢的丈夫能帶著錢和食物回來，讓兩個挨餓但乖順的孩子開心吃飽的心情。在飢餓而恍惚的精神狀態下，趙二嫂回想六年前土匪闖進家來，因肚子裡的小寶適時地出生，才讓她免於土匪的糟蹋欺辱。然而六年過去了，趙二嫂家清貧如故，生活依然沒有任何好轉的跡象。在這個短小的處女作裡看到胡也頻社會關懷的出發點，包括對於下層階級群眾貧窮苦難生活的描寫和人道主義的關懷，以及對於軍閥割據、盜匪橫行導致民不聊生的黑暗社會的批判。從這篇

小說即可看出胡也頻的作品基本上繼承了五四時期「文學研究會」為人生而藝術的文學傳統精神，他的文學視窗是向廣大的、苦難的社會底層展開的。

從〈雨中〉之後，胡也頻展開他的文學創作之路，並在 1926年底至1929年間進入小說創作的高峰期。除去 1929 年的《到莫斯科去》和 1930 年的《光明在我們的前面》兩個中長篇外，胡也頻總共發表了近七十篇的短篇小說❸，成果可謂相當豐碩。

在這些小說中可以發現胡也頻的作品依其內容大致可以分為幾類❹，第一類作品直視社會底層的黑暗，描寫軍閥、盜匪橫行下群眾生活的艱難以及階級差異對下層階級的壓迫，同時也展現作家對社會問題的觀察和思考。在這一類的作品中，胡也頻首先著重的是下層階級貧窮的處境，除了〈雨中〉外，還包括〈一個窮人〉、〈小人兒〉、〈海那邊〉、〈毀滅〉等作品。〈一個窮人〉描寫主人公伯濤在飢餓狀態下對自身貧窮的處境憤恨不平的情緒，為了換一口飯吃，他不惜以畫片騙取小女孩的雞蛋糕，甚至幻想自己成為

---

❸ 在余仁凱所編的《胡也頻選集》（上、下）（福州：福建人民出版社，1981年 7 月）中收錄胡也頻近五十篇的短篇小說，但對照書末所附、丁景唐與瞿光熙所編的〈胡也頻著作篇目〉，胡也頻的短篇小說應有近七十篇。

❹ 余仁凱在〈「文藝的花是帶血的」——論胡也頻的創作道路〉一文中對胡也頻小說的內容進行分類時，認為胡也頻的小說「為舊中國的畸形面了作了真實的寫照」，這寫照包括四個方面：「反映帝國主義、封建主義對於中國人民的殘酷的剝削和血腥的鎮壓的」、「揭露封建宗法制度對於人們思想的毒害的」、「揭露在帝國主義、封建主義統治下『國民性』的墮落的」、「從病態人物的變態心理去寫出社會的畸形的」。《胡也頻選集》（上），頁 39-44。本人的分類則在余仁凱的基礎上略作修改。

掠奪闊人財產的強盜，最後因付不出積欠了三個月的房租而逃跑，
只留給同樣窮困飢餓的房東老太太幾本破書。〈小人兒〉描寫遺腹
子「小人兒」長期遭受暴躁怨恨的母親身心上的虐待，只有在趕羊
到牧場上時，才能感受到生命中少有的自由與快樂，而她的母親則
在長期困窘的生活下沈溺在咒命、怨窮的情緒中。〈海那邊〉描寫
臨海葛沽的窮人在凜冽的北風哮吼下悲苦的命運，大風不僅吹走了
賴以維生的漁網和魚獲，更讓窮人凍死的黑暗的荒野中。〈毀滅〉
則描寫五十多歲貧窮的木匠因養不起孩子，所以不得不一再殺死自
己的親骨肉。回想過去的生命是「一個萬分窮困和苦楚的艱難的
路」，在困乏與痛苦中，木匠憤怒的情緒油然而生：「在這個世界
上，什麼人都很好的活著，獨獨他和他的妻是早就該死的！」❺這
些小說不僅僅描寫貧窮的悲苦，也由貧窮生發出憤怒的情緒，這情
緒既能發展成反抗社會壓迫的力量，也是未來胡也頻能點燃革命熱
情的火種。

　　從描寫「貧窮」的主題出發，胡也頻也在下層階級的困窘中提
出對社會現實的批判。例如〈珍珠耳墜子〉呈現最直樸的階級意
識，小說描寫富紳王品齋第三個姨太太失落了一只珍珠耳墜子，為
了避免引起「重視物質」的老爺的責罵，便誣賴給服侍老爺吸煙喝
茶的啞巴孤兒小唐，而家中的老媽子為了自保，也附和姨太太，直
指小唐偷盜。老爺在盛怒之下打了小唐五十個皮鞭，又將他在夜裡
逐出門外，姨太太卻於此時在自己的枕頭下發現了失落的耳墜子，
這是昨晚在瘋狂的歡愉中無意間落下的。小說中的老爺和姨太太自

---

❺　　胡也頻：〈毀滅〉，《胡也頻選集》（上），頁535。

私而冷酷，視人命如糞土，而對於無法為自己辯駁的啞巴小唐，胡也頻則寄予無限同情。延續著對「有錢階級」的批判，〈那個大學生〉描寫一個官僚模樣的大學生終日打麻將、追逐女人，過著無所事事、虛榮浮誇的鬼混生活；〈子敏先生的功課〉描寫時髦人物的虛偽與醜惡，子敏先生每天的「功課」便是給太太寫一封充滿情意的信，然而他的靈魂卻早已陷落在「月宮跳舞場」舞女的身上；〈便宜貨〉則尖銳地批判「寧肯在一副麻將牌上盡輸，卻不能只和一個女人在床上盡睡」❻的軍需長不斷地用低價買女人的惡劣形跡。此外，〈一個村子〉和〈四星期〉則取材自二〇年代特殊的社會背景和歷史事件，包括軍閥的混戰與割據以及北伐革命的失敗，因而具有更廣闊的社會視野。其中〈一個村子〉描寫村落滿心期待三代以來難得的豐年可以帶來歡樂與幸福，卻沒料到軍閥陷落了縣城，給金黃色的田野帶來血腥而殘酷的屠殺；〈四星期〉則描寫國民革命軍北伐革命的過程，以及革命陣營內部分裂後到處捕殺共產黨員的肅殺氣氛。

這些作品反映了胡也頻的社會關懷，他從下層階級備受壓迫的悲苦生活中逐步發展出他的階級意識以及對社會現實的批判和觀察。他在創作初始便展現了強烈的人道主義精神，這與胡也頻的個性以及他早年的經歷有關。丁玲在〈一個真實人的一生——記胡也頻〉中曾提到胡也頻的性格：

> 由於我的出身、教育、生活經歷、看得出我們的思想、性

---

❻　胡也頻：〈便宜貨〉，《胡也頻選集》（上），頁546。

格、感情都不一樣，但他的勇敢、熱烈、執扭、樂觀和窮困
都驚異了我，雖說我還覺得他有些簡單，有些蒙昧，有些稚
嫩，但卻是少有的「人」，有著最完美的品質的人。❼

正是這「勇敢、熱烈、執扭」，這「最完美的品質」讓他對人的生
命有無窮的愛與同情，對社會的黑暗與不平有反抗的勇氣和戰鬥到
底的頑強鬥志，因此他在小說中對社會問題投注源源不絕的關懷，
也讓他最終走上革命的道路。除了天生的秉性，胡也頻早年飽受羞
辱的學徒生涯與日後流浪漂泊的貧窮歲月也讓他深深體會下層階級
的艱辛與痛苦，而他少年學徒時代從金舖叛逃的經驗更顯示他面對
社會的壓迫和屈辱時，並非認命地承受，而是懷抱著深沈的憤怒。

　　胡也頻第二類的作品集中批判傳統封建思想對精神的束縛和奴
役，導致國民性的愚昧、麻木與落後。這是五四新文學時期由魯迅
所展開的重要議題。胡也頻這類的作品大致可以分為兩個方面，一
是「反封建」的作品，包括〈酒癲〉、〈雪白的鸚鵡〉、〈生
命〉、〈兩個婦人〉、〈他和他的家〉、〈黑骨頭〉（原題名〈浪
花〉）❽等。其中〈酒癲〉描寫傳統文人被新時代淘汰後的失意和
苦悶，長期壓抑的心理在酒後爆發為大家長式充滿權威、兇暴而狂
亂的命令和怒斥。〈生命〉和〈兩個婦人〉兩篇小說著重在描述傳

---

❼　丁玲：〈一個真實人的一生──記胡也頻〉，《丁玲全集》第九卷，頁 66。
❽　此篇〈黑骨頭〉原題名〈浪花〉。胡也頻另一篇描寫工人運動的小說也題名
　　〈黑骨頭〉，刊於《現代學生》第一卷第二期，但一刊出即遭到國民政府的
　　注意，因此該刊再版時，標題仍為「黑骨頭」，卻將內容以〈浪花〉這篇小
　　說來取代。《胡也頻選集》（上），頁 627。

統女性卑微的處境,〈生命〉中的年輕女性在痛苦的生產過程中忽然清醒地領悟到自己作為女性一生悲哀的命運,她被有錢的老頭子買來,成為性欲的玩偶,卻獨自承受著生產的苦刑。小說描寫女人在生產後痛苦而虛脫的精神狀態下出現了迷離的夢境,這夢境揭示了傳統封建社會帶給女性的只有傷痕和死亡。最後她對現實最卑微的反抗也只能是將自己和孩子一起殺死。〈兩個婦人〉中兩個舊式婦女自幼裹小腳,讀女孝經和朱子治家格言,被教導成傳統賢淑的女性,她們嫁為人婦後,鼓勵丈夫去讀書上大學,然而丈夫一接受新式教育,便鄙夷嫌棄妻子的落伍而拋棄她們。〈他和他的家〉描寫接受新式教育的知識分子與封建家庭的隔膜;原名〈浪花〉的〈黑骨頭〉描寫青春男女因家庭階級地位的懸殊導致愛情的悲劇;〈雪白的鸚鵡〉則暗喻封建力量對生命能力的戕傷。

　　從「反封建」的議題向外延伸,胡也頻也觸及到對於「國民性」的反省和思考,這類作品包括〈械鬥〉、〈聖徒〉、〈活珠子〉、〈小小的旅途〉、〈傻子〉、〈土地廟〉、〈船上〉等。1925年初,胡也頻曾寫過雜論〈雷峰塔倒掉的原因〉❾批評中國鄉民因為相信雷峰塔的磚放在家裡能保平安,便你一塊我一塊地偷偷挖著

---

❾　胡也頻:〈雷峰塔倒掉的原因〉,《胡也頻選集》(下),頁 1049-1050。魯迅在 1924 年十月二十八日曾寫過〈論雷峰塔的倒掉〉一文,從雷峰塔倒坍的時事敘述雷峰塔的民間傳說,此文兼具民俗記錄與文化批評的意涵。胡也頻發表〈雷峰塔倒掉的原因〉之後,魯迅又於 1925 年二月六日撰寫〈再論雷峰塔的倒掉〉一文,從中國人的「八景病」、「十景病」出發,論及中國「奴才式的破壞」,呼應胡也頻對國民性的批判。魯迅〈論雷峰塔的倒掉〉、〈再論雷峰塔的倒掉〉二文均收於《墳》,《魯迅全集》第一卷(北京:人民文學出版社,1981 年)。

磚，由此看出中國人的愚昧和迷信；在〈無聊的通信（一）〉❿則
從作為商埠的山東煙台的年輕女孩尚且纏足的現實，發現傳統思想
的根深蒂固，以及新文化思想傳播上的困境和瓶頸，更由此批判中
國國民性中的「善忍」：

> 我們只希望青年人不要抱著「『忍』是天高地闊」的見地，
> 一直的『忍』下去，甚至無端的被人家打了兩個嘴巴也忍而
> 不作一聲！
> 然而，現在的青年卻的確是會「忍」，無論感觸了什麼事情
> 都是「忍」而不言；縱是「是可忍也，孰不可忍也」的也是
> 以「忍」為尚！⓫

而在善忍的背後，不正是怯懦與麻木的國民性？

小說〈械鬥〉中呈現的是農村的封閉、落後和愚昧，以同仇敵
愾的情緒、集體械鬥的流血衝突方式去解決兩個村子的恩怨，終而
導致兩個村子的重大死傷；〈活珠子〉中的群眾相信道士所言，認
為扁頭王大保的腦中有顆活珠子可以長保富貴，死後成仙，便一心
覬覦著王大保的腦袋，小說呈現村民的窮困、迷信、殘忍與麻木。
同樣描寫群眾冷漠麻木的還有〈傻子〉，小二善良勤快、熱心助
人，卻被全村自私的群眾視為「傻子」，他因無意間目睹凶殺案而
遭滅口，但全村的人卻對他的死亡冷淡地漠視，只在需要有人耐心

---

❿　胡也頻：〈無聊的通信（一）〉，《胡也頻選集》（下），頁 1054-1057。
⓫　胡也頻：〈無聊的通信（一）〉，《胡也頻選集》（下），頁 1056。

耐煩地賣力氣時才想起他。〈土地廟〉描寫破舊的土地廟已淪為群眾無所事事，群居終日地鬥蟋蟀賭博的地點，而地保則從中獲取暴利。〈小小的旅途〉則透過一次小小的旅途，描寫群眾擠在黑暗、骯髒、惡臭、密不通風的船艙裡卻仍然甘之如飴的情形，來暗喻黑暗的中國，以及中國人對於如同畜生般「非人」的生活狀態的麻木無覺，小說敘述主人公站在小火輪上看著混亂地進行著買賣的女販子和男客人，「使人不困難的聯想到中國式廁所裡面的糞蛆，那樣的騷動，蜷伏，盤來旋去」，而到船艙裡又得面對「正在黑暗中閒談和靜躺著的那些怕風者」，他們「不就是和糞蛆同樣討厭的一堆生物麼」？⓬同樣以輪船作為小說背景的〈船上〉則描寫中國人怯懦又勢利的奴隸性。

　　胡也頻從關懷下層階級貧窮的生存困境出發，進而思考軍閥割據和階級差異等社會問題，又從群眾的生命狀態出發，挖掘中國人愚昧、麻木又怯懦的奴隸性。這些作品，都可以看到胡也頻投向社會底層的文學視野，並展現強烈的社會關懷與人道主義精神。然而，他還有一系列的作品投向自我個人，這第三類作品以個人經歷為素材，描寫五四一代知識分子的貧窮漂泊的處境，這類作品包括了〈無題〉、〈漂泊的記錄〉、〈楊修〉、〈詩稿〉、〈北風裡〉、〈往何處去〉、〈一群朋友〉、〈美的戲劇〉、〈黎蒂〉、〈夜〉等。

　　黃昌勇在〈文學人生：左聯五烈士綜論〉一文中以瞿秋白曾提

⓬　胡也頻：〈小小的旅途〉，《胡也頻選集》（上），頁443。

到的「薄海民（Bohemian）」❸的概念來說明胡也頻和柔石的生命狀態，頗為精準地把握兩人的生命經驗和精神面貌。❹胡也頻在處女作〈雨中〉之後連續寫作〈無題〉、〈漂泊的記錄〉、〈楊修〉等三篇描寫知識分子貧窮漂泊，無以維生又找不到人生出路，因而失意苦悶，甚而自殺的小說，這些作品可以說完全寫出了胡也頻在北京流浪時的生活窘境，同時也可以發現胡也頻在創作之初，雖然也關注社會問題，但也許更強大的創作動力來自於精神的苦悶需要抒發。

　　在這些書寫知識分子的作品中，〈楊修〉和〈黎蒂〉分別表現了男性和女性知識分子的生命困境。〈楊修〉中盡是對人生感到消沈頹喪的知識青年。楊修對於繪畫的前途感到渺茫，失戀的痛苦又讓他對生命感到絕望，最後他決定到廣州去「革自己的命」。這篇小說寫在 1926 年十月底，正是北伐革命在南方如火如荼地進行的時候，「廣州」對楊修這類漂泊徬徨的知識青年而言代表著混沌的人生處境中透著微光的一條出路。然而這些知識青年真正關心的並非是社會或革命，他們固然也對社會現實感到憤恨和不滿，但他們對於革命並沒有充分的認識和堅定的信仰，他們只是想在此找到一

---

❸　「薄海民（Bohemian）」意指放蕩不羈的人，瞿秋白在〈《魯迅雜感選集》序言〉中曾提到：「『五四』到『五卅』之間中國城市裡迅速的積聚著各種薄海民（Bohemian）──小資產階級的流浪人的智識青年。」瞿秋白同情這些流浪的知識分子是封建制度瓦解後，在帝國主義、官僚軍閥和資本主義擠壓下的孤兒，但也批評這些小資產階級虛無、頹廢、浪漫、歇斯底里的世紀末氣質。《瞿秋白文集》文學編第三卷（北京：人民文學出版社，1998 年 12 月），頁 113-114。

❹　黃昌勇：〈文學人生：左聯五烈士綜論〉，《磚瓦的碎影》（上海：同濟大學出版社，2008 年 7 月），頁 38。

條可能的人生道路。他所說的「革自己的命」既有擺脫自己消沈意志的願望，但也許更多的情緒是如丁玲筆下的莎菲頹廢而虛無的自我放逐：「悄悄的活下來，悄悄的死去，啊！我可憐你，莎菲！」**⓯**比〈楊修〉更能與丁玲筆下的「莎菲」合觀的是描寫女性知識分子處境的〈黎蒂〉，沒有資料證明胡也頻寫作這篇小說是否受到丁玲的影響，但兩個女性的氣質與靈魂是相似的：兩人都是客居北京的漂泊者，她們都對北京沈悶窒息的空氣感到無聊和厭煩，她們都看不到女性在社會中獨立的道路，她們甚至都沒有真正了解自己，不知道自己要的是什麼。小說描述黎蒂「沒有真切的了解過她自己」，「她只是沈淪在破滅的希望和無名的悲哀裡面，但又不絕地做夢，不停地漂泊，痛惜而終於浪費她的青春和生命……」**⓰**。當大家討論到中國現代婦女的處境時，黎蒂認為：「現在可說是沒有一個女子曾獨立過！」**⓱**小說最後黎蒂也像「莎菲」一樣決定離開北京「消磨我的未滿的歲月」。不論是楊修或黎蒂，都可以看到經過五四運動的洗禮、擺脫傳統束縛之後來到社會上的小資產階級知識分子，在五四退潮後既找不到精神上的追求，又找不到現實中的經濟來源時進退失據的徬徨與苦悶。

此外，〈往何處去〉和〈夜〉特別著重在描寫年輕創作者的窮困潦倒，〈美的戲劇〉則是年輕創作者所幻想的成功美夢。〈往何處去〉中的無異君在艱辛的創作道路上跋涉，然而書店經理卻在恭

⓯ 丁玲：〈莎菲女士的日記〉，《丁玲全集》第三卷，頁 78。

⓰ 胡也頻：〈黎蒂〉，《胡也頻選集》（上），頁 571。

⓱ 胡也頻：〈黎蒂〉，《胡也頻選集》（上），頁 572。

維中暗示他寫些關於戀愛和性欲題材的能賣錢的作品。新的作品無
處出版，舊的作品也因滯銷而拿不到版稅，從北京流浪到上海尋找
人生出路的無異君也不得不承認自己的命運就是「從辛苦中出來，
又得向辛苦中走去」❽。〈夜〉中的一川則獨力苦撐著文學刊物的
發行，每天辛苦地看稿、選稿，但可用的作品卻非常有限，為了不
讓慘澹經營的雜誌停刊，一川只能自己不斷地熬夜寫作，但所有現
實的煩惱卻將他的創作興趣毀滅殆盡。這兩篇小說頗能反映胡也頻
在二○年代創作與發行雜誌時的艱難歲月，同時也正是自身貧窮困
難又漂泊的經歷，讓他的文學視野投向廣大的下層階級，讓他對社
會底層的苦難感同身受，進而獲取豐富的創作題材。

　　在書寫流浪的知識分子在異鄉孤獨窮困的處境同時，胡也頻也
寫作少數幾篇懷念童年故鄉的作品，包括〈中秋節〉和〈登高〉
等，其中〈登高〉回憶故鄉福建閩侯縣每年在九月九日登高放紙鳶
的習俗、陳表伯帶「我」和鏘弟去放紙鳶的快樂時光以及節日過後
父親要「我們」燒掉紙鳶時的落寞和失望，這篇文章讓人聯想到魯
迅的〈社戲〉❾以及《朝花夕拾》中的〈五猖會〉等篇章❿，作品
在溫暖的筆觸中呈現故鄉濃厚而獨特的風俗民情，卻又流露著對於
童年和故鄉的深深懷念，以及對於快樂童年已經永遠逝去的無限唱
嘆。〈中秋節〉則懷念童年時中秋節全家團聚的熱鬧以及「我」與
蒂表妹青梅竹馬的感情。與胡也頻書寫社會貧窮苦難、批判國民性

---

❽　胡也頻：〈往何處去〉，《胡也頻選集》（上），頁 459。

❾　魯迅：〈社戲〉，收於《吶喊》，《魯迅全集》第一卷，頁 559-570。

❿　魯迅：〈五猖會〉，收於《朝花夕拾》，《魯迅全集》第二卷，頁 261-266。

的愚昧麻木以及描寫知識分子苦悶消沈的心靈狀態等三類作品相
比,這些懷舊篇章是胡也頻少數幾篇較為溫暖美好的作品,是艱辛
的人生道路上微薄的慰安。

　　1928 年胡也頻和丁玲來到上海,在上海這個資訊相對發達與
開放的大城市,胡也頻受到革命思想的洗禮,思想迅速左傾,這個
轉變,也表現在胡也頻的短篇小說裡。發表於 1928 年九月的
〈墳〉中,首次出現了革命者的形象。〈墳〉描寫四個負責掩埋革
命者屍體的工人受到革命者的精神感召而覺醒、犧牲,然而中國的
革命者卻永遠是孤獨的,生前不被人理解,死後又被人遺忘,當
「新時代」來臨時,善忘的中國人便在早已長滿荊棘的革命者的墳
上巍然地建起富麗堂皇的咖啡廳和跳舞場。這篇小說的意涵是相當
鮮明而豐富的,從革命者孤獨的處境批判中國人的麻木和冷漠,然
而四個工人的義憤與覺醒又讓人感到革命的希望與力量。此外,這
篇小說的主題顯然受到魯迅的小說〈藥〉❷的影響,〈墳〉中「烏
鴉」的形象也與〈藥〉中的「烏鴉」相互呼應。

　　〈墳〉之後,胡也頻在 1929 年到 1930 年分別寫作了〈四星
期〉和〈黑骨頭〉。〈四星期〉描寫國民革命軍北伐從混沌不明、
混亂騷動到逐漸恢復秩序的過程,然而就在一切將上軌道之時,革
命陣營內部忽然分裂,隨之而來的是搜捕共產黨的恐怖和肅殺。
〈黑骨頭〉則描寫長期被外國紗廠老闆剝削和壓迫的黑骨頭工人
「阿土」覺醒到犧牲的過程。他曾經在國民革命的過程中看到工人
解放的契機,然而隨著國民黨「清黨」的展開,阿土也走上工人革

---

❷　魯迅:〈藥〉,收於《吶喊》,《魯迅全集》第一卷,頁 440-449。

命的行列。小說最後雖然阿土犧牲了，但工人的覺醒也讓革命運動出現了光明的前景。〈四星期〉和〈黑骨頭〉這兩篇小說雖然有主題和意旨過於鮮明簡單以及意識形態先行等問題，但卻可以看到胡也頻從早年較為單純的社會關懷和人道主義精神出發，逐漸形成對時代歷史和社會問題較為具體清晰的看法，也代表胡也頻從「啓蒙」走向「革命」的歷程。

　　1927 年至 1928 年間，胡也頻和丁玲、沈從文等三位在北京展開創作生涯的文學同志先後來到上海，並計畫自籌經費創辦刊物，1929 年 1 月 10 日，三人夢想已久的刊物《紅黑》正式出刊。胡也頻在 1929 年三月《紅黑》月刊第三期中曾在「卷首」寫過如下的文字：

> 如同凶猛的海水擊著礁石，強硬地，堅實地生出回響的聲音，這是人間苦的全人性活動的反映，也正是一切文藝產生的動力。
>
> 為一個可悲的命運，為一種不幸的生存，為一點渺小的願望而奮力爭鬥，這是文藝的真意義。
>
> 負擔著，而且深吻著苦味生活的人，才能夠勝任這文藝的使命。
>
> 地球上沒有黃金是鐵色的，所以要經歷一個黯淡人生，才充分地表現這人生的可悲事實。
>
> 文藝的產生是因為缺陷的，並且為這缺陷的人類而存在著。
>
> 要創作，必須深入地知道人間苦，從這苦味生活中訓練創作的力。

文藝的花是帶血的。❷

從這段文字可以看到胡也頻對於文藝的態度，便是直視人生的缺陷和苦難，這樣的態度讓人聯想到魯迅在〈一覺〉中曾提到他閱讀青年作者的文稿，感到青年的靈魂「苦惱了，呻吟了，憤怒，而且終於粗暴了」，於是他說：

> 魂靈被風沙打擊得粗暴，因為這是人的魂靈，我愛這樣的魂靈；我願意在無形無色的鮮血淋漓的粗暴上接吻。漂渺的名園中，奇花盛開著，紅顏的靜女正在超然無事地逍遙，鶴唳一聲，白雲鬱然而起……。這自然使人神往的罷，然而我總記得我活在人間。❸

在中國這樣的亂世，苦惱、呻吟、憤怒而粗暴的文學作品即使讓人感到痛苦、不安，無論如何也要比不食人間煙火的作品來得真實深刻。這是魯迅直面人生的態度，也是胡也頻的態度。同時，胡也頻面對人生苦難的態度不是認命地承受和忍耐，而是奮起與搏鬥。因此他二〇年代中期的小說創作絕不迴避他所能見的，社會中的任何問題和苦難，即使他的小說創作在刻劃現實苦難時顯得直率、樸拙，缺乏他的詩歌中所富有的瑰奇的文采和豐沛的想像，也缺乏較細緻、完美的藝術成就，但卻在樸拙中透顯著深沈的力量。

---

❷　胡也頻：〈卷首題辭〉，《胡也頻選集》（下），頁1078。
❸　魯迅：〈一覺〉，收於《野草》，《魯迅全集》第二卷，頁223-224。

三、追尋女性個人的生命意義和出路
——丁玲創作初期的文學作品

　　丁玲在北京開啓她的創作生涯，她的處女作〈夢珂〉寫成於
1927 年秋天，同年冬天發表於葉聖陶主編的《小說月報》。丁玲
曾自述她開始寫作的契機來自於北伐革命失敗後肅殺的社會氣氛，
她在〈一個真實人的一生——記胡也頻〉中曾提到當時的心情：

> 我每天聽到一些革命的消息，聽到一些熟人的消息，許多我
> 敬重的人犧牲了，也有朋友正在艱苦中堅持，也有朋友動搖
> 了，我這時極想到南方去，可是遲了，我找不到什麼人了。
> 不容易找人了。我恨北京！我恨死的北京！我恨北京的文
> 人！詩人！形式上我很平安，不大講話，或者只像一個熱情
> 詩人的愛人或妻子，但我精神上苦痛極了！除了小說我找不
> 到一個朋友，於是我寫小說了，我的小說就不得不充滿了對
> 社會的卑視和個人的孤獨的靈魂的倔強。我的苦痛，和非常
> 想衝破舊的狹小圈子的心情，也影響了也頻。❷❹

這篇文章是 1950 年的追述，丁玲在這篇紀念胡也頻的文章中，也
有意無意地重新敘述她幾十年來思想的成長和轉變，並將她個人的
創作起點與革命的大敘述相互結合。1981 年她在美國哥倫比亞大
學的演講中再次說明她走上寫作之路的原因，雖提到當時尋找個人

---

❷❹　丁玲：〈一個真實人的一生——記胡也頻〉，《丁玲全集》第九卷，頁 67。

生命出路的挫折感，但最後仍舊歸結於「革命」的概念：

> 總之，我找不到滿意答案，非常苦悶，想找人傾訴，想吶
> 喊，心裡就像要爆發而被緊緊密蓋住的火山。我於是在無其
> 他任何出路的情況之下，開始寫小說，所以根本不是什麼
> 「為文藝而文藝」，也不是為當作家出名，只是要一吐為
> 快，為造反和革命。㉕

然而在沈從文的回憶中，丁玲在創作初始和胡也頻兩人過著幸福的
小家庭生活，是個安靜的主婦，平靜的生活和文學環境的耳濡目染
醞釀並成就了《在黑暗中》的誕生。㉖兩相對照之下，也許丁玲往
後的一再追述過於強調「革命」的影響，然而《在黑暗中》的諸位
女主人公所展現矛盾痛苦的糾結情緒，顯然也不像沈從文所言那般
平靜無波。回顧二〇年代中、末期，丁玲當時的思想其實是相當複
雜的，既對封建舊社會不滿，具有相當鮮明的「個性解放」的精
神，又夾雜著小資產階級虛無頹廢的情緒和無政府主義空洞的理想
性，而其中虛無頹廢的情緒與當時的女性尋找人生出路的挫敗感有
密切的關係，較為穩定的家庭生活的確也有助於丁玲沈澱並重新梳
理離開故鄉後流浪的經歷和心情。因此，北伐革命失敗也許是點燃
丁玲創作欲望的火種，因為革命失敗後社會上普遍瀰漫著頹廢消沈

㉕　丁玲：〈我怎樣跟文學結下了「緣分」〉，《丁玲全集》第八卷，頁238。
㉖　沈從文：《記丁玲》，《沈從文全集》第十三卷（太原：北岳文藝出版社，
　　2002 年 12 月），頁 73-103。雖然丁玲對《記丁玲》的諸多內容非常不滿，
　　但本書仍有對照比較的參考價值。

的氣氛正與丁玲當時思索女性人生出路的苦悶情緒合拍；然而真正
讓丁玲燒起創作欲望的熊熊火焰，並且源源不絕地創作下去的動
力，卻並非來自於「革命」，而是來自於丁玲自身的問題：五四新
文化運動之後新式女性知識分子的生存困境。

　　如同胡也頻的小說處女作〈雨中〉包含了胡也頻小說的關懷焦
點和基本精神，丁玲的小說處女作〈夢珂〉也包含了她創作初期對
於女性生命困境的基本思考。這篇小說透過夢珂的社會經歷共分成
三個章節，其場景分別為「學校」、「姑母家」和「圓月劇社」，
而這三個場景又分別代表著女性從家庭出走後可能的出路：讓女子
接受新式教育洗禮的「學校」，學校畢業之後與成家立業有關的
「愛情、婚姻」和「職業」。貫串這三個場景的是兩個對比的時空
環境，一個是夢珂所擁有的溫暖家庭和故鄉山村裡單純美好的自然
與人情，這是讓夢珂長久眷戀、卻也不可能回頭的過去，另一個是
繁華而現代化的大城市「上海」，是夢珂必須面對的現在與未來。
而夢珂就站在這樣的時空接點上：山村與城市、古老中國與現代化
中國之間，毫無緩衝餘地。同時就女性處境而言，這是五四落潮後
的尷尬時期，封建家庭的控制力量已經瓦解，家庭此時已不站在女
性的對立面，反而可能是女性身心的依靠：夢珂總是懷想故鄉年邁
的老父和童年玩伴，而老父寄來的金錢也是夢珂在上海闖蕩最重要
的憑藉，但如同歷史無法倒流一般，出走的娜拉不願再回到過去，
做傳統家庭裡的女性。而在她眼前所展開的世界，也不只是五四知
識女性所面對的較為單純的古都北京，而是在二〇年代中期之後逐
漸取代北京，成為政治、經濟、文化等方面最為風起雲湧的現代化

大城市上海，及其資本主義文化與意識形態。**❷**

　　丁玲讓夢珂輾轉在學校、姑母家和圓月劇社中，並由這三個場景展演二○年代交雜著封建思想與資本主義文化的混合式思維模式對女性的觀看方式及物化問題。首先，丁玲特別設計夢珂所在的學校以裸女擔任美術繪畫課的「人體模特兒」，原本西方的前衛藝術移植到現代化進程中的中國時，對於人體的素描寫生既轉為對女體的觀看和騷擾，又背負有礙善良風俗的罪名，讓作為人體模特兒的女孩不堪屈辱。夢珂勇敢地解救了她，卻也無法在學校繼續讀書，而兩個月後，又有另一個姑娘來接任模特兒的職務。江上幸子從民國初年至五四運動期間由劉海粟創辦的「上海美術專科學校」如何漸進式地引進人體模特兒的寫生概念，以及他所遭遇的社會抨擊，最終在 1926 年全面取消模特兒寫生過程，說明丁玲對當時遭到歪曲的「觀看模特兒」的方式採取抗拒態度，同時也反對女性成為這種眼光下被觀看的客體。**❷**離開學校後，夢珂寄住在姑母家，小說一方面從夢珂的視角寫她對留學法國的表哥曉淞的依戀，但因發現曉淞混亂輕率的男女關係而感到愛情的失落；另一方面也從曉淞和澹明的視角寫男性對夢珂身體的凝視和欲望，夢珂終因無法對這樣

---

❷ 阿英（錢杏邨）在三○年代初期所寫的評論〈丁玲論〉中即提到她所描寫的重心是都市的生活，包括都市知識男女的內心生活與物質生活。方英（阿英）：〈丁玲論〉，黃人影編：《當代中國女作家論》（上海：上海書店，1985 年 5 月），頁 47。

❷ 江上幸子：〈對現代的希求與抗拒——從丁玲小說《夢珂》中的人體模特事件談起〉，《新氣象　新開拓》選編小組：《新氣象　新開拓——第十次丁玲國際學術研討會文集》（上海：同濟大學出版社，2009 年 5 月），頁 94-105。

的愛情和婚姻妥協而離家出走，如她所認為：新式戀愛，如若只為
了金錢，名位，仍是出賣自己。㉙離開姑母家後，夢珂決定到圓月
劇社應徵演員，設法自立更生。然而導演在面試時卻要求她勒去兩
鬢和額上的短髮，顯出那圓圓的額頭和兩個小小玲瓏的耳垂讓他審
視。進入劇社後，所有人又當著她的面前評論她的容貌，像商議生
意一樣，她感到自己像妓女一樣被毫不尊重的眼光所觀覽，卻也只
能任由化妝師將她的臉畫成和「四馬路的野雞」一樣。小說隨著夢
珂進入社會，一層層地強化女性被現代化社會商品化的過程：在學
校時，夢珂幫助女模特兒反抗觀看與物化，在姑母家時，夢珂不願
成為男性觀看和物化的對象，但如今為了工作，她沒有反抗。漸漸
地，她的隱忍力愈加強大，能讓她忍受非常無禮的侮辱，她就這樣
成為上海當紅的女明星。小說結尾以非常冷靜的口吻揭示女性在城
市現代化中悲哀的命運：

> 現在，大約在某一類的報紙和雜誌上，有不少的自命為上海
> 的文豪，戲劇家，導演家，批評家，以及為這些人吶喊的可
> 憐的嘍囉們，用「天香國色」和「閉月羞花」的詞藻去捧這
> 個始終是隱忍著的林琅──被命為空前絕後的初現銀幕的女
> 明星，以希望能夠從她身上，得到各人所以捧的欲望的滿
> 足，或只想在這種欲望中得一點淺薄的快意吧。㉚

㉙　丁玲：〈夢珂〉，《丁玲全集》第三卷，頁28。
㉚　丁玲：〈夢珂〉，《丁玲全集》第三卷，頁40。

〈夢珂〉在結構及場景安排上的巧思展現丁玲成為作家的天分和才性。雖然丁玲受到胡也頻的影響而走上文學道路，然而僅以處女作來看，丁玲的作品便遠比胡也頻來得深刻而富有衝擊力，也更能敏銳地感受到時代與社會的細微變化。❸❶同時，〈夢珂〉提出了丁玲早期小說兩個最重要的議題，一是透過夢珂漂泊而坎坷的經歷，展演了經過五四運動洗禮的新式女性知識分子在學校、家庭和社會中都找不到人生出路的困境；二是從夢珂離開故鄉後，在不同的場景遭受相同的觀看眼光來凸顯女性處境與社會現代化、資本主義商品化之間的問題。❸❷在上一章的討論中可以看到丁玲在情感書寫方面對五四女作家的繼承與超越，她將女性作為一個獨立的個體，建立起女性的主體意識和感覺，包括心靈的與身體的感情和欲望。同時，她也比五四前輩女作家更在意、也更強調女性個人生命的目標和個人在社會中的定位與價值。如同五四男作家追尋自己的人生理想，丁玲也以同樣的標準來追尋女性安身立命的方法。這樣的觀點也使她與前輩女作家區分開來，丁玲固然向內深入挖掘女性

---

❸❶ 沈從文在《記丁玲》中便曾稱讚丁玲閱讀和批評文學作品時的敏銳度，開始寫作後，丁玲的作品也比胡也頻更受到雜誌的歡迎。《沈從文全集》第十三卷，頁 75-76、78。

❸❷ 顏海平對丁玲筆下的女性所面對的現代都市文明與資本主義商品化問題有完整而深入的討論：在現代資本主義的運作邏輯下，「金錢」決定了個人的「社會位置」和「價值」，也把人物化為「有差別的交換價值的符號」。而「女性」作為一種符號，「不只是出現在市場上，而是本身就構成了市場」。顏海平：《中國現代女作家與中國革命，1905-1948》（北京：北京大學出版社，2011 年 6 月）第六章「非真的韻律（一）：丁玲的女性主義之旅」中「都市的身體」一節，頁 276-288。

的心靈狀態，但她也更強調女性與外在社會的連結關係，在五四女作家的筆下，社會問題總是空泛地歸結為封建家庭的束縛、社會的黑暗等抽象的觀念和意象，而所謂「社會的黑暗」並無具體的面貌，但丁玲不同，丁玲強調女性個人在社會的位置，她對自己所面對的現代化、資本主義商品化的社會現實也有更具體的認識。因此丁玲在強調個性解放、個人獨立的主體性以及社會性等方面，都比她的前輩女作家有更開闊更深入的發展。

　　〈夢珂〉之後，丁玲在 1928 至 1929 年前半年的作品主題大致圍繞著〈夢珂〉所提出的有關女性處境及出路的兩大議題上。從〈莎菲女士的日記〉以降，包括〈暑假中〉、〈自殺日記〉、〈歲暮〉、〈小火輪上〉、〈日〉等作品全部以女性作為主人公，完全展現新式女性知識分子在人生道路上不知何去何從的困境與苦悶。

　　以〈莎菲女士的日記〉為例，小說最核心的主題雖是「愛情」，但又不僅止於此。從莎菲日記的瑣碎記錄中可以看到莎菲在愛情之外的人生問題，她的外在生活和內在心理都遭遇重大的困境，而外在、內在的困境又糾結在一起，互相影響。就外在生活來說，她的身體不好，有嚴重的肺病，加上她一個人離開家庭，獨自在寒冷的北方度過新年，孤獨感更加強烈。從小說來看，她現在因為生病沒有讀書也沒有工作，因此生活非常無聊，小說開篇十二月二十四日的日記看似瑣碎，卻非常生動而細緻地呈現她無聊苦悶、無所事事的生活的基本樣態：她把牛奶反覆煨了三次，又把報紙從頭到尾詳細地看了一遍，連廣告都沒放過，甚至連今天的廣告和昨天有何差異也完全知道，都顯示她長期處在生活無聊的狀態，時間太多，可做的事情太少，不知道如何打發時間。她的心情非常煩

悶，所以看什麼都不順眼，怨氣衝天，門外有聲響時覺得其他的住客們很吵，沒有聲響時又覺得世界死寂地可怕。夥計、飯菜、窗戶、鏡子、四周的一切沒有一樣是順眼的。肺病、強烈的孤獨感加上過度空閒無所事事的生活，使得莎菲產生極嚴重的自憐心態，她覺得自己很可憐，因此希望從外在得到許多的愛和友誼來滿足她空虛的生活，她希望所有的朋友都能關注她、了解她。

就內在心理來說，她的心理可以用「無法滿足」來蓋括。因為「無法滿足」，所以她總是渴望很多的愛，她總是幻想自己在病床上讀著許多親友寫來的問候病情的信，而姐妹們跪在她的床前為她祈禱，全世界的朋友都把她像公主般地捧在手心。然而現實生活不可能如此美好，所以她無法滿足，覺得身邊沒有任何朋友能「真正地」「完全地」了解她。人與人之間原本就不可能有「真正完全」的了解，而莎菲卻以這個過高的要求來對待她的朋友們。莎菲身邊並不是沒有細心關照她的朋友，毓芳、雲霖、金夏和周，以及熱愛著她的葦弟都相當愛護她，但莎菲仍不滿足，她覺得全世界只有蘊姐了解她，然而蘊姐已經過世了。假設蘊姐還在世，「永遠無法滿足」的莎菲又真的會視她為知己嗎？也是由於「無法滿足」，所以她有許多反覆無常的行為，特別表現在愛情上，在對待葦弟和凌吉士的態度上，得不到時想征服他、掌控他、得到他，得到時又嫌棄自己所得到的竟是如此平庸的東西，悔恨自己的墮落。然而她反覆無常、無法滿足的心理狀態，也許病根正源自於她在日記中提到的一句話：「我，我能說得出我真實的需要是些什麼呢？」❸因為不

---

❸　丁玲：〈莎菲女士的日記〉，《丁玲全集》第三卷，頁48。

知道自己到底真的要什麼，所以她的心永遠無法安定，始終反覆搖
擺，又像個黑洞，永遠也裝不滿。莎菲的心情繼續展演下去，是
〈自殺日記〉和〈日〉等姊妹篇。〈自殺日記〉中伊薩生活的窮苦
困陋和精神的荒蕪空洞，〈日〉中伊賽日復一日、無所事事因而百
無聊賴的生命狀態，都與莎菲的心情一脈相承。

　　而在〈暑假中〉和〈小火輪上〉則更具體地思考女性知識分子
參與社會工作的必要性。她在〈我所認識的瞿秋白同志〉中曾提到
她和王劍虹在上海、南京闖蕩時對人生的想法：

> 當我們把錢用光，我們可以去紗廠當女工、當家庭教師，或
> 者當傭人、當賣花人，但一定要按照自己的理想去讀書、去
> 生活，自己安排自己在世界上所占的位置。❸❹

在上一章對於〈暑假中〉結局的討論中可以看到，丁玲以為在愛
情、婚姻和家庭都不絕對可靠的狀態下，女性唯有找到自己的人生
事業，才有安身立命之處，也才算是靠自己的力量在社會中獨立生
活，這也是夢珂為何要委屈求全地隱忍著眾人目光的原因。與〈暑
假中〉女教師們在開學時的工作中得到成就感和充實感相互對照的
是〈小火輪上〉節大姐被學校辭退的漂泊無依之感。節大姐的教學
能力並不比別人差，然而只因節大姐與昆山戀愛便被學校惡意地辭
退，而戀愛也因昆山的欺騙和玩弄而終結。小說寫出新式戀愛的種
種風險，也寫出女性在社會上，在職場上所面對的殘酷現實與不公

---

❸❹　丁玲：〈我所認識的瞿秋白同志〉，《丁玲全集》第六卷，頁33。

平的待遇。走出家庭之後的女性,在戀愛與工作兩頭落空的狀態下將何去何從?這黯然無助的心情是節大姐即將展開流浪歲月的心情,然而也未嘗不是當時許多中國新式女性知識分子面對未來的人生道路徬徨困惑的心情寫照。

由〈夢珂〉所開展出來的另一個主要議題是女性處境與社會現代化、資本主義商品化之間的問題,代表作品則是〈阿毛姑娘〉和〈慶雲里中的一間小房裡〉。丁玲可以說是最早注意到女性對現代物質文明,特別是流行服飾的著迷的現代女作家,在〈夢珂〉中,丁玲即點出現代城市的物質生活對女性的誘惑,夢珂在姑母家見識了馬車、洋房、客廳、沙發、地氈、又香又軟的新床和天鵝絨的枕緣,回味著一切精緻的裝飾,對於這從未夢想過的物質享受感到迷醉。當她收到父親從鄉下賣穀寄來的錢時,她在表姊的慫恿和作主下買了貂皮大氅、衣料、帽子、鞋子等衣飾,一下子將錢花去了大半。❸而在〈暑假中〉的女教師們雖然身處偏僻的武陵城,也著迷城裡的服飾裝扮,當玉子和娟娟穿著仿照上海的流行樣式剪裁而成的新裝來到自立女校時,便在教職宿舍引起一陣騷動和驚呼,她們將艷羨轉為「打扮得像個狐狸精」、「怎麼敢在街上走」、「像兩座活觀世音被抬著遊街」、「走出去簡直不像是教育界的人」等嫉妒的嘲笑。❸

〈阿毛姑娘〉和〈慶雲里中的一間小房裡〉則更完整地表現丁玲的思考。〈阿毛姑娘〉的女主人公阿毛原是一個未見過世面的山

---

❸　丁玲:〈夢珂〉,《丁玲全集》第三卷,頁 9-12,21-22。

❸　丁玲:〈暑假中〉,《丁玲全集》第三卷,頁 92-93。

村姑娘，她離開自己貧窮荒僻的娘家嫁到西湖邊上的富裕農家後，
就展開她對城市的冒險之旅。從鄰居三姐的口中，她開始想像美好
的城市，她在夜晚望著西湖邊上杭州城的萬家燈火，想像那是繁星
一般的鑽石寶帶。她被三姐帶領著遊逛了讓她目眩神迷的杭州城，
這段文字完全展現鄉下人對城市的繁華熱鬧既驚恐又充滿好奇與嚮
往的心情。之後又因許多富貴人家來西湖遊玩和度假而益發見識到
城裡人的享受，她將上海來的美人所穿的皮領衣裳、高跟緞鞋和玲
瓏的小手套都看成是無上的珍品。她對城市現代物質文明的繁華認
識得越多，她的虛榮和欲望越增加，她的苦惱也越多，渴望享福的
心使她對金錢產生無窮的野心。她努力勤奮地養蠶、工作，幻想自
己將來也能擁有同樣的富貴和幸福。但是當有一天她忽然領悟到光
靠著他的丈夫陸小二種田是無法讓自己享受富貴生活時，她便不再
工作，一心只想著作一個城市裡的摩登女人，她相信女人的命運全
繫於男人身上，她開始懊悔自己的婚姻，期待到西湖來玩的有錢男
人看上她。後來她想到城市裡當畫家的模特兒，遭到丈夫和婆家的
處罰，灰心喪氣之餘，又知道隔壁的漂亮姑娘即使有錢也逃不過死
神的安排，她開始發現她所謂的幸福全是虛幻的空想，精神上的苦
悶使她鬱鬱寡歡，感到人生無味，最後走上自殺一途。〈阿毛姑
娘〉描寫來自鄉村的女主人公對於城市及現代文明的啓蒙之路，但
這啓蒙不但是條不歸路，同時還意味著墮落。

　　〈慶雲里中的一間小房裡〉也表現類似的主題，小說中的阿英
從鄉下到上海當妓女，她真正欣賞、喜歡的男人是在鄉下種田的、
老實粗壯的陳老三，她夢見自己回到家鄉，和陳老三安安靜靜地生
活。但是從夢中醒來，現實中的陳老三靠種田養不起一個老婆，更

不用說來替她贖身。而阿英自己也清楚地知道自己已過慣了現在這種有錢的享樂生活，她再也不需要、也不可能回到過去了：

> 早上的夢，她全忘了。那於她無益。她為什麼定要嫁人呢？吃飯穿衣，她現在並不愁什麼，一切都由阿姆負擔了。說缺少一個丈夫，然而她夜夜並不虛過啊！而且這只有更能覺得有趣的……她什麼事都可以不做，除了去陪男人睡，但這事並不難，她很慣於這個了。她不會害羞，當她陪著笑臉去拉每位不認識的人時。她現在是顛倒怕過她從前曾有過，又曾渴望過的一個安分的婦人的生活。❸

小說的末尾，阿英和姊妹們站在牆根邊吃著又甜又熱的蓮子稀飯，一面用活潑的雙眼盯射往來的行人，看似歡快的結尾埋藏著無法明言的悲哀：她無法獨自在房裡忍受著隔壁大姐與有意娶她的客人所發出幸福而歡愉的聲響，她寧可在街頭吹風，即使找不到能出五元的客人，就是三元或兩元的也成。❸ 短短的結尾包含著豐富的意蘊：其中包括女性肉體的欲望、金錢的欲望、想要擁有幸福的欲望，以及為了這些欲望不得不自貶身價的悲哀。這個主題後來在三〇年代曹禺的劇作《日出》中得到完整的開展，《日出》對比著豪華飯店裡上流社會交際花陳白露疲乏空虛的精神痛苦與下層妓院的妓女翠喜和小東西受盡欺凌的悲慘命運，全劇貫串著意味深長的警

---

❸　丁玲：〈慶雲里中的一間小房裡〉，《丁玲全集》第三卷，頁196。
❸　丁玲：〈慶雲里中的一間小房裡〉，《丁玲全集》第三卷，頁197。

語：「太陽升起來了，黑暗留在後面。但是太陽不是我們的，我們
要睡了。」❸預示著這些女子墮入黑暗、無法面向日出的命運。

　　〈阿毛姑娘〉等兩篇小說是「莎菲」系列小說的補充，它的女
主人公並不是新式女性知識分子，而是來到鄉鎮城市的農村姑娘，
二者之間呈現丁玲對不同階級女性處境的體察。這兩篇小說與「莎
菲」系列合觀，可以看到丁玲在二〇年代末期對當時女性艱難命運
的思考，女性才剛剛擺脫封建家庭及傳統觀念的束縛，又得立刻面
對現代化過程中「繁華」、「享樂」的城市生活對女性的誘惑和控
制，而這正呼應魯迅「不是墮落，就是回來」的結論❹。莎菲等新
式女性知識分子努力在兩者之間殺出重圍，追求女性真正的獨立自
主，但卻在現代社會中漂泊、徬徨、進退失據，找不到出路，因此
對人生感到苦悶與虛無。阿毛、阿英等來自鄉村、未受過教育的純
樸的女性，在無所依傍下進入城市，物質享受的誘惑引發欲望的擴
張，只有走上出賣身體賺取金錢的墮落之途。女性處境在此與中國
社會的現代化問題糾結在一起，從阿毛、阿英兩位女主人公的命
運，初步展現丁玲對中國社會的觀察和思考：資本主義式的現代化
文明為城市妝點了繁華和進步的炫麗外貌，卻也將女性物化得更為
嚴重；女性被都市文明和享受所誘惑和吸引，為了比較快速地滿足

---

❸　曹禺：《日出》，《曹禺劇本選》（北京：解放軍文藝出版社，2000 年 7
　　月），頁 262。

❹　魯迅曾於 1923 年 12 月 26 日在北京女子高等師範學校發表著名的演講〈娜拉
　　走後怎樣〉，他認為娜拉在覺醒之後，離家追求自由，但若沒有「經濟」作
　　為後盾，她便只有兩條路：不是墮落，就是回來。《魯迅全集》第一卷，頁
　　158-170。

虛榮和欲望,只有將自己成為待價而沽的商品。阿毛等人的命運回應了「夢珂」進入劇院當演員後的遭遇,正如論者所言:

> 夢珂的故事象徵了走入資本主義都市生活的女性的共同命
> 運:從鄉村到都市,從反封建到求自由,非但不是一個解放
> 過程,而是一個從封建奴役走向資本主義式性別奴役的過
> 程,也是女性從男性所有物被一步步出賣為色情商品的過
> 程。❹

夢珂是受過新式教育的女性知識分子,離家之後為了生存,尚且無法逃脫現代社會觀看女性,將女性物化的圈套,何況是阿英等身無長物的農村姑娘。在丁玲筆下,女性進入城市,未受教育的阿英直接成為妓女,受過教育的夢珂忍受著男人的眼光和評論,成為上海的女明星,不願意屈服於現代化社會的遊戲規則,就註定成為漂泊徬徨的莎菲。

丁玲此時對現代都市文明的看法與她的湖南老鄉、好友沈從文有相似之處,雖然沈從文一直以鄉下人自居,丁玲則是個前衛、時髦的城市女性知識分子,而且兩人個性迥異,往後文學之路和人生之路的發展也非常不同,甚至在兩人之間產生一輩子難以化解的齟齬和恩怨,但在這個階段,他們是創作上的同伴,而且都經歷從湖

---

❹　孟悅、戴錦華:《浮出歷史地表——中國現代女性文學研究》(台北:時報文化出版公司,1993 年 9 月 15 日),頁 180。

南家鄉到北京、上海等大城市追求人生出路的經驗㊷，他們都看到
了傳統純樸的中國農村和受到資本主義衝擊而快速改變的城市之間
巨大的差異，看到了資本主義的力量日漸進逼農村，破壞了農村傳
統的經濟模式和農民的思維模式，也看到這股勢力所帶來的金錢、
「繁華」、無窮盡的物質欲望和享受對人性的誘惑和腐化，它引發
人性中的虛榮和貪欲，使許多原本純樸、知足、勤儉的鄉下人因為
對物質生活產生更高的欲望而開始墮落。但在這個基礎上，沈從文
和丁玲的關懷焦點並不相同，丁玲是將中國現代化的問題與她自身
的女性處境結合在一起，特別突顯現代化社會對女性的物化，而沈
從文則更進一步，在三○年代發展出他個人對於「現代城市文明」
與「湘西文化」兩種態度迥異的書寫系統。

　　丁玲寫作於 1928 至 1929 年間的小說完全展現她直視女性個人
生命困境的勇氣。中國如丁玲這樣勇敢而個性鮮明的女性知識分子
在經過五四與傳統家庭、包辦婚姻劇烈地鬥爭之後㊸，看似獲得了

㊷　沈從文高小畢業後即入伍從軍，1923 年底離開湘西到北京，1924 年開始創
　　作，並和胡也頻、丁玲共同經營他們的文學之夢，1927 年 12 月因北京的出
　　版事業相繼南遷而移居上海。沈從文到上海後，胡、丁兩人也於 1928 年 2 月
　　到上海。參見劉洪濤、楊瑞仁編：《沈從文研究資料（上）》（天津：天津
　　人民出版社，2006 年 6 月），頁 3-5。

㊸　丁玲雖有一個開明的母親，但在父親過世後，母親帶著丁玲及弟弟回湖南常
　　德娘家依靠舅父生活。舅父私自替丁玲訂婚，並阻撓丁玲到上海讀書，後經
　　母親的支持解除婚約，但丁玲與舅父發生激烈爭執，發表文章批評舅父的封
　　建作風。參見王增如、李向東編著：《丁玲年譜長編》上卷（天津：天津人
　　民出版社，2006 年 1 月），頁 17。並可參見丁玲的散文〈早年生活片斷〉，
　　《丁玲全集》第十卷，頁 295-301；〈我的中學生活的片斷〉，《丁玲文集》
　　第五卷（長沙：湖南人民出版社，1984 年 7 月），頁 317-328。

自由與個人主體性，得以接受教育，並且期許自己參與社會，然而前景卻未必如此光明。當丁玲從湖南長沙輾轉到南京、上海求學，又來到北京開始嘗試創作之時，她其實尚在摸索自己在社會上立足的方法，尚在找尋屬於自己真正的人生目標，未來對她而言，充滿了不確定性。❹莎菲自憐自怨終至自暴自棄的精神狀態，以及出現在〈夢珂〉、〈暑假中〉、〈自殺日記〉、〈歲暮〉、〈小火輪上〉、〈日〉等篇章中無聊、寂寞、頹廢、虛無的心緒，可以說都是二〇年代猶在尋找人生目標的丁玲的心情，也是許多仍在人生道路上徬徨迷惘的中國新知識女性共同的心情，她們企圖在魯迅斷言「娜拉走後」的兩條死路中殺出一條生路，但此時她們的前景尚且十分黯淡，需要更堅強的勇氣和更堅定的意志力。而從這些內容可以看出，相較於胡也頻有大量的作品描寫社會底層的苦難，丁玲的作品則更聚焦於個人自身的問題，竭力吶喊生命困頓的苦悶，企圖在黑暗中碰撞、追索可能的出路。如果說胡也頻的社會關懷與人道主義精神更接近於「文學研究會」的系統，那麼丁玲對於自我生命困境的坦率抒發，則更接近於「創造社」的系統。

丁玲對於女性處境的思考，在 1929 年出現轉折。寫作於 1929

---

❹ 1924 年夏天丁玲到北京，之後曾想過讀書或工作幾條不同的人生道路，包括投考大學、學習美術、學習法文到法國留學、做私人秘書、做家庭教師等。在苦悶中曾寫信給魯迅，渴望得到指引，後來又曾因看洪深的電影並聽了他的演講而興起當電影演員的念頭，終因無法接受電影界的現實而放棄這條路，最後終於在 1927 年開始寫小說，而這些流浪的經歷也大多寫入處女作〈夢珂〉中。參見王增如、李向東編著：《丁玲年譜長編》上卷，頁 25-38。並可參見丁玲的散文〈魯迅先生于我〉，《丁玲全集》第六卷，頁 105-121。

年至 1930 年的〈野草〉、〈年前的一天〉兩篇小說❹，說明丁玲
逐漸擺脫「莎菲時期」的人生困境。〈野草〉中的女主人公早年也
沉湎在愛情刺激的追求中，但現在她面對著南俠的追求卻毫不動
心，因為她的心專注於她的小說創作中，她只有在用筆的工作上能
找到安慰。❻〈年前的一日〉以丁玲自己和胡也頻的生活為藍本，
描寫女主人公和她的文學同志沉浸在文學世界中，過著賣文為生，
貧窮但充實、寧靜的生活。為了過年，兩人不得不預支稿費，雖然背
負著沉重的欠債，但他們面對人生卻懷抱著「健全的勇猛的生活的
力」，對坐著吃橘子、寫文章，將「一切生活的黑影」和「陰沉沉
下著細雨的天氣」一起拋在窗外。❼這兩篇小說和「莎菲」系列小
說最大的差異在於女主人公擺脫了愛情的追逐和糾纏，找到自己以
「寫作」為重心的生活方式，如同維吉尼亞‧吳爾芙在《自己的房
間》中論述女性與寫作的關係，在女性書寫缺乏傳統典範足供依循
和學習之際，吳爾芙強調「忠於自己，遠比任何事都要重要」❽：

> 不再摟著別人的臂膀；願意孤身前行；願意自己和這世界的
> 關係便是和真實的世界的關係，而不再只是和男男女女的世

---

❹ 在《丁玲全集》中，這兩篇小說並未註明寫作時間，但根據王增如、李向東
所編的《丁玲年譜長編》，〈野草〉寫作於 1929 年 5 月，〈年前的一天〉刊
登於 1930 年 6 月的《小說月報》。見王增如、李向東編著：《丁玲年譜長
編》上卷，頁 49、56。

❻ 丁玲：〈野草〉，《丁玲全集》第三卷，頁 248。

❼ 丁玲：〈年前的一天〉，《丁玲全集》第三卷，頁 256-265。

❽ 維吉尼亞‧吳爾芙：《自己的房間》（台北：探索文化公司，2000 年 2
月），頁 192。

界的關係；那麼，機會就會降臨，死去的詩人，死去的莎士
比亞妹妹，就會重現血肉之軀，化成她先前老是丟掉的軀
體。㊾

寫作成為證明自己獨立存在的方法。丁玲筆下的女主人公對於寫作
的存在方式感到滿足和愉快，不再有早期小說中在愛情和工作上的
徬徨感、無力感和挫敗感。因此小說的整體氣氛和情緒一掃「莎
菲」系列的頹喪和虛無，顯得和緩、舒展，甚至不乏昂揚的精神。
這意味著丁玲及其筆下的「莎菲」們幾年來在社會上的衝撞和努
力，此時終於有了初步的結果，她們在「墮落」和「回來」外找到
「寫作」這一條「暫時」讓自己滿意的安身立命之路，即使往後的
人生道路仍是艱辛而漫長。

四、文學道路的轉折──胡也頻與丁玲二〇年代末期有關革命與戀愛的小說

　　1928 年二月，丁玲和胡也頻從北京到上海，同年三月至七月
曾到杭州短暫居住，之後又回到上海。在上海這個資訊發達，各種
文學、社會活動蓬勃活躍的大城市，丁玲和胡也頻逐漸受到共產黨
革命以及「革命文學」的影響，1929 年至 1930 年是丁玲和胡也頻
的文學活動出現轉折的年代。從北京到上海後，胡也頻開始閱讀魯
迅和馮雪峰翻譯的蘇聯文藝理論，進而接觸馬克思主義思想及社會

㊾　維吉尼亞・吳爾芙：《自己的房間》，頁 196。

科學的書籍，迅速左傾，並開始提倡普羅文學。1929 年發表中篇
小說《到莫斯科去》，1930 年發表《光明在我們的前面》等左翼
革命小說，這兩部小說都包含了「革命」與「戀愛」兩個元素。而
丁玲則在這個時期寫出了〈野草〉和〈年前的一天〉，逐漸擺脫
「莎菲時期」的苦悶，於此同時，她寫出中篇小說《韋護》及短篇
小說〈一九三〇年春上海〉（之一）（之二），這三篇作品也被認為
是「革命＋戀愛」重要的代表作。在這個時期有關革命與戀愛議題
的小說中，胡也頻與丁玲的創作風格仍有差異，胡也頻著重在革命
與戀愛的兼容，丁玲則偏重革命與戀愛的衝突。而此差異又與他們
兩人在二〇年代末期至三〇年代初期對於革命的態度有關。

　　丁玲在〈一個真實人的一生——記胡也頻〉和〈胡也頻〉兩篇
文章中曾敘述胡也頻左傾的過程，並在描述胡也頻性格的同時說明
他對革命的態度：

> 　　也頻有一點基本上與沈從文和我是不同的。就是他不像我是
> 一個愛幻想的人，他是一個喜歡實際行動的人；不像沈從文
> 是一個常處於動搖的人，……也頻卻是一個堅定的人。他還
> 不了解革命的時候，他就詛咒人生，謳歌愛情，但當他一接
> 觸革命思想的時候，他就毫不懷疑，勤勤懇懇去了解那些他
> 從來也沒聽到過的理論。❺⓿
>
> 　　也頻就是這樣一個人：當他了解了革命真理的時候，他是不

---

❺⓿　丁玲：〈一個真實人的一生——記胡也頻〉，《丁玲全集》第九卷，頁 68。

會躊躇退縮的。因為他不是一個私心很重的人，動輒要權衡個人得失。他日常不愛多說話，不善詼諧，不會諷刺，他討厭用玩世不恭來表現自己的聰明，但他卻是扎實的，堅強的，穩重可靠的。**❺**

這些文字既生動地描繪出胡也頻鮮明的性格，也展現出胡也頻面對革命時義無反顧的堅定態度，因為對胡也頻來說，「革命」是他在艱辛的人生道路上跋涉的過程中找到的一條可能的出路，當他投注全部的心力在同情下層階級的苦難時，「革命」又為他找到改變社會現狀的可能辦法。因此當他受到革命的吸引，並開始接觸相關的理論書籍後，他便毫不猶豫地展開他的革命實踐。1929 年夏天，胡也頻因出刊《紅黑》月刊積欠一大筆債務，不得不將雜誌停刊，另謀經濟來源。1930 年初，胡也頻與董每戡一起前往濟南山東省立高中教書。在濟南教書的幾個月間，胡也頻便在學生群中宣揚他剛剛學習的革命理論，包括唯物史觀、社會科學理論與普羅文學理論等，因此在同年五月時便被山東省當局注意，不得不結束短暫的教書時光，回到上海。之後，在潘漢年的介紹下，胡也頻與丁玲一起加入了「中國左翼作家聯盟」，胡也頻不但被選為左聯執行委員，還擔任工農兵通信運動委員會主席，正式參與實際的革命活動。**❺**

---

❺ 丁玲：〈胡也頻〉，《丁玲全集》第六卷，頁 96-97。

❺ 張小紅：《左聯五烈士傳略》，頁 88-91，並可參考丁玲：〈關於左聯的片斷回憶〉，《丁玲全集》第十卷，頁 238。

　　也因為胡也頻對於革命態度的積極與堅定，他的《到莫斯科去》和《光明在我們的前面》都著重在知識分子面對光明的革命前景時，充滿信心與嚮往的心情。寫作於 1929 年的《到莫斯科去》描寫女主人公素裳女士受到革命者施洵白的吸引和影響，決定拋棄富貴少奶奶的生活而走上革命的道路。小說中的女主人公素裳女士是個美麗、聰明、情感熱烈而細膩，富有良好的文學藝術教養，又充滿生命活力的個性獨特的女人，然而她卻嫁給一心追求政治權力、庸俗的黨國要人徐大齊，過著富貴但貧乏無味的生活。她的熱情與生命力使她對目下的生活感到厭倦和無聊，她期待自己能獨立做些有意義的工作。就在此時，她認識了施洵白。施洵白年少時飽受欺凌的學徒經驗讓素裳感到心驚和同情，也讓她認識到社會底層生活的艱辛，施洵白的智慧和思想、沈靜與毅力使素裳傾心，更讓她對現有的生活感到不耐。她在施洵白的影響下放棄了原本對於文學的傾心，開始閱讀唯物主義思想的書籍，逐漸形成她的階級意識。正當素裳決定和施洵白一起奔向新的生活時，徐大齊利用政治權力秘密地將施洵白逮捕並處決。然而即使面對這樣的噩耗，素裳仍堅定地設法到革命聖地「莫斯科」去學習。

　　寫於 1930 年的《光明在我們的前面》不論在內容、結構和邏輯上都和《到莫斯科去》非常相似。整部小說以 1925 年的「五卅慘案」為核心，擴及「五卅慘案」後全國各地的工人運動和全國總罷工等反帝運動的高潮時期，描寫女主人公白華從無政府主義支持者轉向共產主義革命者的過程。小說中的男女主人公劉希堅和白華是一對互有好感的青年男女，他們從前都是無政府主義的信仰者，然而在一年前，劉希堅開始感到無政府主義思想的空洞性和幻想

性，因此轉向共產主義，他認為共產主義的理想性能具體落實在解決中國社會的現實問題，因為共產黨的組織形式是根據中國社會具體客觀的現狀來決定革命路線。劉希堅在轉向共產主義的同時，也希望白華在思想上能與他步調一致，然而白華卻仍堅持無政府主義的信仰。但在面對「五卅慘案」的事件上，兩個組織陣營出現了巨大的分歧，劉希堅的陣營連夜開會，整個組織動員起來，分頭發放傳單、起草抗議宣言、舉行街頭演講、參與罷工示威，而白華的陣營卻對此事毫不關心，仍在設想烏托邦式的新村的建立。這樣巨大的落差讓白華感到沮喪和憤怒，她在孤軍奮鬥中不得不承認無政府主義的個人主義性和脫現實性，她在理想的幻滅與失望中閱讀了許多共產主義的書籍，終於走上了劉希堅的革命道路，在劉希堅的引領下加入了共產黨的組織。小說的最後結局是戀愛與革命的雙重勝利。

在這兩部小說中可以看到幾個相似的特點：首先，在小說結構上，兩部小說都是描寫女主人公受到一個堅定的共產黨員的啓蒙而走上革命的道路。其次，小說中的人物形象都有「簡單化」的傾向，人物塑造鮮明而對立，其中的革命者既有堅定的信仰和深刻的思想，又有實踐的行動力，沈穩而有毅力。革命者對立面的人物則像《到莫斯科去》中的徐大齊是個濫用權力，庸俗而殘忍的政客，或像《光明在我們的前面》中的無政府主義信仰者「自由人無我」只醉心於新村的建設，對於帝國主義對工人運動的鎮壓麻木無覺，甚至惡意地認為鎮壓和屠殺是共產黨造的謠，為的是製造群眾的恐怖。第三，小說的主題都描寫革命與戀愛的關係，且較著重在革命與戀愛的一致，但兩部小說的表現方式略有不同。《到莫斯科去》

中素裳女士對施洵白萌生的愛情促使她更順利地走上革命之路，但
當她的革命之路剛要展開時，施洵白就遇害犧牲了，然而施洵白的
犧牲卻讓素裳更堅定地走向革命。素裳的愛情成功地轉換為革命的
動力，而堅持革命也是素裳對施洵白愛情的證明，即使施洵白已經
犧牲了。《光明在我們的前面》則描寫戀愛與革命從矛盾到統一的
過程，小說中的劉希堅與白華最初因意識形態的差異而造成情感上
的隔閡，但終因白華走向革命而讓兩人的戀愛與革命趨於統一。而
在戀愛與革命的兩種元素中，胡也頻更看重革命的元素，革命決定
了愛情的可能性。第四，兩部小說都充滿了慷慨的熱情和昂揚的鬥
志，小說結尾都迎向充滿希望的美好前景，在寫法上也非常近似，
《到莫斯科去》的結尾是：

> 於是這火車向曠野猛進著，從愁慘的，黯淡的深夜中，吐出
> 了一線曙光，那燦爛的，使全地球輝煌的，照耀一切的太陽
> 施展出來了。[53]

而《光明在我們的前面》的結尾則是：

> 他們兩個人便動步了，向著燦爛的陽光裡走去。一種偉大的
> 無邊際的光明展開在在他們的前面。[54]

---

[53]　胡也頻：《到莫斯科去》，《胡也頻選集》（下），頁 767。
[54]　胡也頻：《光明在我們的前面》，《胡也頻選集》（下），頁 900。

「太陽」是這兩篇小說中表現光明的共同意象。

　　雖然兩部小說有許多相似之處，但從《到莫斯科去》到《光明在我們的前面》，依然有其進展的線索。首先，雖然兩部小說都描寫革命與戀愛的關係，但在《到莫斯科去》中，革命與戀愛的關係較為單純，僅僅是戀愛與革命的轉換，然而在《光明在我們的前面》中，當白華尚未走上革命之路時，作者對劉希堅內心戀愛與革命的衝突矛盾著墨較為細膩，細膩的內心描寫有助於人物形象的深化與複雜化。其次，《到莫斯科去》較著墨於浪漫愛情的描寫，楊義認為這部小說是「充滿浪漫主義熱情的革命傳奇」❺❺，而《光明在我們的前面》放下了浪漫愛情的描寫，一方面著墨於主人公內心的衝突：劉希堅內心戀愛與革命的衝突，白華內心無政府主義和共產主義兩種信仰的衝突，另一方面也強調革命的理念和實踐，他透過對共產黨員的組織工作和街頭運動的描寫來展現革命的實踐性，也透過普通老百姓抵制英日貨的行動來展現群眾素樸的愛國心和最初的覺醒。從這兩個角度可以看到胡也頻從《到莫斯科去》到《光明在我們的前面》的進步。

　　相較於胡也頻小說中對於革命抱持著堅定昂揚的精神，並強調革命與戀愛的兼容，丁玲的小說《韋護》與〈一九三〇年春上海〉（之一、之二）則是「漸進式」地在五四個人主義的精神中加入了二〇年代末期社會和文壇盛行的革命元素，在這漸進的過程中可以看到丁玲對外在世界的變化最真誠的觀察和思考。胡也頻的《到莫斯

---

❺❺　楊義：《中國現代小說史》第二卷（北京：人民文學出版社，1988 年 10月），頁 283。

科去》完成於 1929 年五月初，同年冬天，丁玲完成了《韋護》。
這部作品取材自丁玲好友王劍虹與共產黨員瞿秋白之間的戀愛故
事。主人公韋護年少時具有浪漫、感傷，對人生的一切感到空虛和
懷疑的詩人氣質，後來經歷馬克思、列寧著作的洗禮，鍛鍊了意
志，也堅定了信仰，回到國內從事革命工作。但是這兩重性格總是
相互拉扯著，他喜歡並習慣安靜舒服、適合寫作的生活，良心卻敦
促他去適應革命者的受苦耐勞，最終還是前者戰勝後者。他在忙碌
的教書、翻譯生活中，仍鍾情於寫些讓他珍愛的小詩，也沉醉於不
朽的文學巨著。當他開始喜歡上麗嘉時，他就感受到戀愛與革命之
間的隔閡，他已經獻身給他的革命理想，不可能回到從前是個自由
主義者、個人主義者，是個詩人和音樂家的年代，然而麗嘉欣賞和
喜愛的，卻偏偏是後者。當韋護與麗嘉陷入熱戀之後，韋護完全荒
廢了他的工作，他和麗嘉整日地窩在舒適的小屋中談情說愛，讀詩
論文學，飽嘗愛情的幸福與美好。愛情的美好到達極致時，同志的
不滿卻加深了韋護心中的矛盾和痛苦，他感到自己不論對於愛情或
信仰都是不忠實的，經過內心激烈地鬥爭後，他選擇到廣州參加革
命，拋棄了麗嘉。小說講述的既是革命與戀愛之間的衝突，也是五
四個人主義精神的張揚與二〇年代末期後革命所講究的政治性和集
體性之間的衝突。小說最意味深長之處在於，從表面上看來，最終
是革命戰勝了戀愛，堅強的理智戰勝了情感，但整部小說呈現出來
最迷人的部分卻是韋護在與麗嘉戀愛時所感到精神上的滿足感和豐
潤感，而為了革命理想，韋護不得不割捨讓他的靈魂感到幸福和富
足的愛情。在小說中，麗嘉對韋護的工作表示理解和寬容，但韋護
的同志卻對他的戀愛表達批判和不滿，似乎戀愛可以包容革命，但

革命卻容不下戀愛。從小說可以看出，這個時期的丁玲敏銳地感受到社會的革命氛圍，但她的基本立場和思維模式仍是五四個人主義的精神。對她而言，在文學與政治之間，她更享受〈年前的一天〉裡所描寫的追求文學的道路。

在《韋護》之後，丁玲在 1930 年六月至十月間寫了〈一九三〇年春上海〉（之一、之二）**❺❻**，這兩個中篇在寫作時間上略晚於胡也頻的《光明在我們的前面》**❺❼**。丁玲曾說這兩篇小說是她參加「左聯」之後給讀者的獻禮，將〈一九三〇年春上海〉（之一、之二）兩篇小說合觀，可以看到丁玲對「革命」與「戀愛」有更進一步、更全面的思考。〈一九三〇年春上海（之一）〉中的女主人公美琳原本與作家子彬過著相當舒適、享受的生活，但在子彬與革命運動者若泉對於文學的爭執和辯論中，美琳開始對幸福的家庭生活感到空虛，也逐漸對社會現狀、階級革命有所認識，最終選擇拋棄子彬，在五一勞動節走上遊行的行列。小說從子彬和美琳關係的改變說明革命和戀愛的衝突，但這衝突也在子彬和美琳的心中，子彬面對的是原有的名聲、生活、思想與進步的文藝團體之間的選擇，美琳則面對子彬的愛情與積極開展的社會運動之間的選擇。如果說

---

❺❻ 1931 年 5 月丁玲出版了自己與胡也頻的作品集《一個人的誕生》，以紀念胡也頻的犧牲。在這本作品集中，收錄了丁玲〈一九三〇年春上海〉這兩部小說。她在自序中說明〈一九三〇年春上海〉原本計畫寫成一個長篇，但因懷孕身體不適，故改成五個相互連貫的短篇。寫了兩篇之後，便因身體不堪負荷而中斷，接踵而來的是胡也頻遇害的噩運，以至沒有完成最初的計劃。見丁玲：〈《一個人的誕生》自序〉，《丁玲全集》第九卷，頁 8-9。

❺❼ 胡也頻的《光明在我們的前面》寫作於 1930 年三月至九月間，見張小紅：《左聯五烈士傳略》，頁 96。

子彬和美琳代表的是時代變化中尚在面對人生道路的抉擇的知識分子，更進一步的則是〈一九三〇年春上海（之二）〉，小說中的革命者望微與女朋友瑪麗兩人各自都已確立了人生信仰。面對完全不同的人生信仰，望微努力想調解、彌平革命運動與愛情之間的衝突和隔閡，但結果卻讓他筋疲力盡；瑪麗對望微的革命工作感到呆笨和乏味，她追求愛情的完整和忠實，無法忍受望微的「分心」。最終瑪麗選擇離開望微，追求自己的幸福，望微也坦誠「信仰是永遠不會磨滅的」，小說的最後，兩人走上完全不同的人生道路，當望微在大街上演講、示威時，他看到瑪麗衣著光鮮，歡樂地提著逛街的「戰利品」，身邊是一個漂亮的青年。

　　這兩篇小說中不論是子彬或美琳，望微或瑪麗，其實都正面對著五四時期與革命時代兩種意識形態和思想觀念的抉擇，而表現出完全不同的態度。子彬靠著充滿個人主義和感傷主義的作品贏得少年讀者的愛戴，他滿足於這樣的生活，不願捲入革命的聲浪中。美琳則在社會革命運動的衝擊下，無法再安於五四之後所擁有幸福的婚姻生活，而希望通過社會運動找到證明自己的方法，於是投入革命。望微有堅定的革命信仰，但他企圖找尋革命與戀愛間的和諧共處之道，終告失敗。瑪麗則厭棄望微的革命信仰，追求「戀愛至上」的人生。值得注意的是，這兩篇小說都是由女主人公主動作出明快的人生抉擇，拋棄愛人，一個追隨革命，一個追求理想中的愛情，與《韋護》由男主人公作出決定、女性處於被動狀態大異其趣，這使得這兩篇小說延續丁玲之前的作品，可以看作是丁玲對自己，也是對女性人生道路的持續思考，女性在經歷五四運動的鬥爭後，擁有了自己選擇的愛情，也展開艱辛寂寞但獨立自主的文學之

路,如今遇上了讓所有關心中國社會的知識分子都不能不正視的革命浪潮,女性應該怎麼選擇?是前進還是退守?雖然兩篇小說女主人公的選擇完全不同,但從內容來看,隱約可見丁玲從五四個人主義到社會革命的跨越。在〈之一〉中,丁玲從正面描寫美琳積極地進入社會,在〈之二〉中,丁玲雖然仍讓瑪麗選擇追求自己的愛情和幸福,但丁玲卻又藉瑪麗之口說出她對愛人的不滿,而這不滿,卻又意謂著愛情無法操之在我的非自主性和難以避免的缺憾:

> 「我使你痛苦嗎?笑話!是你在使我痛苦呢!你有什麼痛苦?白天,你去『工作』,你有許多同志!你有希望!你有目的!夜晚,你回到家來,你休息了,而且你有女人,你可以不得我的允許便同我接吻!而我呢,我什麼都沒有,成天游混,我有的是無聊!是寂寞!是失去了愛情後的悔恨!然而我忍受著,陪著你,為你的疲倦後的消遣。我沒有說一句抱怨的話。現在,哼,你倒嘆氣了,還來怨我……」❺⑧

瑪麗對望微的怒吼未嘗不是顯示:她將人生美好的希望和目的寄託在愛情上,所得到的結果只是寂寞和痛苦。瑪麗堅持繼續追尋她的愛情和幸福,但她能保證不會再次嘗到「失去了愛情後的悔恨」?如果愛情充滿了「非自主性」,那麼參與革命會不會反而是具有自主性的選擇?

丁玲寫作〈一九三〇年春上海〉時,正是胡也頻積極於「左

---

❺⑧　丁玲:〈一九三〇春上海(之二)〉,《丁玲全集》第三卷,頁327-328。

聯」工作之時，丁玲在 1950 年的回憶文章中曾說：

> 他很少在家。我感到他變了，他前進了，而且是飛躍的。我
> 是贊成他的，我也在前進，卻是在爬。我大半都一人留在家
> 裡寫我的小說《一九三○春上海》。❺

從這段文字可以看出，胡也頻走上革命的過程較為順利而迅速，面
對革命的態度也非常積極和堅定，因此他這個時期的作品充滿了光
明和昂揚的氣氛，也傾向於呈現革命與戀愛的兼容和一致，而丁玲
走向革命的過程則更為曲折。在丁玲與胡也頻對革命的步調不一致
的情況下，丁玲未嘗不曾有被拋下的寂寞和痛苦，這也許刺激向來
強調女性要獨立自主，並執著於追尋女性社會定位與價值的丁玲對
女性參與社會革命產生新的思考，她在社會革命運動中看到女性參
與社會的另一條可能的出路。但這選擇並非沒有疑慮，她深怕選擇
革命將喪失女性經歷辛苦鬥爭才得以擁有的獨立自我。對當時的丁
玲來說，無論抉擇為何，五四個人主義精神與革命的政治性和集體
性二者之間基本上是難以相容的，正如小說中的革命和戀愛是難以
相容的。

五、結語

在五四新文化運動的洗禮之下，許許多多的青年男女受到啓蒙

---

❺　丁玲：〈一個真實人的一生——記胡也頻〉，《丁玲全集》第九卷，頁 70-71。

而成為具有現代眼光的知識分子。由於傳統封建制度對女性的束縛
和規範遠比男性更多，因此女性的啓蒙道路要比男性更為曲折。這
個因素影響了胡也頻和丁玲二○年代中期的創作內涵。儘管胡也頻
此時也對未知的前途充滿焦慮，在貧窮的困頓中掙扎著，但他堅信
自己擁有關懷社會和參與社會的權利。他從飽受欺凌的學徒生涯中
走來，經歷了貧窮而漂泊的歲月，也對社會的種種不平感到痛苦與
憤怒，這使得胡也頻的創作在描寫漂泊的知識分子的苦悶心理之
外，更向廣大的社會底層展開，從書寫下層群眾的貧窮處境出發，
進而思考並批判造成苦難的種種社會因素，又從反封建的意識出
發，進而書寫麻木冷漠的國民性。胡也頻二○年代中期的作品繼承
了「文學研究會」的社會關懷和人道主義精神，對種種社會現象和
問題進行廣泛性的觀察、挖掘、反省和批判。

　　當胡也頻向外描寫社會現象時，丁玲更著重在向內書寫生命的
困境與苦悶。如果說胡也頻的作品是向社會的廣度發展，丁玲的作
品則是向靈魂的深處探掘，因此丁玲的作品更接近「創造社」書寫
自我的文學傳統。丁玲的人生困境主要來自於她不知道在這個男性
的社會裡，女性將置身何處。啓蒙讓女性擺脫家庭的束縛，但卻沒
有告訴她們該往何處去？在沒有經濟基礎的情況下，擺脫家庭束縛
的女性依然不具有獨立的自我，這是沒有經濟權的娜拉走後的悲
哀。丁玲從 1927 年開始寫作，她的作品全部聚焦在女性的「愛
情」和「工作」上，「愛情」是五四個性解放的代名詞之一，而
「工作」則代表娜拉走出家庭之後的人生道路，這是女性追尋獨立
自我最基本也是最重要的兩個議題。

　　1928 年胡也頻與丁玲來到上海後，開始受到左翼革命思潮的

洗禮。二〇年代中期以來一直在描寫各種社會問題，而且對於社會
現狀感到憤怒的胡也頻很快地找到了改造社會的方法——「革
命」，他的作品從早期抑鬱而低沈的怒吼，轉為昂揚而振奮的歌
唱，這是他的《到莫斯科去》和《光明在我們的前面》。他筆下的
青年男女同赴革命之路，既是同志，又是伴侶，革命與戀愛相輔相
成。而好不容易在寫作中找到獨立自我的丁玲面對革命卻充滿疑
慮，對她來說，戀愛與革命，就如同五四啓蒙與二〇年代末期開展
的革命，也如同五四所強調的個人解放的精神與革命所強調的集體
性和政治性，在思想上具有某些本質性的差異，而這差異又具有難
以轉化的矛盾和衝突。在啓蒙與革命之間，丁玲猶疑而難以選擇。

　　1931 年二月，胡也頻遇害，悲憤與痛苦促使丁玲很快地選擇
了革命，走上胡也頻生前所選擇的人生道路，她將繼續完成胡也頻
所未能走完的漫長、曲折而艱辛的革命之路。

第四章
「亭子間」與「十字街頭」：
蔣光慈、丁玲「革命＋戀愛」
小說之比較

一、前言

　　1927 年北伐革命陣營的分裂促使中國現代史的發展出現轉折，在政治、社會、文化思想和文學等各方面都產生重大的影響。李澤厚在〈啓蒙與救亡的雙重變奏〉中以「啓蒙」和「救亡」對舉的方式區隔五四運動及二○年代中期之後的中國歷史發展與主流意識形態，說明五四時期「啓蒙與救亡的相互促進」在啓蒙理想的失落下如何逐漸被「救亡壓倒啓蒙」的集體性運動所取代，並影響中國歷史長達半個多世紀的時間。❶專門研究中國啓蒙運動發展過程

---

❶　李澤厚：〈啓蒙與救亡的雙重變奏〉，《中國現代思想史論》（台北：三民書局，2009 年 11 月二版），頁 3-46。

的舒衡哲則完整地論述清黨大屠殺的恐怖氣氛對知識分子心靈上的重創，以及知識分子如何在清黨後的白色恐怖時期經過反省和力量的重整，從而醞釀 1936 年至 1937 年間，具有民族救亡意識（反抗日本侵華行動），又運用馬克思主義辯證唯物論來解釋歷史的「新啟蒙運動」。❷在文學方面，北伐革命陣營的分裂以及隨之而來政治思想上的壓抑導致革命風潮的中挫，使得進步的知識分子和青年學生將革命激情從革命實踐轉移到文學的書寫上❸，1928 年至 1930年在上海引起論爭，並成為文壇主流的「革命文學」為五四以降的新文學注入了新的元素。曠新年在《1928 革命文學》中認為北伐革命失敗後的歷史情勢造成中國新文學的裂變，二○年代末期興起的「革命文學」及其影響之下在三○年代提倡的普羅文學是「無產階級的『五四』」❹。

---

❷　參見舒衡哲：《中國啟蒙運動──知識分子與五四遺產》（北京：新星出版社，2007 年 8 月）第四章「革命運動的嚴峻考驗：1925-1927」及第五章「邁向新啟蒙，1928-1938」。

❸　著名的作家茅盾（沈雁冰）是其中最具有標誌性的人物。「茅盾」此一筆名及其文學創作都是 1927 年北伐革命陣營分裂下的產物。在二○年代中期之前，沈雁冰是商務印書館優秀的文學刊物主編、翻譯家、文學評論家，同時也是熱心於政治、社會運動的共產黨員。1927 年國民黨的清黨運動使沈雁冰因躲避通緝而窩藏在自家的小閣樓裡長達十個月的時間，在精神苦悶和經濟壓力下開始寫作。參見茅盾：《回憶錄》，《茅盾全集》第三十四卷（北京：人民文學出版社，1997 年）「創作生涯的開始」一節，頁 382-400。

❹　曠新年：《1928 革命文學》（濟南：山東教育出版社，1998 年 5 月），頁43-86。「無產階級的『五四』」一語原出於瞿秋白，他在 1932 年發表的〈普洛大眾文藝的現實問題〉一文中，從「用什麼話寫？」、「寫什麼東西？」、「為著什麼而寫？」、「怎麼樣去寫？」、「要幹些什麼？」等方

1928 年來到上海的胡也頻和丁玲此時雖仍和他們的文學好友沈從文專注於文學事業，並在隔年一月創辦紅黑出版社，發行《紅黑》月刊並編輯出版「紅黑叢書」，卻也受到文壇風起雲湧的浪潮所襲捲。如前章所論，胡、丁兩人正是在這個時期受到共產黨革命與「革命文學」的影響，在文學道路上出現轉折。在論及中國二○年代末期的「革命文學」時，除了文學史及「革命文學」相關文獻資料都會提及的文學背景，包括太陽社與後期創造社從歧異到合作的過程❺、創造社與魯迅從預計合作到發生論戰的過程❻、太陽社與後期創造社對魯迅的攻擊以及對五四文學運動的批判與重新定位❼、論戰雙方如何在一番激辯之後重啓合作關係，最後促使 1930年「中國左翼作家聯盟」的成立等問題之外，張勇對於前、後期創

面去闡述實踐普洛大眾文藝的方法和態度，在此立場上反省五四運動的侷限，並強調階級鬥爭、反對國民政府的政治意圖：「普洛大眾文藝的鬥爭任務，是要在思想上武裝群眾，意識上無產階級化，要開始一個極廣大的反對青天白日主義的鬥爭。五四時期的反對禮教鬥爭只限於智識分子，這是一個資產階級的自由主義啓蒙主義的文藝運動。我們要有一個『無產階級的五四』，這應當是無產階級的革命主義社會主義的文藝運動，這就是反對青天白日主義。」見《瞿秋白文集》文學編第一卷（北京：人民文學出版社，1998 年 12 月），頁 475。

❺ 太陽社成員楊邨人在〈太陽社與蔣光慈〉一文中詳述「太陽社」成立及出刊《太陽月刊》的經過、「太陽社」提倡「革命文學」的宗旨、太陽社與創造社從相互攻擊到握手合作的過程等問題。參見方銘編：《蔣光慈研究資料》（北京：知識產權出版社，2010 年 1 月），頁 71-77。

❻ 可參考曠新年：《1928 革命文學》，頁 43-45。

❼ 相關的論戰文章可參見北京大學、北京師範大學、北京師範學院中文系中國現代文學教研室主編：《文學運動史料選》第二冊（上海：上海教育出版社，1979 年 6 月）「無產階級革命文學論爭」部分，頁 6-183。

造社在「革命」內涵的看法上發生轉變，以及「革命文學」論戰各方對革命態度的差異等論題有完整地研究❽；而陳建華則關注自晚清梁啓超以來，經歷「革命文學論爭」直至八〇年代這一百年來中國革命話語內涵的轉變。❾在這些研究成果之外，還不可迴避現在較乏人問津的作家蔣光慈。蔣光慈因其文學作品的簡單、粗略以及過早逝世的命運而無法得到後世讀者的關愛，然而對於推動「革命文學」的思潮以及開創「革命＋戀愛」小說形式等方面，蔣光慈仍有其文學史上的代表性。❿

　　「戀愛」與「革命」也和「啓蒙」與「救亡」一樣是貫串中國現代文學的重要關鍵詞，如同啓蒙與救亡並非兩個完全對立的概念，革命與戀愛也糾結著千絲萬縷的複雜關係。⓫愛情在五四時期本是具有革命意涵的詞語，它意味著對傳統封建思想的顛覆與個人主體性的解放與建立，具有改造個人與社會的雙重意涵。在五四前後到二〇年代初期無政府主義者帶有烏托邦色彩的「工讀互助團」的革命生活中，即可看見革命青年企圖追求自由戀愛與社會革命的

---

❽　　張勇：《摩登主義：1927-1937 上海文化與文學研究》（台北：人間出版社，2010 年 1 月）第四章「革命文學」與「革命」摩登，頁 107-171。

❾　　可參考陳建華：《「革命」的現代性：中國革命話語考論》（上海：上海古籍出版社，2000 年 12 月）「上篇」的五篇論文。

❿　　郁達夫曾在〈光慈的晚年〉一文中回憶蔣光慈的小說在 1928、1929 年間暢銷的情形，可見其作品在當時曾發揮的影響力。參見方銘編：《蔣光慈研究資料》，頁 84-85。

⓫　　劉劍梅在《革命與情愛——二十世紀中國小說史中的女性身體與主題重述》（上海：上海三聯書店，2009 年）一書中詳實地論析「革命」與「情愛」元素在中國現代文學史中錯綜複雜、面貌紛呈的關係。

結合，以及革命與戀愛之間的種種張力與矛盾。⓬隨著二○年代中期國、共合作以及共產黨革命運動的開展，革命與戀愛的問題也進入共產黨的革命陣營，並在革命失敗後轉化為文學創作的題材。由「革命」與「戀愛」所展開的議題不僅僅是革命與戀愛本身而已，還包括革命與文學、個人情感的張揚與理想的實踐、個人欲望與集體革命如何取得平衡等問題。

　　整個「革命文學」論爭及「革命＋戀愛」小說是在二○年代末期的上海發展起來，而在「革命＋戀愛」小說中最具有象徵意義的「空間」是「亭子間」和「十字街頭」。「亭子間」指上海住房中裡屋和外屋之間過道樓梯上的一間小房間，由於空間狹小、通風不良但租金便宜，經常成為財力單薄的上海作家及經常搬家、居無定所的革命工作者居住的地方，後來也成為上海住房擁擠狹窄的代稱。⓭「十字街頭」的概念則源自於日本著名的文藝評論家廚川白

⓬ 可參考清水賢一郎：〈革命與戀愛的烏托邦——胡適的「易卜生主義」和工讀互助團〉，吳俊編譯：《東洋文論》（杭州：浙江人民出版社，1998 年 8月），頁 200-222；張全之：〈無政府主義與啓蒙主義之關係及對中國文學之影響〉，《現代中國文化與文學》第 7 輯，2010 年 1 月，頁 92-100。有關二○年代初期知識分子對「革命」與「戀愛」關係的討論，以及革命青年企圖在「革命」與「戀愛」之間取得雙贏局面，但「革命」紀律多，「愛情」的發展卻銳不可擋，以致理想與現實產生嚴重落差的情況，可參見呂芳上：〈1920 年代中國知識分子有關情愛問題的抉擇與討論〉，呂芳上主編：《無聲之聲（Ⅰ）：近代中國的婦女與國家（1600-1950）》（台北：中央研究院近代史研究所，2003 年 5 月），頁 73-102。

⓭ 有關「亭子間」的介紹，可見李歐梵：《上海摩登——一種新都市文化在中國（1930-1945）》（北京：北京大學出版社，2001 年 12 月）第一章重繪上海中的「亭子間」生活一節，頁 39-43；章清：《亭子間：一群文化人和他們

村，他在 1920 年與 1923 年先後出版了《出了象牙之塔》和《走向十字街頭》❶二書，意味著他將離開書房，成為一個富有社會改革理想的文學批評者。嫻熟日本文學與文化的周作人則在 1925 年二月寫了〈十字街頭的塔〉，說明自己原本就是十字街頭的人，現在選擇住在臨街的塔裡，因為他想忠於自己的思考，不願「跟著街頭的群眾去瞎撞胡混」❶，但卻也預示他走向「隱士」的道路。以「亭子間」和進行宣傳、遊行、示威活動的「十字街頭」對舉，看似區分作家或革命者的公（革命）、私（戀愛）領域，但實際上兩個空間的意涵是具有流動性的，劃分並非如此分明。在蔣光慈和丁玲「革命＋戀愛」的小說中，「亭子間」既是戀愛和從事文學創作等個人活動的空間，同時也可能是孕育革命的搖籃；同樣的，「十字街頭」既是革命運動的場所，也同時是個人欲望張揚、展現的所在。在本章中，將首先論析蔣光慈「革命＋戀愛」小說的元素與特質，並以蔣光慈為對照，比較性別、學養與思想背景都有差異的「二蔣」（丁玲原名蔣冰之）在「革命＋戀愛」小說創作上的差異，以及兩人如何透過這類小說展現革命與戀愛、革命與文學、個人與

的事業》（上海：上海人民出版社，1991 年 10 月）。作家周立波在三〇年代的上海所寫的論文後來結集出版，書名即訂為《亭子間裡》，他為此書所寫的後記中也提到亭子間的住房特色，以及在此租住的多是革命者、小職工和窮文人。周立波：〈《亭子間裡》後記〉，李華盛、胡光凡編：《周立波研究資料》（北京：知識產權出版社，2010 年 1 月），頁49。

❶ 廚川白村：《出了象牙之塔》（台北：志文出版社，1967 年 11 月）；《走向十字街頭》（台北：志文出版社，1980 年 7 月）。

❶ 周作人：〈十字街頭的塔〉，《周作人自編文集：雨天的書》（石家莊：河北教育出版社，2002 年 1 月），頁72。

集體以及公、私領域之間，理想與欲望相互流動、交融的複雜狀
態。

二、「革命」作為表現自我的方法
──蔣光慈的「革命＋戀愛」小說

　　蔣光慈（1901-1931）生長在安徽省霍邱縣一個小商人的家庭
中，五四運動前後受到無政府主義思想的洗禮，對革命產生嚮往，
曾與錢杏邨、李克農等人成立「安社」（「安」為「安那其」的簡
稱），又曾參加河南開封曹靖華等人成立的「青年學會」等學生愛
國組織。1920 年到上海，在陳望道、陳獨秀、李漢俊等人的介紹
下加入上海社會主義青年團，並開始學習俄文。1921 年在上海社
會主義青年團的推薦下，與劉少奇、任弼時、韋素園等人進入莫斯
科東方共產主義勞動大學中國班學習，並於 1922 年在莫斯科成為
中國共產黨黨員。1924 年回到中國，經瞿秋白介紹，到共產黨主
持的上海大學社會學系任教，並開始發表宣揚無產階級革命的論文
與詩歌。❶

(一)浪漫主義者的革命激情──蔣光慈的文學基調

　　從上述的經歷可以看到蔣光慈是中國第一代受到馬克思主義與
無產階級思想洗禮的年輕的共產黨員，但是他的思想卻並非那麼純

---

❶　蔣光慈的生平經歷可參見〈蔣光慈生平年表〉，方銘編：《蔣光慈研究資
　　料》，頁 7-19。

粹,而深受當時中國現實的政治風潮與文化思潮所影響。他雖然在
1924 年剛回國時發表了〈無產階級革命與文化〉**❼**,在文中極力
消除知識分子對無產階級革命的疑慮,並強調無產階級革命乃歷史
的必然進程,但在 1924 年底和 1925 年初先後發表的〈現代中國的
文學界〉與〈現代中國社會與革命文學〉**❽**中,他對「革命」的概
念已經和當時中國的社會現實接軌,他此時所謂的「革命」與「革
命文學」並非無產階級革命,而是指反抗中國黑暗的現實。他在
〈現代中國社會與革命文學〉中提出中國社會兩大黑暗勢力是軍閥
與帝國主義,這個看法與當時國、共合作下逐漸形成的北伐革命的
目標、宗旨等論述是一致的。而在論及文學家面對中國黑暗現實所
應持有的態度時,他標舉的典範是十九世紀浪漫派詩人拜倫的反抗
精神,而非俄國十月革命之後的無產階級作家。以此典範為基準,
他批評葉紹鈞和冰心的市儈,讚美郁達夫的頹廢和郭沫若的偉大,
他以為郁達夫雖然頹廢,但透過郁達夫的作品,「我們已看出現代
社會的實況,現代社會所給予人們的痛苦,更看出作者對於現社會
制度之如何不滿,對於金錢之如何痛咒。」**❾**而郭沫若有偉大的反
抗精神與對人類深厚的同情,「他是一個熱烈求人類解放的詩人」
❿。

---

❼ 蔣光慈:〈無產階級革命與文化〉,《蔣光慈文集》第四卷(上海:上海文
    藝出版社,1988 年 10 月),頁 135。

❽ 兩文皆收於《蔣光慈文集》第四卷。

❾ 蔣光慈:〈現代中國社會與革命文學〉,《蔣光慈文集》第四卷,頁 153。

❿ 蔣光慈:〈現代中國社會與革命文學〉,《蔣光慈文集》第四卷,頁 153-
    154。

　　經歷了北伐革命陣營的分裂，1928 年 1 月 1 日由「太陽社」
發行的《太陽月刊》創刊，其中刊登了蔣光慈的〈現代中國文學與
社會生活〉，他在此文中再次提出「革命文學」，然而他此時對革
命的意涵仍沒有明確具體的說明，有時似乎意指「無產階級革
命」，例如他強調革命對政治與經濟制度的改造，有時又意指剛剛
經歷挫折的中國革命。但在本文中最讓人印象深刻的是他不斷強調
作家在革命年代對革命情緒的培養：

> 他們第一步要努力於現代社會生活的認識，了解現代革命的
> 真意義，決定在革命的浪潮中，誰個真是創造光明的要素。
> 等到第一步辦到了之後，他們應當努力與革命的勢力接近，
> 漸漸受革命情緒的浸潤，而養成自己的革命的情緒。㉑

在面對革命態度的差異上，蔣光慈將作家大致分為兩類，一類是
「滾入反動的懷抱裡」的舊作家，他們背離了現代革命的潮流，走
入反社會生活的個人主義的道路，另一類是在革命的浪潮裡湧現的
新作家，他們也許在技術方面是幼稚的，但卻是富有革命情緒的。
㉒隨後在《太陽月刊》的二月號和四月號中，蔣光慈又先後發表了

㉑　蔣光慈：〈現代中國文學與社會生活〉，《蔣光慈文集》第四卷，頁 162。

㉒　蔣光慈：〈現代中國文學與社會生活〉，《蔣光慈文集》第四卷，頁 162-
165。類似的意見也出現在蔣光慈對於俄國文學的評論中，在〈十月革命與俄
羅斯文學〉的第一部分「死去了的情緒」中，蔣光慈概述俄國十月革命所開
創的歷史新頁如何將資產階級的俄羅斯送到歷史的博物館去，而舊俄天才的
詩人又如何將革命的祖國拋棄，跑到國外僑居。而布洛克以降，在十月革命

〈關於革命文學〉和〈論新舊作家與革命文學〉兩篇文章。在〈關於革命文學〉中，蔣光慈並未明確地提出「無產階級革命」的口號，但開始強調集體主義的概念，並且具體地歸納、說明革命文學的立場和內涵：

> 革命文學是以被壓迫的群眾做出發點的文學！
>
> 革命文學的第一個條件，是具有反抗一切舊勢力的精神！
>
> 革命文學是反個人主義的文學！
>
> 革命文學是要認識現代的生活，而指示出一條改造社會的新途徑！❷❸

其內容整體來說仍是強調反抗壓迫的革命精神。而〈論新舊作家與革命文學〉則是回應方璧（茅盾）〈歡迎《太陽》〉的論戰文章。茅盾在〈歡迎《太陽》〉中既為《太陽月刊》的創刊感到高興，也以「時代生活的實感」和「文學的素養」兩個標準去檢視月刊中幾篇較為幼稚的革命文學作品，並提出批評，更提醒太陽社的年青作家們拓寬革命文學的道路，不應只侷限於「新作家」描寫第四階級生活的文學。❷❹ 蔣光慈則對茅盾批評革命文學作品的問題提出護衛和反擊，並延續〈現代中國文學與社會生活〉的結論，再次強調舊

中湧現，參與、追隨革命的詩人則開創了新時代的俄羅斯文學。見《蔣光慈文集》第四卷，頁 57-134。

❷❸　蔣光慈：〈關於革命文學〉，《蔣光慈文集》第四卷，頁 173。

❷❹　茅盾：〈歡迎《太陽》〉，《茅盾全集》第十九卷（北京：人民文學出版社，1991 年），頁 162-165。

作家要重新改造思想觀念有其困難之處，重申從革命的浪潮中湧現的新作家的重要性。兩篇文章的交鋒仍可看到革命文學論爭期間，後期創造社、太陽社的年輕人與五四前輩作家魯迅、茅盾等人論戰的論述脈絡。

　　從蔣光慈的文學評論可以發現他雖受俄國革命的鼓舞而信仰無產階級革命，並將此革命熱情投注於中國的革命進程中，進而提倡革命文學，然而，與其說他關注中國的革命現實問題，追求無產階級革命的實踐與成功，不如說他的生命被革命激情所吸引，在革命熱情的激發中找到藉由革命文學來表現自我的方式。因此在他的思想成分中，除了因為留學俄國、加入共產黨，歌頌俄國十月革命等背景可見其對於無產階級革命的信仰之外，在他的文學評論或創作中真正發揮影響力的其實是充滿革命激情的浪漫主義。對蔣光慈來說，這種浪漫主義受到十月革命浪潮所激發、鼓舞，使他得出「革命是最偉大的羅曼諦克」❷⑤的結論，在文學典範上前有拜倫，後有被他認為是「真正的羅曼諦克」、「捉得住革命的心靈」❷⑥的布洛克，他在〈十月革命與俄羅斯文學〉中所提及的布洛克、節木央‧白德內宜、依利亞‧愛蓮堡、葉賢林、文學團體「謝拉皮昂兄弟」、因十月革命而誕生的年青詩人、未來派馬牙可夫斯基等作家，都是從「革命是最偉大的羅曼諦克」的思維去論述和評價這個時期的文學家。❷⑦而回到國內，他所讚美與繼承的文學前輩是創造

---

❷⑤　蔣光慈：〈十月革命與俄羅斯文學〉，《蔣光慈文集》第四卷，頁70。

❷⑥　蔣光慈：〈十月革命與俄羅斯文學〉，《蔣光慈文集》第四卷，頁71。

❷⑦　蔣光慈：〈十月革命與俄羅斯文學〉，《蔣光慈文集》第四卷，頁57-134。

社的郭沫若,即使他後來的創作並不如郭沫若昂揚自信,但他早期詩歌《新夢》中的若干篇章,以及他為《太陽月刊》創刊號所寫的卷頭語都有郭沫若詩歌的樂觀情緒與戰鬥力量。李歐梵在《中國現代作家的浪漫一代》中便將蔣光慈與前輩郭沫若、後輩蕭軍同歸於「浪漫的左派」一類,並將其放在從五四情感革命到二○年代之後政治革命的浪漫派作家的系譜中。❷正是這種充滿革命激情的浪漫主義,使得他的小說創作雖然加入了革命的元素,但對於革命情緒的重視遠遠超過對於革命意涵的認識與實踐,這個特色影響他二○年代末期的所有小說。

(二)「革命」取代「愛情」成為激情的表徵

蔣光慈在 1926 年所出版的小說處女作《少年漂泊者》可以看作是從五四到二○年代末期革命小說的過渡。小說以主人公汪中寫給進步革命的文學家維嘉先生的一封長信為結構,內容自述其父母被地主逼死後,個人十年漂泊的歲月。在內容和形式上,「自敘傳」和「書信體」的小說特徵可看作五四文學特色之一的延續,而主人公在社會邊緣流浪的經歷及其痛苦無告的心情更繼承郁達夫「零餘者」的消沈與悲哀。然而,小說在兩個方面出現了二○年代中期的歷史氛圍,使作品具有文學轉折點的意義。一方面,小說透過主人公的社會遊歷開展出清晰的時代背景和寬闊的社會視野,從民國四年安徽農村佃農生活的艱辛寫起,汪中進入瑞福祥當學徒後

---

❷ 李歐梵:《中國現代作家的浪漫一代》(北京:新星出版社,2005 年 9 月),頁 205-226。

與老闆女兒戀愛而受到老闆的阻絕，以及在江岸商店中的抵制日貨運動等，分別帶有五四時期「思想啓蒙」與「愛國運動」的印記。汪中隨後輾轉做過茶房、英國紗廠工人，開始認識奴隸般的工人所遭受的壓迫，階級意識逐漸形成，於是進入江岸鐵路總工會打雜，並參與 1922 下半年起至 1923 年間蓬勃發展並到達高峰的京漢鐵路大罷工，然而這一波工人運動的高潮在「二七慘案」中嘎然而止，而汪中也因此入獄。出獄後的汪中經歷了反帝國主義的「五卅慘案」後，決定進入黃埔軍官學校參加革命。小說結尾透過維嘉先生讀信後所寫的「附語」，追記汪中在攻打惠州城時犧牲的消息。小說選取五四運動、二七慘案、五卅慘案等民國以來重大的歷史事件，透過個人經歷勾勒中國社會從「思想啓蒙」到「社會運動」的發展歷程。夏志清對蔣光慈的小說頗多批評，但他仍注意到蔣光慈在《少年漂泊者》中巧妙的情節安排：

> 蔣光慈能在這麼短的篇幅裡用了這麼多的濫調來罵封建主義的黑暗、軍閥及帝國主義的罪惡、覺悟工人及學生的罷工示威、革命軍隊的興起等等，可說難能可貴。這個年輕的漂泊者既是被壓迫的佃農的兒子、又是勞作過度的學徒、失意情人、覺悟的工廠工人、工會領袖、革命軍人，真可說是集所有革命的無產階級英雄於一身。我們不應忽略的是：這個小說裡主角的父母是受地主壓迫而死的，他的愛人死於不人道的封建制度下，工人領袖林祥謙死於軍閥及帝國主義聯合暴政之下，而主角自己則為自由鬥爭而獻出了生命。這四個死

的場面，很有宣傳價值，是經過一番巧妙的安排的。㉙

另一方面，小說也透過對中國社會運動發展的描寫清晰地加入了「革命」的概念，使這部作品成為二〇年代末期革命文學的先聲。這種敘述歷史的企圖心以及對革命題材的描寫在五四時期的小說中頗為罕見，但在 1927 年國、共分裂之後卻成為小說的重要元素。蔣光慈的《少年漂泊者》雖然因過度粗略直率而缺乏文學作品應有的藝術素質，但卻可以看作是日後葉聖陶《倪煥之》（1928）、茅盾《蝕》三部曲（1927-1928）和《虹》（1929）等敘述知識分子成長歷程與中國社會歷史發展的先驅與雛形。

　　《少年漂泊者》具有從五四文學過渡到革命文學的轉折意義，同樣在文學史上具有開創意義的是開啓「革命＋戀愛」小說的《野祭》（1927）及其後的《菊芬》（1928）、《衝出雲圍的月亮》（1930）。茅盾在〈「革命」與「戀愛」的公式〉中將「革命＋戀愛」小說的發展分為三個進程：戀愛與革命的衝突、革命決定了戀愛與革命產生了戀愛，在三個進程中，戀愛逐漸讓位給革命，最終到達第三個階段：「在這裡，『革命』是主要題材，『戀愛』不過是穿插；『革命』是唯一的『人生意義』，而『戀愛』不過像吃飯睡覺似的是人生的例行事務的一項罷了。」㉚從《野祭》、《菊芬》到《衝出雲圍的月亮》，蔣光慈完成了戀愛到革命的過渡。

㉙　夏志清：《中國現代小說史》（台北：傳記文學出版社，1985 年 11 月），頁 278-279。

㉚　茅盾：〈「革命」與「戀愛」的公式〉，《茅盾全集》第二十卷（北京：人民文學出版社，1990 年），頁 339。

　　寫於 1927 年國、共分裂之後，且寫作時間相近的《野祭》和
《菊芬》兩篇小說頗有共通之處，可以看作姊妹篇。首先，兩部小
說都是以 1927 年的政治事件為核心，前者以上海「四一二慘案」
為背景，後者以七月中旬武漢清黨為背景。其次，兩部小說的敘述
者，同時也是男主人公都是革命文學家，而女主人公都在時代的風
潮中從純真熱情的女孩蛻變成為革命理想而犧牲的革命者，小說在
男、女主人公認識、相處的過程中開展出「革命＋戀愛」的情節。

　　但是兩部小說處理「革命＋戀愛」議題的方式並不完全相同。
《野祭》中陳季俠的亭子間同時是孕育陳季俠的文學與章淑君的戀
愛和革命的所在。身為革命黨人的陳季俠以其革命文學作品鼓舞了
單純而真摯的章淑君，讓章淑君愛上了他，也萌生了章淑君參與社
會改造的理想，但陳季俠卻因章淑君的相貌平庸而放棄她，選擇了
美麗的鄭玉弦。章淑君的愛情無法實現，將生命激情的出口從愛情
轉移到革命理想的實踐上。在 1927 年北伐革命軍進入上海之前，
上海工人為推翻軍閥進行第三次武裝起義到上海四一二慘案發生這
個時代巨變中，章淑君和鄭玉弦的表現和選擇出現了巨大的差異：
章淑君為秘密的反抗工作奔走於十字街頭，最後死於上海清黨的四
一二慘案中；而鄭玉弦則因懼怕混亂的形勢而以情性不合為由與陳
季俠分手。兩人的對比使陳季俠重新認識這兩位女性，他對章淑君
勇敢磊落的革命精神感到敬愛與欽佩，也對自己當初的棄章擇鄭感
到虧欠和懊悔。在這部「革命＋戀愛」的小說中，章淑君以革命彌
補、取代了愛情的缺憾，而陳季俠則透過對革命態度的考驗確認了
選擇愛情的標準，「革命」對男、女主人公的生命都產生了舉足輕
重的地位。如同王德威所言，這部小說使「革命與戀愛這兩項觀念

從此獲得對等地位，被端上台面，成為五四運動後，年輕一代『情感教育』的信條。」❸

　　而在稍後出版的《菊芬》中，革命文學家江霞從 S 埠（上海）到 H 城（漢口），認識了在江岸勞動學校教書的梅英和菊芬兩姊妹，兩姊妹剛從四川重慶三三一事變中逃脫，梅英的男朋友不幸死於軍閥之手，梅英懷抱著報仇的情志，面對世事顯得沈默冷靜，菊芬則純潔而活潑。江霞著迷於菊芬的純真熱情，但菊芬卻與革命青年薛映冰相愛。最後在武漢清黨的危急局勢中，兩姊妹先後被捕。在這部小說中，革命與戀愛的關係較為單純，進步的青年男女在革命同志中找到戀愛的對象，共同為革命大業而奮鬥，戀愛過程的情感狀態完全被革命激情所吸收、涵攝，生命的浪漫激情也從愛情轉移到革命上。

　　《菊芬》開啓了《衝出雲圍的月亮》的寫作模式。在《衝出雲圍的月亮》中，「革命」與「戀愛」的目標一致，是小我與大我理想的雙重實踐，然而在小說情節的發展過程中，「革命」和「戀愛」的重要性也發生了轉變。小說第二節開始倒敘王曼英一年前的革命經歷，王曼英受到男朋友柳遇秋愛情的召喚而奔赴革命聖地 H 鎮。在緊張忙碌的軍事訓練生活中，王曼英從原本單純熱情又美麗的女學生逐漸蛻變為一個女兵，她盡量壓抑自己對男女性愛的需求，專注於革命事業，不但對軍事政治學校裡眾多的求愛者毫不動心，甚至因為害怕懷孕妨礙工作而拒絕了愛人柳遇秋對她肉體的欲

---

❸　王德威：〈革命加戀愛──茅盾，蔣光慈，白薇〉，《現代中國小說十講》（上海：復旦大學出版社，2003 年 10 月），頁 73。

望，從這種種行為可見革命對她個人生命產生的影響。然而即使如此，當她發現柳遇秋的革命信仰並不堅定時，她依然沉醉在情愛的幸福美好裡，並不願質疑柳遇秋的思想。愛情在這個時期仍占有舉足輕重的地位：她因愛情而投身革命，而當愛情與革命產生裂隙時，她依然選擇愛情。後來革命陣營分裂，王曼英經歷了艱苦的南征過程，輾轉到了上海。因陷入革命失敗痛苦絕望的情緒中而糊塗地失身於買辦資本家的兒子錢培生後，便決定以自身的美貌和肉體作為發洩與報復的武器，在性關係中屈辱她心目中的敵人。在這段頹廢而荒唐，又不斷自我懷疑和悔恨的歲月中，王曼英巧遇當年也愛著她的革命同志李尚志。李尚志雖經困頓挫折卻仍果敢堅定的革命情操既讓她對自己的墮落感到羞慚，卻又讓她感到一種足以擺脫絕望的希望和力量，開啓她第二次追求「革命」（同時也是「愛情」）的契機。這一次，她以對革命的實踐來獲取愛情的資格：她原本以為墮落的生活使她身染梅毒，當她知道自己並未得病後，她成為一個樸素的紗廠女工，從事群眾革命運動。她對李尚志說：「我不但要洗淨了身體來見你，我並且要將自己的內心，角角落落，好好地翻造一下才來見你呢。」❸透過王曼英兩次戀愛經驗的對比，小說完成了從「戀愛」到「革命」偏重性的位移。

而在這部小說中，亭子間與十字街頭所象徵的意涵也更為豐富。王曼英與李尚志所住的亭子間都代表培育革命和戀愛的堡壘。王曼英雖然過著頹廢墮落的生活，但她始終沒有讓她所報復的對象

---

❸　蔣光慈：《衝出雲圍的月亮》，《蔣光慈文集》第二卷（上海：上海文藝出版社，1983 年 6 月），頁 151。

去過她的住所，這個亭子間雖然如鳥籠子一般窄小，卻意味著王曼英仍堅守最後的理想與尊嚴。在小說中去過王曼英家的僅有小女孩阿蓮和李尚志。阿蓮是王曼英搭救並收留的命運坎坷的小女孩，而她們也改變了彼此的命運：王曼英使阿蓮免於被姑父姑媽賣到妓院的命運，而阿蓮自尊上進，絕不肯賣身於堂子的性格不僅惹王曼英憐愛，也喚醒她對於曾經有過的神聖而純潔的精神理想的追求，這使她荒唐的生活出現反向的拉扯力道，當她每一次捏造外出的理由欺騙阿蓮時，她的良心就受一次磨折和煎熬。而王曼英與李尚志在街頭相認的當晚，她知道李尚志仍堅持著當年革命的理想，她便讓李尚志來到她的亭子間中談話，因為她感到在自己墮落的生活中渴望向上的力量，這力量就來自於李尚志，李尚志對王曼英的回應是：「我對你的心如我對革命的心一樣，一點兒也沒有改變……」❸❸，戀愛與革命同時激動著王曼英的心魂。後來王曼英到李尚志的亭子間拜訪，李尚志桌前所存留的王曼英的照片是戀愛的印記，而兩人進行激烈的思想論辯則鋪展李尚志階級革命的理想，簡陋的亭子間此時變成嚴肅而神聖的所在。小說結尾時，兩人在李尚志的房間沉醉在幸福溫柔的愛情裡，而這愛情也因革命更顯出光明的前景。

　　與亭子間相互對照的十字街頭則可以看作是王曼英兩種生命情狀的象徵。王曼英每晚在街頭漫無目的地閒逛遊走，尋覓下手復仇的對象，但也因曾在寧波會館前偶遇多年未見的李尚志後，便天天在此等候，期待與李尚志相認。在此可以看到知識分子環繞在革命

---

❸❸　蔣光慈：《衝出雲圍的月亮》，《蔣光慈文集》第二卷，頁95。

上的兩種情緒，一方面因革命失敗而厭世恨世，以自我毀滅的方式報復社會；另一方面又期待重新找到對革命的希望和信仰。小說最後李尚志和王曼英的重逢是在楊樹浦的土坪廣場上，身心都經過洗滌改造的王曼英對紗廠工人進行興奮激昂的演說，意味著知識分子已逐漸擺脫革命失敗的低潮，革命隊伍將重整出發。

從蔣光慈「革命＋戀愛」小說的發展可以看到，「愛情」這個原本在五四時期富有革命（反封建、個性解放與情感革命）意涵的字眼，其進步性與積極性已被政治、社會的集體革命所取代。然而，愛情與革命同樣作為展演生命浪漫與激情的象徵物，也使作家無法輕易地拋棄它，因此愛情逐漸成為革命的附屬和輔助，也由此完成了五四文學到三○年代文學的過渡。

㈢文學與革命的抉擇

除了前述「寫作時間相近」、「題材、人物設定相似」等共通點之外，《野祭》和《菊芬》這兩個姐妹篇還有一個最重要的特色，就是敘述者都以卑微的「懺悔」的心情和口吻在敘述這段故事。陳季俠以「野祭」亡靈的方式向章淑君懺悔自己的薄情，在小說末尾致祭的哀詩中既寫道「這裡是你所愛的人兒在祭你，請你寬恕我往日對你的薄情。」又寫道「這一瓶酒當作我的血淚；這一束花當作我的誓語：你是為探求光明而被犧牲了，我將永遠與黑暗為仇敵。」❸由這兩段文字可以發現他所懺悔的對象既是「愛情」，

---

❸ 蔣光慈：《野祭》，《蔣光慈文集》第一卷（上海：上海文藝出版社，1982
年 11 月），頁 378。

又是「革命」，更藉由對革命的懺悔來強調個人對革命堅貞的信仰；而在《菊芬》中，江霞面對菊芬為革命理想所做的努力和奮鬥時，感到她的精神偉大而光榮：「我立在她的面前是這樣地卑怯，這樣地渺小，這樣地羞辱……我應當效法菊芬，崇拜菊芬！」❸，並為自己在革命中的表現不夠堅決勇敢而感到歉疚，同樣是對革命信仰的表態。蔣光慈小說中的「懺悔」姿態仍可看出其對創造社、特別是郁達夫小說隱然的繼承關係，不同之處在於郁達夫的主人公懺悔的是個人性情的頹廢與墮落，蔣光慈的主人公則懺悔自己過往對革命缺乏行動力，不夠積極努力。更重要的是，在蔣光慈「革命＋戀愛」小說的背後，其實包含著他對「文學」與「革命」矛盾的抉擇和思考。

　　儘管蔣光慈對「革命文學」的倡導不遺餘力，但對他來說，「革命」與「文學」依然充滿了種種悖論。蔣光慈在 1928 年的文論如〈關於革命文學〉中一再強調「中國社會革命的潮流已經到了極高漲的時代」❸，然而對應到社會現實，卻是國、共分裂後革命風潮低落、社會氣氛壓抑肅殺、知識分子徬徨無依之際。魯迅在 1927 年 4 月 8 日，上海「四一二慘案」發生的前幾天，在廣州黃埔軍官學校進行題為〈革命時代的文學〉的演講中，從「革命前」、「革命時」、「革命成功後」等三個時期來說明「革命」與「文學」的關係，並認為「到了大革命的時代，文學沒有了，沒有

---

❸　蔣光慈：《菊芬》，《蔣光慈文集》第一卷，頁 419。

❸　蔣光慈：〈關於革命文學〉，《蔣光慈文集》第四卷，頁 167。同樣的看法也出現在〈現代中國文學與社會生活〉一文中，《蔣光慈文集》第四卷，頁 158-165。

聲音了，因為大家受革命潮流的鼓蕩，大家由呼喊而轉入行動，大家忙著革命，沒有閑空談文學了。」❸並勉勵軍官學校的學生當此「革命」之際，做革命的戰士，而不要佩服文學。同年十月，魯迅又在〈革命文學〉中說「革命文學家風起雲湧的所在，其實是並沒有革命的。」❸魯迅這兩篇文章指出「文學」與「革命」之間某些並不相容的特質，由此也可看出蔣光慈的作品及其所提倡的革命文學的潛在的矛盾。

對蔣光慈與太陽社及其同盟後期創造社來說，在革命落潮時大力倡導「革命文學」，既可看作是革命激情的轉化，將無法再付諸實踐的「革命」以「文學」的形式加以展現，同時也可以看作是在革命受挫、面對自我徬徨困惑的心情時，對革命理想的再次確認。因此，蔣光慈的小說表面上看來是在宣揚革命，其實是藉由文學抒發自我的革命激情，其創作精神與前期創造社強調表現自我的文學是一脈相成的，所不同的僅僅是內涵而已，前期創造社表現的是自我的個性、情感和欲望，而蔣光慈表現的是自我的政治態度和革命立場。所以儘管蔣光慈在有關「革命文學」的論述中不斷強調革命的集體主義，反對個人主義的文學，但他的創作卻完全是彰顯個人情緒的產物。這讓人聯想到葉聖陶與茅盾，葉聖陶在 1928 年發表的《倪煥之》表現知識分子從五四啓蒙到集體革命的轉變，小說最後結束在對北伐革命中挫感到幻滅的情緒上。更為典型的例子是茅

---

❸　魯迅：〈革命時代的文學〉，《魯迅文集》第三卷（北京：人民文學出版社，1981 年），頁 419。

❸　魯迅：〈革命文學〉，《魯迅文集》第三卷（北京：人民文學出版社，1981年），頁 544。

盾，茅盾透過《蝕》三部曲既客觀地呈現北伐革命時期動盪詭譎的政治局勢和社會氣氛，也抒發知識分子面對革命鬥爭時幻滅、動搖，又在虛無消沈的情緒中力圖追求的精神面貌。❸而後在日本寫作的《虹》則藉由女主人公的成長歷程重新敘述五四以來的歷史。在二○年代末期「革命文學論爭」處於敵對狀態的雙方，不論是茅盾、葉聖陶，或是蔣光慈，他們此時期的創作都是對革命局勢的劇烈變化所做出的反應和反省。當蔣光慈欲以「革命時代的新作家」取代五四舊作家在文壇上的地位，「革命文學」陣營暗諷魯迅、茅盾、葉聖陶等五四舊作家的作品充滿小資產階級革命失敗後頹廢、虛無的情緒時，蔣光慈的作品其實與這些五四舊作家在本質上並無不同，所不同的只是茅盾、葉聖陶直視革命中挫對知識分子的心靈造成的震盪與混亂，而蔣光慈則一再確認、表達自己對革命的堅定態度。普實克曾總括從晚清到抗日戰爭爆發期間中國文學最突出的特點是主觀主義，個人主義和悲觀主義，並以郭沫若、郁達夫、茅盾、丁玲等人的作品為例說明現代文學中所展現的主觀主義和個人主義樣貌，更追溯其自清朝以降的文學系譜和發展脈絡。❹即使是極力反對個人主義如蔣光慈者，其作品依然不自覺地陷入個人主義和主觀主義的文學表述習慣中。

從這個角度看來，蔣光慈此時期的「革命＋戀愛」小說可以說是五四文學與三○年代社會小說及無產階級革命小說之間的過渡與

---

❸　茅盾創作《蝕》三部曲的背景和意圖可參見茅盾：〈從牯嶺到東京〉，《茅盾全集》第十九卷（北京：人民文學出版社，1991 年），頁 178-179。

❹　普實克：〈中國現代文學中的主觀主義和個人主義〉，《普實克中國現代文學論文集》（長沙：湖南文藝出版社，1987 年 8 月），頁 1-29。

轉折。五四文學彰顯「人」的存在與價值，二〇年代中期的革命高潮與中挫則讓作家重新認識「社會」，並企圖敘述「歷史」。茅盾在〈從牯嶺到東京〉中說明自己寫作《蝕》三部曲時的精神狀態與社會眼光，在〈讀《倪煥之》〉中從葉聖陶小說《倪煥之》的「時代性」和「社會性」方面盛讚這部小說是中國現代小說的「扛頂」之作❹；而在「革命文學論爭」的敵對陣營中，錢杏邨在〈《野祭》〉中也認為蔣光慈的作品向來富於「時代精神的描寫」，即使《野祭》是一篇戀愛小說，卻是「真能代表時代的戀愛小說」，因為小說彰顯了作者對於戀愛問題具有時代眼光的意見：「在現代經濟制度未根本推翻以前，真正的戀愛是不會實現的。現在的所謂自由結婚問題是和舊式婚姻在實際上是一樣的。」而藉由章淑君和鄭玉弦的對比又說明「真正的婚姻的條件不是在相貌的問題，是和愛倫凱所主張的人格的合抱的主張是一樣的。」❷在錢杏邨的解釋中，「人格的合抱」便是思想的一致，便是對革命的共同追求。不論是茅盾評論葉聖陶，或是錢杏邨評論蔣光慈，都強調作者表現時代的開創意義，然而作家原本創作的初衷，卻是非常個人的、對於革命局勢發生變化的反省與表態，與三〇年代社會小說或無產階級革命小說自覺地摒除作家個人過多的主觀情緒影響，更為客觀地書寫社會問題的寫作態度並不相同。而作家也必須透過書寫的精神洗滌，方能穩定革命巨變所帶來的精神震盪，方能更為冷靜客觀地思考並描寫社會現象與問題，這也說明茅盾在《蝕》三部曲、《虹》

---

❹ 茅盾：〈讀《倪煥之》〉，《茅盾全集》第十九卷，頁207。

❷ 錢杏邨：〈《野祭》〉，方銘編：《蔣光慈研究資料》，頁280-281。

之後能在三○年代初寫出《子夜》，而蔣光慈能在《野祭》、《菊芬》、《衝出雲圍的月亮》等「革命＋戀愛」小說之後同樣在三○年代初寫出《咆哮了的土地》（1932 年出版時更名《田野的風》）的發展過程。蔣光慈「革命＋戀愛」的小說標舉出五四時代與革命時代知識分子最重要的兩大精神議題，其創作態度延續五四以來作家對於個人情志的表現，但又明確地加入了對集體「革命」的頌揚和主張，從這個角度看，蔣光慈的小說以及在二○年代末期引發的「革命文學論爭」是一次文學內容與元素的加入與重新整合，為三○年代社會小說與無產階級革命小說的文學環境做準備，就如同「革命文學論爭」雙方在 1929 年底握手言和，共同籌組「中國左翼作家聯盟」，並在隔年正式成立一樣。

但是在另一方面，「革命文學論爭」雙方對於「革命」與「文學」之間的關係仍有不同的看法。魯迅在〈革命時代的文學〉中認為「為革命起見，要有『革命人』，『革命文學』倒無須急急，革命人做出東西來，才是革命文學。」❹在〈革命文學〉中又說「我以為根本問題是在作者可是一個『革命人』，倘是的，則無論寫的是什麼事件，用的是什麼材料，即都是『革命文學』。從噴泉裡出來的都是水，從血管裡出來的都是血。」❹魯迅深諳革命與文學兩者之間性質的衝突和功能的歧異，但面對當時中國的現實，他更願意強調革命勇氣和實踐的重要性：

---

❹　魯迅：〈革命時代的文學〉，《魯迅文集》第三卷（北京：人民文學出版社，1981 年），頁 418。

❹　魯迅：〈革命文學〉，《魯迅文集》第三卷（北京：人民文學出版社，1981年），頁 544。

中國現在的社會情狀，只有實地的革命戰爭，一首詩嚇不走
孫傳芳，一炮就把孫傳芳轟走了。自然也有人以為文學於革
命是有偉力的，但我個人總覺得懷疑，文學總是一種餘裕的
產物，可以表示一民族的文化，倒是真的。**❹**

而茅盾在解釋自己如何走上寫作一途時說：「因為我沒有做成革命
家，所以就作了作家。」**❻**似乎寫作是在革命之後，退而求其次的
選擇。雖然茅盾的說法是日後的解釋，卻仍具有某種真實性：茅盾
的創作生涯是從革命中挫之後開啓的，而當他回憶二〇年代的歷史
時，「革命」仍佔據最重要的地位。魯迅和茅盾是後期創造社和太
陽社最主要的攻擊對象，儘管兩人都深知「文學」與「革命」之間
的不可替代性，但在兩人的論點中，卻看到其對革命實踐的重視。

　　與此相反，不斷提倡「革命文學」的蔣光慈真正強調的卻是
「文學」，而非「革命」。一方面，他透過小說表現革命文學家對
自己缺乏革命實際的參與和行動力感到懺悔，如《野祭》中的章淑
君因愛情和政治上的求知慾而開始親近陳季俠時，陳季俠為自己不
曾積極地爭取革命同志感到懊惱：

　　我雖然是一個流浪的文人，很少實際地參加過革命的工作，
　　但我究竟自命是一個革命黨人呵，我為什麼不向淑君宣傳我

---

❹　　魯迅：〈革命時代的文學〉，《魯迅文集》第三卷（北京：人民文學出版
　　社，1981 年），頁 423。

❻　　〔法〕蘇珊娜・貝爾納：〈走訪茅盾〉，李岫編：《茅盾研究在國外》（長
　　沙：湖南人民出版社，1984 年 8 月），頁 571。

的主義呢？**❹**

而當陳季俠知道章淑君在從事秘密的革命工作時，又感到深深的慚愧：

> 我暗暗地對她慚愧，因為我雖然是自命為一個革命黨人，但是我浪漫性成，不慣于有秩序的工作，對於革命並不十分努力。**❹**

但在另一方面，他面對自己的浪漫性情並無自我改造的意願，還藉由論辯來肯定文學對革命的作用。在《菊芬》中，革命文學家江霞面對武漢革命的騷動時猶豫著「繼續從事文學的工作呢，還是將筆丟下去拿起槍來？」他對自我的價值產生懷疑：「我是一個革命文學家？喂！在此需要拿槍的時代，我這個人有什麼用處呢？我真能對於革命有點貢獻嗎？」**❹**但另一方面卻又透過菊芬的回應來強調革命文學的重要性：

> 「……一篇好的革命文學的作品，比一篇什麼宣傳大綱的效用還要大呢。現在一般青年大部分都喜歡看文學的書，若你能用文學的手腕，將他們的情緒鼓動起來，引導他們向革命

---

❹ 蔣光慈：《野祭》，《蔣光慈文集》第一卷，頁320。
❹ 蔣光慈：《野祭》，《蔣光慈文集》第一卷，頁324。
❹ 蔣光慈：《菊芬》，《蔣光慈文集》第一卷，頁408-409。

的路上走，這豈不是很要緊的事嗎？這豈不是你對於革命的
貢獻嗎？」

「我勸你別要胡思亂想罷！好好地做小說！現在真有許多可
歌可泣的材料，你應當好好地將它們表現出來，我以為只有
你才能表現出我們的時代來……」❺⓪

「我」與「菊芬」之間的論辯其實是作家自我對「革命」與「文
學」抉擇的論辯，同時也是作家對自己選擇「文學」的說明和辯
護。「我」的猶疑與「菊芬」給我的堅定答覆鞏固了「革命文學」
的價值和意義，也讓「我」能在革命的風暴外繼續安然地從事文學
的工作。類似的論調也出現在錢杏邨的〈《野祭》〉中，他在文章
中首先便強調文學是重要的「事業」，「時代的文學是有益於革命
的」，接著更說明「文學作家能站在時代前面去創作，才是文學作
家的真正的革命生活」❺①。儘管蔣光慈不斷呼喊革命的重要性，但
是對他來說，革命是文學的素材，在他的小說中，革命理想的內涵
與敵人形象的塑造都空洞而單薄，被他大力著墨和渲染的是革命情
緒，因此能將羅曼諦克發揮到極致。他在小說《短褲黨》的「寫在
本書的前面」中提到：

我真感謝我的時代！它該給予了我許多可歌可泣的材

---

❺⓪ 蔣光慈：《菊芬》，《蔣光慈文集》第一卷，頁 410。

❺① 錢杏邨：〈《野祭》〉，方銘編：《蔣光慈研究資料》，頁 279-280。

料！……

當此社會鬥爭最劇烈的時候，我且把我的一枝禿筆當做我的武器，在後邊跟著短褲黨一道兒前進。❺❷

他並不做革命的前鋒，而選擇跟在革命隊伍的後面前進。而在〈十月革命與俄羅斯文學〉中也提到：

> ……革命這件東西能給文學，或寬泛地說藝術，以發展的生命；倘若你是詩人，你歡迎它，你的力量就要富足些，你的詩的源泉就要活動而波流些，你的創作就要有生氣些。
>
> 說起來，革命的作家幸福呵！革命給與他們多少材料！革命給與他們羅曼諦克！他們有對象描寫，有興趣創造，有機會想像，所以他們在繼續地生長著。
>
> 革命就是藝術，真正的詩人不能不感覺得自己與革命具有共同點。詩人——羅曼諦克更要比其他詩人能領略革命些！❺❸

他迴避了革命現實的艱苦、危難與生死交關，竟將革命視為藝術，並以擁有革命題材為作家的「幸福」。對蔣光慈而言，「革命」是文學藝術的資產，是表現自我的方法。

在《野祭》與《菊芬》中尚看到「文學」與「革命」之間抉擇

---

❺❷　蔣光慈：《短褲黨》，《蔣光慈文集》第一卷，頁213。

❺❸　蔣光慈：〈十月革命與俄羅斯文學〉，《蔣光慈文集》第四卷，頁 57、65、68。

的掙扎，到了《衝出雲圍的月亮》時，作品呈現著面向革命明朗昂揚的氣氛。當王曼英以為自己罹患梅毒而自暴自棄，決定自殺時，吳淞江口初升的朝陽、田野新鮮的空氣給她重生、奮鬥的希望。小說結束時，王曼英和李尚志終於成為一對革命同志與戀人，他們看到天空中一度被陰雲所遮蔽的月亮，如今衝出重圍，展現皎潔的光亮。這兩個場景和胡也頻《到莫斯科去》、《光明在我們的前面》結尾「太陽」的光明意象非常相像。《衝出雲圍的月亮》成為蔣光慈個人從「革命＋戀愛」小說到無產階級革命小說《咆哮了的土地》的過渡，當他的作品正走上革命之路時，就在 1930 年《衝出雲圍的月亮》出版的同年，蔣光慈因對共產黨的種種不滿而提出退黨報告，卻被開除黨籍，最終離開革命隊伍。❺❹從蔣光慈「革命＋戀愛」小說可以發現蔣光慈強調革命與戀愛的一致，革命是促成愛情的必要條件，革命讓愛情變得偉大，然而在他倡導革命、書寫革命及其生命經歷中，卻處處可見革命與文學的分歧。

三、「革命」作為人生可能的出路
——丁玲的「革命＋戀愛」小說

賀桂梅在〈性／政治的轉換與張力——早期普羅小說中「革命＋戀愛」模式解析〉中曾將「革命＋戀愛」小說蓋括地分為「蔣光慈模式」和「丁玲模式」兩種。前者是革命與戀愛的兼容，革命決

---

❺❹ 唐天然：〈關於蔣光慈黨籍問題的一件史料〉，方銘編：《蔣光慈研究資料》，頁 137-141。

定或產生了戀愛，這個系統的小說代表戀愛與革命兩種生命欲望的轉換，戀愛驅動了對革命的追求，或者革命彌補了戀愛的挫敗。後者則表現為革命與戀愛的衝突，呈現「五四時期和革命文學時期兩種現代性話語之間的衝突，同時也可以視為一種清算戀愛話語的方式」❺，通過描寫戀愛極致的幸福和完滿來「揚棄」愛情，轉而追求革命。革命與戀愛的「兼容」或「衝突」是蔣光慈與丁玲這類小說最顯著的特徵，但在其背後有性別與意識形態的差異。蔣光慈在二○年代初期便受到馬克思主義思想的洗禮和俄國十月革命的鼓舞振奮，成為共產黨員，並且是推動「革命文學」論爭的核心人物之一，對他而言，革命本身無可質疑，革命成為表現生命激情的方式；而丁玲在當時是個革命歷史的旁觀者，旁觀及其女性的身分（不像男性那樣作為社會改造的先鋒隊）都使她對革命保持一定的距離。這樣的距離使她更為冷靜和客觀地思考革命對女性的意義。對丁玲來說，如前章所論，在思考女性處境及其社會位置等問題時，上海的「革命文學」論爭引發她進一步思考革命對女性產生的影響，革命與婚姻、愛情、文學以及其他各種工作一樣，是女性人生可能的出路，是參與社會並肯定自我獨立價值的可能方法之一，因此在尋找女性自身定位並解決女性生命困境的視野中，社會「革命」的元素「漸進式」地加入了丁玲的小說之中。蔣光慈和丁玲思考基礎的差異首先可以從對瞿秋白形象的描寫上看出端倪。

---

❺ 賀桂梅：〈性／政治的轉換與張力——早期普羅小說中「革命＋戀愛」模式解析〉，《中國現代文學研究叢刊》2006 年 5 月，頁 80-81。

㈠《短褲黨》與《韋護》

蔣光慈和丁玲都曾以瞿秋白為原型創作小說，分別是《短褲黨》中的楊直夫和《韋護》中的主人公韋護。蔣光慈和瞿秋白相識於莫斯科，1921 年秋天，蔣光慈在莫斯科東方共產主義勞動大學中國班學習，當時瞿秋白是《北京晨報》駐莫斯科記者，同時在勞動大學教授俄語並擔任理論課翻譯。1924 年蔣光慈回到中國，在瞿秋白介紹之下到上海大學社會系任教，並展開更為密切的文學往來。瞿秋白曾為蔣光慈的詩集《哀中國》題簽，並審閱修改短篇小說集《鴨綠江上》。而《短褲黨》的素材和書名也是由瞿秋白提供，共同討論擬定而成。1927 年底蔣光慈出版《俄羅斯文學》時，瞿秋白更將自己在蘇聯時期所寫的《俄國文學史》以《十月革命前的俄羅斯文學》為題送交蔣光慈，作為《俄羅斯文學》的下卷。二〇年代中、末期，兩人的交往和合作非常頻繁。❺❻

《短褲黨》的背景是北伐革命軍到達上海前，上海工人組織武裝起義的過程。如同蔣光慈在「寫在本書的前面」所言：這部小說缺乏「小說味」，免不了粗糙之譏，但可以作為中國革命史上的一個證據。❺❼而貴芳在〈《短褲黨》——上海工人武裝起義的報告文學〉中更直接以「報告文學」來定位《短褲黨》的性質，並指出小說中的史兆炎影寫共產黨員趙世炎，楊直夫影寫瞿秋白。❺❽其中有

---

❺❻ 可參見〈蔣光慈生平年表〉，方銘編：《蔣光慈研究資料》，頁 10-16。

❺❼ 蔣光慈：《短褲黨》，《蔣光慈文集》第一卷，頁 213。

❺❽ 貴芳：〈《短褲黨》——上海工人武裝起義的報告文學〉，方銘編：《蔣光慈研究資料》，頁 303-304。

關楊直夫的描寫主要有三個部分：第四節中楊直夫因工作過度、肺病復發而在家休養，手中仍拿著列寧的著作《多數派的策略》，惦記著當晚工人的暴動能否成功；第七章中則努力撰寫檢討暴動失敗原因的文章，並撐著病體到「中央與區委聯席會議」發表演說；小說末尾楊直夫和妻子秋華一同唱著國際歌，以堅定的信仰面對革命的艱苦未來。小說中的楊直夫被形塑為革命者的典範：意志如鐵一般的堅，思想如絲一般的細，無時無地不想關於革命的事情。❺

　　與蔣光慈相比，丁玲和瞿秋白相識在較晚的 1923 年，丁玲創作《韋護》（1929）的時間也比《短褲黨》（1927）晚，但是丁玲筆下的韋護取材自瞿秋白更早的歷史。宣揚「革命文學」的蔣光慈從其政治意識形態及記錄革命歷史的目的出發，筆下的楊直夫是個堅定的革命者；而出於個人情感因素，想記錄亡友王劍虹生命最後的愛戀，於是丁玲筆下的韋護是個多情的詩人。在《韋護》中有幾個片段較為集中地描寫韋護私密的心靈狀態，都是在韋護雅致的小房間裡。小說第二章第四節描寫他的日常生活，他雖長時間伏案工作，但總是不自覺地延長了休息的時間去寫些詩稿，而在晚上睡前，他更喜歡蜷在被窩裡、靠在軟枕上讀文學巨著。這段描寫同時包含了韋護在革命工作之外的物質與精神需求，這是在《短褲黨》中完全缺乏的。第二章第六節描述韋護面對信仰與戀愛矛盾的心理，韋護既獻身給不可磨滅的信念，又為自己的信念無法博得麗嘉的尊敬而感到遺憾。第二章第十二節起，韋護和麗嘉的感情迅速發展，直到第三章第四節，情感到達濃烈的狀態，這段時間，韋護的

<hr>

❺　蔣光慈：《短褲黨》，《蔣光慈文集》第一卷，頁 254。

房間是兩人共同談論文學、藝術，並沉醉在無節制的濃情蜜意中，以致於讓韋護怠忽了工作的所在，在這個小小的幸福安樂窩中，韋護竟萌發與麗嘉到魯濱孫漂流的無人荒島上度過餘生的念頭。蔣光慈筆下的楊直夫即使在養病時仍全心思考著革命的問題，上海的亭子間是策劃、醞釀革命行動的根據地；而丁玲筆下的韋護則是兩個自我的鬥爭，一面是不可動搖的工作，一面是生命的自然需要。❻⓪在二者相互拉扯難以共存又無法取捨時，韋護甚至希望麗嘉能為他作決定，他希望麗嘉能因反對他的信仰而拋棄他，讓他能夠回到工作中，或者能用任性而蠻橫的愛強奪韋護，讓韋護完全只屬於她，然而麗嘉卻是那樣體諒地對待他，對韋護的工作充滿寬容的理解。韋護最後必須離開他充滿溫柔愛意的小房間，獨自一人在冬天清冷的公園裡進行一場內心的苦鬥，才終於決定到廣東從事革命工作。丁玲筆下的亭子間是個人情感和欲望展演的私密空間，與外在社會呈現隔絕、甚至對立的緊張關係。❻①

　　《韋護》出版後曾遭受不少的批評，諦山、殷幹等人強調《韋護》在描寫上的失敗，他們或認為韋護沒有改變麗嘉無政府主義的政治意見是小說明顯的敗筆，或認為《韋護》過於著重在對韋護與麗嘉戀愛的描寫，韋護的行為完全不是一個革命者的行動。❻②而茅

---

❻⓪　丁玲：《韋護》，《丁玲全集》第一卷（石家莊：河北人民出版社，2001 年12 月），頁 109。

❻①　小說中韋護因沉醉在愛情中，引發同志對他的不滿，指稱韋護的住所是「墮落的奢靡的銷金窟」。丁玲：《韋護》，《丁玲全集》第一卷，頁 100。

❻②　諦山、蕭石、殷幹：〈一個時代的烙印！——韋護之內容與技巧〉，黃人影編：《當代中國女作家論》（上海：上海書店，1985 年 5 月），頁 53-58。

盾在〈女作家丁玲〉中也提到對韋護的表現並不好，對 1923 至 1924 年間的社會也缺乏真切的描寫。❻❸面對這些批評，丁玲曾在 1933 年〈我的創作生活〉一文中作出回應：「因為我沒有想把韋護寫成英雄，也沒有想寫革命，只想寫出在五卅前的幾個人物」，「到《小說月報》登載，自己重讀的時候，才很厲害地懊惱著，因為自己發現這只是一個很庸俗的故事，陷入戀愛與革命衝突的光赤式的陷阱裡去了。」❻❹儘管丁玲以為自己「陷入戀愛與革命衝突的光赤式的陷阱裡去」，而大多數的評論者又從「革命文學」的觀點和標準去批評《韋護》的缺失，然而回歸到丁玲創作的初衷，應該如她所述，「只想寫出在五卅前的幾個人物」，這是對王劍虹情誼的紀念，也是對瞿、王愛情的見證，小說中對愛情種種美好的描寫正說明「革命」此時並非丁玲專注的對象。相對於《短褲黨》紀錄革命歷史的宏大目標，《韋護》的寫作意圖其實是非常個人化的。

但是由於作為人物原型的瞿秋白是個共產黨革命者，因此《韋護》在描寫瞿、王之戀時還是不可迴避地觸及到「革命」與「戀愛」之間的緊張與衝突。小說結局時韋護決定前往廣東參加革命，而麗嘉在愛情失落的傷痛之餘也決定：「唉，什麼愛情！一切都過去了！……我們好好做點事業出來吧，只是我要慢慢的來撐持呵！……」❻❺在韋護方面，這是對現實的記錄，瞿秋白因赴廣州參加會議，以致後來王劍虹因肺病去世時，瞿秋白並未陪在身邊，為

---

❻❸ 茅盾：〈女作家丁玲〉，袁良駿編：《丁玲研究資料》（天津：天津人民出版社，1982 年 3 月），頁 254。

❻❹ 丁玲：〈我的創作生活〉，《丁玲全集》第七卷，頁 16。

❻❺ 丁玲：《韋護》，《丁玲全集》第一卷，頁 111。

此丁玲曾對瞿秋白極不諒解。但在麗嘉方面，則可說是對現實的補償，相對於現實中王劍虹的死亡，她要讓麗嘉振作起來做出自己的事業。**❻**在此，《韋護》仍具有丁玲早期思考女性出路的特質，小說中的麗嘉原本就不斷在尋找自己的信仰和生命出路，她已對先前服膺的無政府主義思想感到厭倦，但也因信仰的失落而寂寞，此時愛情暫時解救了她的精神危機，然而當愛情幻滅之時，女性終究得獨立地活出自己。這裡麗嘉所謂的「事業」並不實指革命，但在上海「革命文學」論爭的風潮中，「革命」也成為丁玲思考女性可能的出路之一。

㈡文學、戀愛與革命的抉擇

丁玲自創作以來的關懷主軸便是解決女性自身的困境，《韋護》中的麗嘉在愛情失落後決定「好好做點事業」，而同時期她寫出〈年前的一天〉，女主人公在文學與愛情的滋養下過著雖貧窮但充實快樂的生活。而在〈一九三〇年春上海〉（之一、之二）這向來被視為「革命＋戀愛」小說的作品中，丁玲並不僅僅思考「革命」與「戀愛」之間的矛盾與衝突，而是從女性生命出路的視野去思考「文學」、「戀愛」與「革命」的抉擇。同時，在這兩部小說中也看到丁玲一貫的長處，她絕不迴避任何社會現象與現實元素，如同她在〈夢珂〉、〈阿毛姑娘〉等作品中直視城市現代化對女性處境所產生的影響，當她感受到二〇年代末至三〇年代初上海革命文學

---

❻ 丁玲在晚年所寫的散文〈我所認識的瞿秋白同志〉可與早年的《韋護》相互
參照、比較。

論爭所引起的風潮後，隨即思考革命可能的意義。

　　從思考女性生命出路的角度出發，〈一九三○年春上海（之一）〉中的子彬、美琳和若泉正代表三種不同的生命取向與選擇。若泉已走上宣揚無產階級革命與普羅文學的道路，他代表「革命文學」的意識形態，批判和反省五四以來的新文學。他以為之前的文學作品吸引小資產階級的學生們，而他們的崇拜也滿足作家個人的虛榮心，然而這些作品「將這些青年拖到我們的舊路上來了。一些感傷主義，個人主義，沒有出路的牢騷和悲哀！……他們的出路在那裡，只能一天一天更深地掉在自己的憤懣裡，認不清社會與各種痛苦的關係……」，他希望能逐漸地改變文學作品的方向，讓它有益於社會和歷史。❻❼若泉在實踐「革命」的過程中，同時賦予「文學」新的功用和意義。與此相對的是子彬，子彬作為一個早有名望的作家，對於自己過去的文學成就頗為自負，他希望擁有「文學」與「愛情」的安靜生活，和美琳遠離塵囂，然後努力寫出一部偉大的作品，證明自己作家的實力。然而革命文學的風潮卻擾亂他的精神，他一方面認為追趕時髦的革命文學是淺薄的行為，一方面又為自己逐漸被文壇忽視而焦慮萬分，兩種心情交互作用日益激烈。而在若泉和子彬中間的是美琳，她原本的理想是擁有幸福的愛情，但如今在子彬和若泉的論辯中，她發現自己除了愛情之外一無所有，若泉的忙碌與活躍和子彬躲在亭子間的苦惱形成鮮明的對比，喚醒了美琳參與社會的欲望，她為自己的無事可做感到羞恥，她想到人群中去，為社會勞動，並在社會上佔一個地位。這篇小說可以看到

---

❻❼　丁玲：〈一九三○年春上海（之一）〉，《丁玲全集》第三卷，頁269-270。

經過革命文學論爭之後重新整合的革命風潮對知識分子的影響，它
不但讓若泉和美琳的生命出現轉折，即使如子彬並不認同這條道
路，但依然被騷動得焦躁不安。

如果說〈一九三〇年春上海（之一）〉呈現丁玲對生命中的幾
個重要出路，包括「文學」、「戀愛」和「革命」及其內涵的思
考，在〈一九三〇年春上海（之二）〉中，丁玲則透過望微和瑪麗
之間難以妥協的衝突，更集中地思考兩種意識形態的差異。小說中
的瑪麗是個個性獨立而鮮明的城市新女性，在她眼中，望微的工作
無聊而呆笨，為了忠於自己的人生觀，她毅然地離開望微，去追求
她認為幸福而享樂的生活。但將這部小說和《韋護》相比較，卻可
以發現丁玲的意識形態已出現轉變。在《韋護》中，麗嘉對韋護的
工作充滿寬容的理解，反倒是韋護的同志無法接受韋護與麗嘉的愛
情，愛情比革命具有更大的包容性。然而在〈一九三〇年春上海
（之二）〉中，望微努力尋求將革命與戀愛結合的方法，他期待與
瑪麗既是情人，又是同志，他希望兩人在愛情之外還能夠一起討論
世界經濟、政治及群眾等嚴肅的社會問題，也邀請瑪麗去參加工作
會議，但瑪麗卻拒絕望微的工作，並因此認為望微對愛情不忠實。
❻與其說望微和瑪麗呈現的是革命與戀愛的衝突，不如說是「要不
要參與革命？」以及「戀愛內涵為何？」的差異。從望微的角度
看，戀愛與革命並不衝突，就像小說中的書記馮飛和女售票員的愛
情一樣，這個態度與胡也頻、蔣光慈小說中的看法已趨一致。更重
要的是，小說中的望微因擁有革命的信仰而顯得沉毅穩定，愛情的

---

❻　丁玲：〈一九三〇年春上海（之二）〉，《丁玲全集》第三卷，頁333。

失落儘管讓他難過，但他並沒有因此改變自己的信仰，而瑪麗卻常常因太過空閒而感到生活的寂寞和煩悶，面對望微的工作又有深深的挫折感，這在望微帶她去參加革命工作會議的情節中有細膩的描寫：她精心打扮自己，企圖擾亂革命者的頭腦，然而當她來到會議現場，卻沒有任何人注意她的衣裝；她高傲地睥睨眾人，卻感到他們的臉上有澎湃的生氣，而唯獨自己缺少這種生氣；同時她感覺望微一來到會場，便全心投入在會議的討論中，完全忘記她的存在，她怨恨的心情油然而生；終於她決定先行離開，然而現場回應她的，卻不是她原先所設想的愛慕的眼光，在她離開之後，會議毫無阻礙地繼續進行下去，彷彿有沒有她的存在都是無所謂的。**❻⑨**瑪麗面對望微的工作所產生的挫敗感及其隨之而來的自我護衛，其實與〈一九三〇年春上海（之一）〉中的子彬非常相似。望微和瑪麗所展現的是兩種截然不同的價值觀、人生態度和意識形態，儘管瑪麗在離開望微之後很快地重拾愛情的幸福，恢復耀眼、娉婷、歡樂的容儀，但她「極端享樂的玩世思想」並未改變，除了戀愛與消費玩樂，她並沒有實際參與社會的方法。對於一直在尋找女性生命出路的丁玲來說，儘管望微所提供的「革命」道路未必能讓她完全滿意，但瑪麗的人生態度也有其嚴重的侷限。

　　丁玲追尋女性參與社會的方法，因此在她筆下，「亭子間」和「十字街頭」成為鮮明的對照。相較於蔣光慈筆下的「亭子間」都是同時孕育「革命」與「戀愛」的空間，丁玲筆下的「亭子間」卻意味著封閉、無聊和寂寞。〈之一〉中的美琳無法滿足於「只關在

---

❻⑨　丁玲：〈一九三〇年春上海（之二）〉，《丁玲全集》第三卷，頁320-322。

一間房子裡」的生活，一心想到人群中去；而子彬面對若泉的挑戰，又感到美琳與他精神上的疏遠，便以工作為藉口逃到自己小小的亭子間。但在亭子間裡並不能讓他平靜地寫作，反而使他胡思亂想，滿腹牢騷。〈之二〉中的瑪麗來到上海，住進望微簡陋悶氣的亭子間，首先就感到自己精緻的皮箱、貴重的外套、華美的衣裳、光亮的緞鞋與這環境的格格不入。儘管她和望微也曾在此擁有短暫幸福快樂的日子，但更多的是對工作忙碌的望微漫長的等待，因等待而產生的寂寞、煩悶、生氣和流淚。在《韋護》中，亭子間是韋護和麗嘉享受戀愛與文學，幸福而甜美的小小天地，而到了〈一九三○年春上海〉時，亭子間已成為逃避社會和生命無所安頓的象徵，她筆下富有生命力的人物都迫不及待地往「十字街頭」奔去，儘管每個人的目標並不相同。從丁玲筆下「亭子間」意涵的轉變也可以看到作家意識形態的位移。

相對於「亭子間」的封閉，丁玲筆下的「十字街頭」則意味著參與社會的運轉。走出房間，來到大街上，才是在社會中找到自我定位的方法。〈之一〉中的美琳在五一勞動節時到大馬路上參加遊行集會活動，她還想進工廠裡去體驗無產階級艱辛的勞動。相較於子彬的孤單和徬徨，美琳每一次參與工作回到家中，總是帶著充實興奮的神情。〈之二〉中的望微和瑪麗則是一組對照，望微每天忙著工作開會，而瑪麗在參加望微的會議感到挫敗後，也不願在家中做個永遠等待的女人，她每天出門尋找玩樂的機會。小說結尾時，望微在大街上發表演說，和巡捕發生激烈的衝突，與此同時，瑪麗正給一個漂亮青年摟著腰，快樂地從百貨公司中出來。事實上，作為中國最現代化的城市，上海對丁玲的刺激不僅僅是革命元素的加

入，還包括社會視野的開拓。早在寫於 1929 年四月的〈日〉中，儘管小說主題承襲〈莎菲〉，然而小說開頭描寫上海白天熱鬧運轉的景象，丁玲透過高樓房間裡的杯盤狼藉、軀體橫陳與高樓遮掩下、大黑煙囪下擁擠破亂的小屋、疲倦的下層妓女和骯髒瘦餓的工人做對比，輪廓式地呈現上海嚴重的貧富差距。這個觀察延續到〈一九三〇年春上海〉中，美琳走在春天的上海街頭，感受到生氣勃發的欲望流動，大腹的商賈們在震盪的金融風潮中投機、操縱，競賽著對金錢的欲望；王孫小姐們穿上春季的華服在馬路上、公園裡、遊樂場中揮霍青春與快樂，追逐著享樂的欲望；逃過了嚴冬的窮苦工人們則在生活的重壓下與不斷增長的物價和工時搏鬥，掙扎著求生存的欲望；年青的學生與革命黨帶著振奮的心情在街頭奔忙、流汗，爭取著改造社會、實現理想的欲望。❼

　　透過對「十字街頭」的描寫，丁玲的文學視角逐漸從向內觀看自我轉移到向外觀察社會，相對於她早期總是透過主人公的眼光和心緒去看待世界，此時她開始學習較為冷靜客觀的描寫方法，去捕捉全景式的上海社會。這是繁華熱鬧、階級結構鮮明又高速運轉的上海給作家的洗禮，三〇年代的上海作家，包括茅盾、蔣光慈、左翼文學作家及新感覺派的作家們幾乎都不缺乏對上海都會全景式的描寫。同時，透過對上海生活形態的觀察，「階級」的概念也進入丁玲觀看社會的意識中。這些特色，都逐步形塑丁玲三〇年代的寫作風格。

　　丁玲藉由〈一九三〇年春上海〉（之一、之二）思考有關文學、

---

❼　丁玲：〈一九三〇年春上海（之一）〉，《丁玲全集》第三卷，頁 284-285。

戀愛與革命等人生道路之間複雜的意涵和關係，也冷靜地觀察、描寫望微和瑪麗兩種不同的意識形態和價值觀，以及兩者可能的發展路徑與各自的優缺點。這兩篇作品與其說是預示丁玲走向「革命」道路的作品，不如說是呈現丁玲思考問題的過程，事實上她在這此時僅有思考而少行動，她力求客觀地鋪展每一條可能的出路，而沒有給予過多的褒貶，也沒有對哪一條路給予絕對肯定的答案。

有意思的是，在胡也頻遇難之後，丁玲在 1931 年八月初到1932 年一月初之間，分別寫了詩歌〈給我愛的〉和散文〈不算情書〉，此時丁玲已參與革命活動，這兩篇作品的對象是她的革命同志、摯友，也是讓她仰望和深愛的男人馮雪峰。在〈給我愛的〉中，幾乎看到蔣光慈筆下「革命」與「戀愛」目標的一致，在詩歌的第一節中，她眼中的馮雪峰是個堅毅的革命者：

太陽把你的顏色染紅了，（紅得這般可愛！）
汗水濡濕了你全身，
你一天比一天瘦了起來，
可是我只看見你更年輕。
……
你絕不會像那些年輕的人的：
只有蒼白的面頰，
懶惰的心情，
享受著玩弄著那些單調、無聊的舊套。
你是平靜，
你是真誠，

> 你是勤懇，
>
> 只有一種信仰，固定著你的心。

進入詩歌的第二節，目光從所愛之人轉向自我，為了追上這個讓她仰望的偉大的男人，她鼓勵自己進行自我改造，將對愛情的渴望昇華為對「革命」的實踐，因為唯有「革命」的共同目標，能讓我們成為親密的同志：

> 我只想怎麼也把我自己的顏色染紅，
>
> 讓汗水濡濕了我全身，
>
> 也一天比一天瘦了起來，
>
> 精神，卻更顯得年輕。
>
> 我們不是詩人，
>
> 我們不會講到月亮，也不講夜鶯，
>
> 和那些所謂愛情；
>
> 我們只講一種信仰，它固定著我們的心。

在詩歌的第三節中，「我」與「我」的所愛之人融入了革命的集體之中，在共同的信仰和理想中，個人與愛情都顯得微不足道：

> 太陽把你的顏色染紅，
>
> 太陽把我的顏色染紅，
>
> 但是太陽也把他們的顏色染紅，
>
> 我們現在是大家（許多的大家）都一樣了。

一樣的年輕，

一樣的精神，

一樣的真誠和勤懇，

只有一種信仰，固定著我們大家的心。

只有一種信仰，固定著我們大家的心，

所有的時間和心神卻分配在一個目標裡的各種事上了。

你不介意著這個，我也不要機會傾吐，

因為這在我們，的確是不值個什麼的了。**⓪**

革命讓我們年輕、精神、真誠和勤懇，也讓「我」和「我」的所愛之人因共同的理想而「在一起」。但是字裡行間卻仍然可以看到屬於丁玲的，個人情感的流動：所愛之人因為專注於革命，因此讓「我」無法傾吐心意，「你是那麼不介意的，不管是我的眼睛或是我的心」，讀來依舊充滿女性面對愛情委屈、遺憾和失落的心情。而「因為這在我們，的確是不值個什麼的了」一句也充滿語意的豐富性，一方面既像是對於「革命」的肯定，「革命」的價值超越也涵蓋了「愛情」的價值，另一方面又像是一種自我安慰和自我說服，能夠擁有「革命」，並且能因「革命」而讓我們成為同志，那也就足夠了。

　　名為〈給我愛的〉的詩歌充滿著理性與自制的特質，因為這正是「我愛的」所期待於「我」的改變；而〈不算情書〉卻充滿女性「情書」情感與欲望的流動，文中娓娓訴說她對所愛之人的思念，

⓪　丁玲：〈給我愛的〉，《丁玲全集》第四卷，頁 317-321。

她因無法得到的愛情以及壓抑的欲念所受的種種痛苦。然而到了文末，她仍然不斷地表白心跡，說明自己將努力以理性來改變自己，以好好地工作、寫文章來獲得對方的肯定。❼兩篇作品合觀，前者是對「我愛的」的正面回應，後者則是對自我情感與性格弱點的剖析，也是自我勉勵。

　　同時再將這兩篇充滿抒情意味的作品與〈一九三〇年春上海〉兩篇冷靜思考的作品並列，也看到丁玲理智與情感的拔河，以及「革命」、「文學」與「戀愛」的拉扯，「革命」是「我」作為女性可能的人生目標，也是參與社會最直接的方法之一，但「戀愛」依然有它難以取代的迷人之處，而「文學」在兩者之中也有其特殊的作用，它有時能輔助集體革命的工作，有時又能書寫個人愛情的心曲；有時能展現她對生命問題理智的思考（如她所寫的〈一九三〇年春上海〉），有時又能抒發私密的情感與欲望（如她所寫的〈給我愛的〉、〈不算情書〉），而「革命」、「文學」與「戀愛」三者之間也並非孰優孰劣，誰能（該）取代誰那麼簡單的問題，三者之間，以及兩兩之間的關係永遠處在變動的狀態，有時結合統一，有時矛盾對立，有時既統一又矛盾，而各自的某些特質又是他者所無法取代的，一切端看實際狀況而定。

　　而事實上，在丁玲未來的人生中，她也從來沒有放棄過「革命」、「文學」或「戀愛」任何一個生命中的重要元素，它們三者之間錯綜複雜的關係共同成就了丁玲精彩而獨特的一生。

---

❼　丁玲：〈不算情書〉，《丁玲全集》第五卷，頁 20-26。

四、結語

　　作為男性作家與共產黨員的蔣光慈是推動 1928 年革命文學論爭的核心人物之一，同時開創了二〇年代末期「革命＋戀愛」小說的寫作型態。儘管蔣光慈不斷強調革命的意識形態，但其本質上卻是個繼承五四傳統的浪漫主義者，他以「革命」取代「戀愛」成為生命激情的出口，在「革命＋戀愛」小說中書寫革命與戀愛的一致，革命態度既是檢視愛情的標準，又使愛情變得偉大。然而，他終究是個革命的書寫者而非革命的實踐者，在革命與文學之間，他高唱革命的重要性，卻始終鍾情於文學，終究被開除黨籍。

　　作為女性作家與非共產黨員的丁玲此時是革命文學論爭的局外人和旁觀者，當蔣光慈在文壇的第一線與其他男性作家進行激烈的論辯之時，「革命」的道路及其意涵卻被當時正在思考女性個人問題的丁玲所用，革命成為女性可能的出路。相較於蔣光慈在革命陣營裡使勁吶喊，表現出「革命的羅曼諦克」的浪漫與激情，作品一向騷動著個人情緒的丁玲此時卻一反常態，顯得冷靜而理智，她透過小說的寫作務實地思考眼前包括愛情、婚姻、寫作、革命等等各種人生可能的出路，思考啟蒙與革命之間複雜的辯證關係，最後在胡也頻遇難後走上革命之路。胡也頻的遇難當然是促使她走上革命實踐之路的重要原因，然而並不意味著丁玲沒有個人獨立的思考和選擇，這思考的過程完全呈現在〈一九三〇年春上海〉（之一、之二）中男、女主人公的人生抉擇中。

　　蔣光慈在 1931 年過早地去世，他在《咆哮了的土地》中所展現出來的文學轉折契機無法得到進一步的發揮和開展。而對丁玲來

說，她的人生道路還很漫長，她在五四思潮洗禮下所擁有的女性知識分子的特質和精神，都將接受三〇年代新的革命元素的挑戰和衝撞。曾經認真思考文學、戀愛與革命之間的差異的丁玲，並未在此三者中作任何簡單的取捨，而是在她往後的生命實踐中，努力追求文學、革命與愛情的並存。

第五章
個人與集體、啓蒙與革命的
消長、衝突和磨合：
丁玲三、四○年代的創作

一、前言

　　許多學者在討論中國現代女性作家如何透過女性意識的展現來挑戰父權思維與秩序時，都對丁玲的〈莎菲女士的日記〉感到驚豔，也對她政治轉向之後的發展不無慨嘆。史書美以為女作家必須依靠參與「主導敘述」來維持文名，因此「丁玲就不期然地追隨五四以來的『男性女性主義者』的道路，再一次把婦女問題附屬在社會問題上。」❶羅久蓉在討論自傳書寫中的小我與大我時，以「左聯五烈士」中唯一的女作家馮鏗的作品《紅的日記》及其生命實踐

---

❶　史書美：〈中國現代文學中的女性自白小說〉，《當代》第 95 期（1994 年 3 月 1 日），頁 124。

為例，說明女性主體如何納入國族論述中：

> 不過短短一、二十年，中國女性就把剛從幾千年沈睡喚醒的
> 自我拱手交給了一個國家、一個政黨、一個意識型態，同時
> 還無比自豪地說，這是在盡一個人或國民應盡的義務，馮鏗
> 的說法並不令人特別意外，因為近代中國女權解放運動本來
> 就是在反帝民族主義脈絡下進行。但從近代西方女性主義觀
> 點，這種去性別化的提升意義有其侷限性，不止因為它忽略
> 了性別在個人認知上所扮演的角色，更因為其中所預設的上
> 下從屬關係，恰好強化了代表集體利益的國家的重要性。❷

隨後在對丁玲的討論中，認為她在政治忠誠的問題面前努力為自己
打造「政治正確的革命系譜」，在與政治糾纏的過程中，自我也消
融在集體之中。❸

　　儘管由於胡也頻的犧牲才促使丁玲走上革命的道路，但並不意
味丁玲的選擇缺乏獨立的思考和情感的需求。如上章所論，在
1930 年所寫的〈一九三○年春上海〉中已可看到丁玲在女性啟蒙
及其出路的視野中思考女性參與革命的可能改變。而在胡也頻遇害
後，丁玲強忍傷痛，將出生未滿百日的兒子送回湖南交給母親照
顧，自己仍回到上海。在極度的茫然、孤獨和脆弱中，丁玲渴望找

---

❷　羅久蓉：〈近代中國女性自傳書寫中的愛情、婚姻與政治〉，《近代中國婦
　　女史研究》第 15 期（2007 年 12 月），頁 91。

❸　羅久蓉：〈近代中國女性自傳書寫中的愛情、婚姻與政治〉，頁 117-136。

尋一條讓痛苦的心靈新生的出路：

> 「怎麼才能離開這舊的一切，闖進一個嶄新的世界，一個與
> 舊的全無瓜葛的新天地。我需要做新的事，需要忙碌，需要
> 同過去一切有牽連的事，一刀兩斷。……」❹

在馮雪峰的介紹和幫助下，丁玲開始加入共產黨文化組織方面的工
作。1931 年六月經共產黨中央宣傳部決議，由丁玲和姚蓬子、沈
起予共同擔任左聯機關刊物《北斗》的編輯，這份刊物經過幾個月
的籌備、組稿，在 1931 年九月正式創刊，發行至隔年七月因被國
民黨查封而停刊。除此之外，丁玲也開始參與到大學演講及左聯外
圍群眾團體的組織工作，並在 1932 年三月正式加入中國共產黨，
下半年起接替錢杏邨擔任左聯黨團書記一職，直到 1933 年五月被
國民黨逮捕為止。❺從丁玲 1931 年的小說和文字記錄來看她此時
面對工作和生活的想法，她對共產黨的活動與理想並非毫無任何質
疑，然而，從個人的情感狀態來說，這些革命工作在兩個層面上支
持著她：一是在心理層面上，從事共產黨活動既是繼續胡也頻未完

---

❹　丁玲：〈回憶潘漢年同志〉，《丁玲全集》第六卷（石家莊：河北人民出版
　　社，2001 年 12 月），頁 208。

❺　有關丁玲在三○年代初期所參與的政治、革命活動，可參考丁玲散文〈我和
　　雪峰的交往〉，《丁玲全集》第六卷，頁 267-274；〈關於左聯的片斷回
　　憶〉、〈入黨前後的片斷回憶〉，《丁玲全集》第十卷，頁 238-244、246-
　　250。

成的理想❻，也有為胡也頻「復仇」的意味；一是在實際生活上，共產黨的忙碌工作既使她因專注於工作，而能暫時放下喪夫離子之慟，在某種程度上幫助丁玲度過喪夫後那段痛苦的時光。更重要的是，儘管丁玲早期的作品具有高度的女性意識，但她對女性意識的彰顯和強調並不在於將女性和社會分隔開來，而在於更積極地參與男性的社會，就如同她在湖南時和楊開慧等五位同學一起轉入長沙岳雲男子中學，打破男女分校的界線；又如同她在初出文壇之時，曾在一個書店的宴會上受到《真善美》雜誌編輯的邀稿，希望能為「『女作家』專號」寫一篇文章，而丁玲當場以「我賣稿子，不賣『女』字。」回絕。❼

埃德加·斯諾夫人尼姆·威爾斯在《續西行漫記》中曾提到她

---

❻ 丁玲在胡也頻過世後的痛苦中考慮自己未來的人生時曾想過：「我想我只有一條路，讓我到江西去，到蘇區去，到原來胡也頻打算去的地方去。」儘管這可能只是一時的意氣之言，卻仍帶有真實的情感成分。丁玲：〈回憶潘漢年同志〉，《丁玲全集》第六卷，頁 209。

❼ 丁玲：〈寫給女青年作者〉，《丁玲全集》第八卷，頁 124-125。丁玲的回應其實並不是個例，在西方女權運動興起後，以性別歧異來強調女性作家及其書寫方式之特殊性的論述逐漸形成，也曾引起英美文壇許多女作家的反駁，包括莘菲雅·奧錫克（Cynthia Ozick）、瓊·狄第安（Joan Didion）、朵麗思·萊辛（Doris Lessing）、瑪嘉麗特·尤仙納（Marguerite Yourcenar）、瑪嘉麗特·德勒布（Marguerite Drabble）、蘇珊·桑塔格（Susan Sontag）等人，她們都強調作家不應有男女之別，而南非英語小說家娜汀·葛蒂瑪（Nadine Gordimer）則強調南非的種族問題是無分男女的，因此南非作家當前的要務並不是女權問題。林淑意：〈沒有女作家，只有作家——英美文壇的「女性文學」論爭〉，《聯合文學》第一卷第五期（1985 年 3 月 1 日），頁 28-31。

1937年在延安初次和丁玲見面時對她的印象是「康健而強壯」：

> 她絕不是中國認為「知識分子」的典型，而是西洋各國很普
> 通的康強的知識分子那樣一種康健型。她是一個使你想起喬
> 治桑和喬治依列亞特那些別的偉大女作家的女子——一個女
> 性而非女子氣的女人。……
>
> 她給你這樣一個印象：完全合適做任何她著手做的事情，從
> 投炸彈到演電影。她是一個具有抑制不住的精力和專致不分
> 的熱誠的發動力。……
>
> 她是既能行動也能做第一流智力工作的那種罕有的生物的非
> 常特異的結合。❽

在這段文字描述中可以看到丁玲不論在長相、氣質和性格等各方面
都遠遠跨越刻板的性別印象，她蓬勃旺盛的熱情和生命力也使她絕
不可能只是一個書齋型的作家，而更接近安東尼奧・葛蘭西定義中
的「有機的知識分子」。❾

---

❽　〔美〕尼姆・威爾斯：《續西行漫記》（北京：解放軍文藝出版社，2002年
　　6月），頁238-240。

❾　義大利共產黨創始人之一、著名的馬克思主義理論家安東尼奧・葛蘭西曾將
　　知識分子分為「傳統的知識分子」和「有機的知識分子」。傳統的知識分子
　　是與舊的經濟基礎相連繫的知識分子，在原有的國家體制和社會秩序中具有
　　領導地位，與統治集體（國家官吏）結合在一起；有機的知識分子則是新型
　　的知識分子，是在歷史發展的運動中與革命階級有機聯繫的知識分子。對於
　　新型的、有機的知識分子，葛蘭西強調他們「要積極地參與實際生活不僅僅
　　是做一個雄辯者，而是要作為建設者、組織者和『堅持不懈的勸說者』」，

當「革命」成為丁玲自覺的人生選擇之後，由革命所延展出來的個人與集體、知識分子與群眾、情感與理智、天生的個性與後天的鍛鍊等等之間的衝突矛盾也都成為丁玲概括承受的問題，在她三、四○年代的作品中，可以發現她從沒有逃避過這些問題，主動地去尋求其間可能的磨合、共存之道，由此更展現作家的複雜性。

二、從情感與理智的衝突中誕生的無產階級革命小說

一般評論者都認為丁玲在 1931 年夏天寫作的〈水〉是她創作生涯中重要的轉捩點。馮雪峰在〈關於新的小說的誕生——評丁玲的《水》〉一文中認為：

> 丁玲所走過來的這條進步的路，就是，從離社會，向「向社會」，從個人主義的虛無，向工農大眾的革命的路，好多的進步的知識分子同走過來的路，是不能被曲解為純是被作用，或只是慘暗的消極的覺悟的結果。我們必須理解這是作者被新思想所振蕩，就據這新思想來作用，覺悟了自己階級的崩潰，就更毀壞著自己的階級，感到了自己的傾向，就進

由此可以看到葛蘭西對知識分子參與實際工作、以行動完成政治實踐的重視。參考安東尼奧·葛蘭西：《獄中札記》（北京：中國社會科學出版社，2000 年 10 月），頁 1-18；安東尼奧·葛蘭西：《獄中書簡》（北京：人民出版社，2007 年 4 月）田時綱「譯序」，頁 8-10；詹姆斯·約爾：《葛蘭西》（台北：桂冠圖書公司，1994 年 4 月），頁 95-111。

一步的向它鬥爭的表現。❿

茅盾也在〈女作家丁玲〉中提到：

> 《水》在各方面都表示了丁玲的表現才能的更進一步的開
> 展。……雖然只是一個短篇小說，而且在事後又多用了一些
> 觀念的描寫，可是這篇小說的意義是很重大的。不論在丁玲
> 個人，或文壇全體，這都表示了過去的「革命與戀愛」的公
> 式已經被清算！⓫

但是在考察丁玲創作的轉變過程時，卻不能忽略胡也頻遇難後到
〈水〉之間的幾篇小說，包括〈從夜晚到天亮〉、〈一天〉、〈某
夜〉、〈莎菲日記第二部〉（未完稿）和〈田家沖〉等。這些篇章
細緻地反映、說明丁玲思想、情感及創作的辯證過程。

　　其中，〈從夜晚到天亮〉、〈某夜〉和〈莎菲日記第二部〉
（未完稿）等三篇作品抒發胡也頻遇難後，又與兒子分離的雙重的
痛苦心情。寫於 1931 年 4 月 23 日的〈從夜晚到天亮〉順著女主人
公流動的意識，描寫一個喪夫離子的女人難以壓抑情緒的衝動，在
大街上狂亂地遊走，還錯把別的男人的背影認作亡夫，欣喜之餘，
猛然記起殘酷的現實，卻依然想在來往的人流中找出那張熟悉的面
容。而後她不由自主地走到百貨公司的小兒服裝部，一件件孩童衣

---

❿　何丹仁（馮雪峰）：〈關於新的小說的誕生——評丁玲的《水》〉，袁良駿
　　編：《丁玲研究資料》（天津：天津人民出版社，1982 年 3 月），頁 249。
⓫　茅盾：〈女作家丁玲〉，袁良駿編：《丁玲研究資料》，255。

服又深深刺痛著她思念兒子的心靈。在這篇小說的結尾，女主人公的情感和理智出現激烈的鬥爭和辯證，她在痛哭中提醒自己應該振作，但同時又覺得自己忍耐得太多了，應該任性地痛快地發洩一下；她一方面鼓勵自己「把握著，正確的，堅忍地向前走去。不要再這末了，這完全無價值！」但傷痛的情感卻又時時襲來，讓她感到理性是虛偽的，因為它泯滅了人性。儘管如此，她最後還是強打起精神讓自己平靜下來繼續工作、寫文章。[12]在這裡可以看出丁玲努力想控制和克服痛苦頹喪的精神狀態，用理性和規律的工作讓自己振作起來的過程。與此內容相近的是未完成的〈莎菲日記第二部〉，透過莎菲五月四、五兩日的日記，紀錄自己與胡也頻離開北京後的思想轉變，以及胡也頻遇難後的心情，其中不斷反省自己情感衝動、不夠堅強、好胡思亂想的性格，也鼓勵自己一天比一天平靜、理性，用讀書、做事來迎向未來的新生活。但有時仍免不了被思念糾纏，衝動地在街上跑了一下午，僅僅為了買一朵從前和胡也頻一起在北京看過的牡丹花，在這動人的細節中盡是丁玲的真情流露。〈莎菲日記第二部〉寫於 1931 年夏天，寫作時間相近的〈某夜〉完成於七月，小說一改〈從夜晚到天亮〉和〈莎菲日記第二部〉中悲傷的喃喃自語，以節制的情感和冷靜而客觀的筆調摹想胡也頻與革命同志蒙難的經過，在深夜肅殺的氣氛中迴響著革命者「國際歌」的歌聲，使大雪的冬夜沈默而肅穆。在這一系列的作品中看到丁玲理智與情感的強烈鬥爭，也力圖以犧牲者臨刑前昂揚堅定的革命意志來拯救自己幾近潰堤邊緣的情感。

---

[12] 丁玲：〈從夜晚到天亮〉，《丁玲全集》第三卷，頁 339-347。

在寫作抒發個人生命傷痛的系列作品的同時，丁玲也在參與革命組織工作的過程中開始思考個人與集體、知識分子與群眾之間的問題。儘管丁玲於 1931 年五月在光華大學的演講中曾提到：「我也不願寫工人農人，因為我非工農，我能寫出什麼！我覺得我的讀者大多是學生，以後我的作品的內容，仍想寫關於學生的一切。因為我覺得，寫工農就不一定好，我以為在社會內，什麼材料都可寫。」⓭然而她的想法和實踐卻不完全一致，就在演講的同一個月份裡，她寫出了〈一天〉，這是丁玲第一篇正面描寫群眾的小說，第一篇思考知識分子與群眾關係的小說，也代表丁玲從知識分子心靈狀態的主題向工農「群眾」擴展的第一步，並由此開啟了她三〇年代的無產階級革命小說。

但這轉變是漸進的。〈一天〉中的主人公陸祥原本是個單純的大學生，因為「自覺」和「信仰」加入左翼團體，被分派負責教導、組織群眾，並撰寫工作報告。小說著重於描寫陸祥參與運動後讓他對群眾產生新的認識，以及他如何在艱困的革命工作中堅定自己的意志和信仰。這篇小說值得注意的原因有二，首先，這是丁玲對革命活動及群眾採取正面描寫的第一篇小說。許多評論者都提到丁玲「革命＋戀愛」小說中的革命只是抽象的概念，而不具有實質的內容。⓮在胡也頻遇害前，社會革命對丁玲來說只是一條可以選

<hr>

⓭　丁玲：〈我的自白〉，《丁玲全集》第七卷，頁 4。

⓮　參考賀桂梅：〈性／政治的轉換與張力──早期普羅小說中「革命＋戀愛」模式解析〉，《中國現代文學研究叢刊》2006 年 5 月，頁 83；常彬：〈虛寫革命，實寫愛情──左聯初期丁玲對「革命加戀愛」模式的不自覺背離〉，《中國現代文學研究叢刊》2006 年 1 月，頁 178。

擇的人生道路，至於其內涵為何，她並沒有真正的認識。1931 年
實際參與左聯活動後，她對革命工作有所認識，也因此讓她的社會
視野從小資產階級女性知識分子的處境擴展到下層群眾。因此在這
篇小說中，丁玲開始描寫知識分子與群眾的關係。第二，小說雖然
開始觸及到群眾的形象，但是小說的重心仍在知識分子的心靈狀
態。她描寫陸祥最初對於下層階級貧窮、吵雜、骯髒、破敗的生活
環境感到難以忍受，對於窮人粗野的說話方式感到可怕，但是與他
們相熟之後，他也感到他們「純真的親切」。群眾啓蒙運動常常遭
遇挫折，有時辛苦經營，卻因為群眾的膽怯而前功盡棄，陸祥甚至
因為深入貧民窟拜訪工人而被誤認為竊賊，面對無知、野蠻、不可
理喻的群眾感到毫無溝通的可能。陸祥對這種種工作都還在適應，
他不斷提醒自己「保持同這些人的平等身分」、「不能罵那些無知
的可憐的婦人」、「應同情這些人，同情這種無知，應耐煩的來教
導他們」，同時也不斷記起指導員石平對他的叮囑：「我們要忍
耐，堅強，努力，克服自己的意識，一切浪漫的意識」，不斷鼓勵
自己「在困難之中所應有的，不退縮、不幻滅的精神」。小說中知
識分子和群眾的關係是隔閡的，知識分子是啓蒙者，群眾是愚頑無
知的被啓蒙者。但是需要被教育的不只是群眾，知識分子也在不斷
的自我教育中掃除軟弱的意志、浪漫的意識和失敗的情緒，堅定革
命的信念。陸祥的心路歷程也許正是剛剛投入革命工作的丁玲的心
情，她清楚地意識到知識分子和群眾的差距，有時也對群眾的無聊
和無賴感到反感和惱怒，但同時也在革命工作中認識到自己性格中
的弱點。

　　〈一天〉可以說是知識分子向群眾過渡的轉捩點，在這之後寫

出的〈田家沖〉，小說描寫的重心從知識分子轉移到群眾上，這個
特色最直接地表現在小說視角的轉變上，〈一天〉是從知識分子的
視角出發認識群眾，〈田家沖〉則從佃農趙得勝一家人的視角去觀
察一個從事秘密工作的地主三小姐如何親切和善地對待農民，融入
農民的生活，並教導農民團結起來爭取自己的權益，反抗地主的剝
削。農民受到三小姐的影響而逐漸覺醒，趙家人開始掩護三小姐的
秘密工作，小說最後暗示三小姐因身分暴露而被逮捕，但農民運動
的火種已經在農村中散佈開來。與〈一天〉相比，〈田家沖〉中的
群眾形象已有所改變，雖然群眾仍是被啓蒙的對象，但他們純樸善
良而受教，很快就被三小姐的工作所感動而覺醒，而三小姐來到農
村也毫無扞格之感，她幫著趙得勝家打穀、墊鞋底、照顧雞隻豬隻
和菜園，幹著各式各樣的農活，和農家像一家人一樣和樂又融洽，
知識分子與群眾的關係與〈一天〉完全不同。這篇小說有把革命運
動過於簡單化的缺點，對於趙得勝一家的覺醒寫得太過容易，毫無
矛盾、衝突或膽怯，因此小說節奏明快，色調開闊光明，完全沒有
〈一天〉中的陰暗感和泥濘感，對於革命運動充滿樂觀昂揚的態度
❶。論者對丁玲這樣的轉變不無惋惜：

　　　　如果我們記得丁玲早期創作是如何以個人的孤獨的視點揭示
　　　環境的可笑可鄙，也許就會更進一步理解這一視點轉換中的

---

❶　丁玲自己在 1933 年 4 月的〈我的創作生活〉中曾反省〈田家沖〉的缺失，她
　　認為主要的缺點有二，一是「沒有把三小姐從地主的女兒轉變為前進的女兒
　　的步驟寫出」，二是「把農村寫的太美麗了」，因為「我愛的農村，還是過
　　去的比較安定的農村」。《丁玲全集》第七卷，頁 14-17。

> 意味，即丁玲終於完成了從女性自我到知識分子自我的撤
> 退。女性視點撤退後，也就不會觸及唯有女性才最敏感的東
> 西──大眾的封建意識。**⑯**

但這樣的轉變也許正是丁玲個人自覺地追求革命理想，及其政治信念逐漸建立的過程。對她來說，參與革命運動是支撐她走出喪夫之慟最強大的力量，這是「自覺」的「選擇」，她願意用革命運動的光明面，鼓舞自己在艱困的政治生活中堅持下去，用理性和意志力去壓抑她直率不受拘束的個性、感性和情緒。這是選擇了革命理想後必要的自我教育。

在〈田家沖〉之後的〈水〉中，「群眾」成為小說的主體，知識分子完全退出小說之外。這篇小說中的「水」包含兩個意象，一是長江氾濫，導致沿岸村莊湯家闕、一渡口等處潰堤的大洪水，在這大洪水背後所隱含的是官僚和富人拿捐不修堤，導致農民家園毀壞、流離失所的階級意識。二是農民在逃難的過程中尋求鎮長、縣長的賑災，卻遲遲等不到讓人滿意的答覆，農民在忍無可忍之下決定團結起來，匯聚成比長江氾濫更兇猛的「洪水」，衝入鎮上搶回自己辛苦栽種的米糧，這個洪水背後隱含的是農民覺醒和群眾運動的力量。小說中的群眾是以一個群體的整體形象來呈現的，小說由大量的對話組成，描寫群眾在暗夜中奔相走告水患的情況、驚慌失措通知潰堤的消息、逃難之中的吵嚷和咒罵等等，但其中的個人形

---

⑯ 孟悅、戴錦華：《浮出歷史地表──中國現代女性文學研究》（台北：時報文化出版公司，1993 年 9 月），頁 192。

象並不鮮明，這樣的描寫一方面能強化在暗夜中，只聞其聲不見其人，無法確知潰堤消息是否正確的驚恐，同時也符合大量逃難群眾互不相識、中途作伴的情況——農民之間並不熟識，但卻共同面對導致家園毀壞的水患問題。但另一方面也顯示，丁玲此時對群眾的認識比較粗淺，她無法在大量的群眾中區別他們個別的差異，只能把他們作為一個整體來對待。安敏成認為〈水〉這類三○年代以群眾作為描寫及發聲主體的小說，由於「作為主人公的大眾缺乏個體人物那樣的豐富性和獨特性，對它的再現難免要依賴一整套有限的技巧和動機」，因此作家往往求助於隱喻去轉換原本對大眾的描寫，在小說中，「洪水」即是「群眾」的隱喻。❶丁玲對下層群眾的個別面目和生活景況的描寫要到 1932 年之後的〈法網〉、〈奔〉等小說中才逐漸清晰，一直到四○年代末的《太陽照在桑乾河上》才克服這個弱點。這過程代表丁玲對下層階級的生活逐漸從「概念性」的認知深入到具體的理解。

　　從〈從夜晚到天亮〉到〈水〉的發展可以看出 1931 年初胡也頻過世後到同年夏天是丁玲心情、思想和創作動盪的調整期。〈從夜晚到天亮〉、〈莎菲日記第二部〉、〈某夜〉系列作品延續丁玲創作以來高度的自省和剖析能力，向內忠實而細膩地捕捉個人的思想與情感，〈一天〉、〈田家沖〉到〈水〉則是新的拓展和嘗試，向外描寫和觀察知識分子之外，作為社會集體的群眾。

　　〈水〉之後到 1933 年五月丁玲被國民黨逮捕前的一系列小

---

❶　安敏成：《現實主義的限制——革命時代的中國小說》（南京：江蘇人民出版社，2001 年 8 月），頁 189-190。

說，完全可以看作是丁玲對革命的實踐。⓲這些小說集中在幾個議題上，首先是以1931年東北九一八事變和1932年上海一二八事變等歷史背景為核心來宣揚反帝運動，抗議日本侵略中國領土的行徑。未完成的〈多事之秋〉全篇以十字街頭為背景，但這時的十字街頭不復有〈一九三〇年春上海〉那樣欲望流動的豐富意涵，而完全被憤怒的反日運動群眾所取代。小說藉由學生、工人和士兵所發起的反日運動，同時批評國民政府面對日本侵略行為的軟弱決策。〈夜會〉透過李保生在中秋佳節所組織的夜會，以演說和戲劇演出的方式進行教育群眾的政治宣傳，一方面控訴日本紗廠老闆剝削勞工，以任意關廠來報復群眾爭取權益的行為，一方面抗議日本九一八的侵略行為，發起對東北抗日義勇軍的募款活動。〈詩人亞洛夫〉可與〈夜會〉合觀，在描寫上海的勞資對立中突出外國資本家與中國工人的衝突。這類小說都將攸關國家民族地位的反帝運動與階級運動結合起來，充分展現共產黨在三〇年代的政治思維。

其次是對於下層階級生活苦境的描寫，〈法網〉是其中鋪展地較為完整的一篇。小說以漢口為背景，主人公顧美泉原本是個年輕苦幹又剛剛新婚，生活勞苦但尚稱平靜的工人，然而長時間處在沉

⓲　丁玲在〈答《開卷》記者問〉中曾提到：「這兩篇小說（〈田家沖〉和〈水〉──引者注）是在胡也頻等犧牲以後，自己有意識地要到群眾中去描寫群眾，要寫革命者，要寫工農。這以後還有一些短篇：《消息》、《夜會》、《奔》都是跟著這個線索寫的。〉《丁玲文集》第五卷，頁435-436。而顏海平則從丁玲的精神、思想特質來解釋丁玲如何從「女性」的生命困境、「弱質性」和社會中的「邊緣性」，擴展到一九三〇年代以後對社會中的「弱者」的普遍關注。顏海平：《中國現代女作家與中國革命，1905-1948》第六章「非真的蘊律（一）：丁玲的女性主義之旅」，頁288-303。

重的苦工壓力和失業的威脅中，使他逐漸變得暴躁易怒，在抑鬱、
苦悶、酗酒、打人發洩之後又懊悔的惡性循環中，終於因衝動莽撞
的情緒而殺人。但顧美泉不是小說中唯一倒楣的人，與他同住在一
個吵雜擁擠狹小的樓房裡的，盡是這些窮困、失業、鬱悶而暴怒的
工人，不了解社會問題根源的無知和蒙昧使他們沉淪在社會底層強
作困獸之鬥，卻始終無法逃出貧窮的悲劇命運之網的束縛。小說以
下層階級艱辛困頓的生活為描寫核心，又以長江水患為背景，鋪展
水患造成農民的流離失所，不得不逃難到城市淪為失去土地又備受
剝削的下層工人，一方面暗暗呼應〈水〉中從離鄉難民到群眾運動
過程中人民力量的匯聚和轉換，一方面也從經濟、社會等問題上將
中國的農村與城市鏈連起來。類似的主題還有〈奔〉，小說中的農
民因繳不出田租而坐火車逃難到上海尋求出路，卻看到上海的工人
靠著打嗎啡來維持一天工作十四小時的體力和精神，仍然連糊口的
錢都賺不到。受不了資本家的虐待和剝削，卻仍不能反抗，因為上
海有上萬個失業的工人在等待工作機會，資本家根本沒把工人的罷
工抗議放在眼裡。農村的鄉下人想到城市尋求出路，都市的工人卻
想回農村喘一口氣，小說把農村和城市底層人民的痛苦串連在一
起，透過階級共同的命運完成了階級隊伍的整合。

　　同時，透過宣揚反帝運動和描寫下層階級生活苦境的小說，丁
玲也在作品中呈現階級意識的覺醒，如在〈法網〉的末尾，顧美泉
因犯罪而逃到上海，發現上海更為嚴重的失業問題後，階級意識逐
漸形成，他消除了對阿小的仇恨：「他（阿小——引者註）那裡有權
力來開除他，陷害他，這完全是那些剝削他們的有錢有勢的人呀！
他和阿小原來是兄弟，是站在一塊的，應該一塊去打敵人，然而他

不懂，卻把阿小當做敵人了。」⑲而在〈消息〉和〈夜會〉中則描寫覺醒的工人努力從事組織工作，在群眾間散佈階級意識和反帝思想，小說呈現比較昂揚的氛圍。從這些主題可以發現，自 1931 年夏天之後，丁玲專心於共產黨的社會、階級運動，這些小說可以說是她從事組織工作的成果。

野澤俊敬曾提到中、日兩國政治轉向文學的差異：

> 但是，「日本的轉向文學幾乎是大多數都能抓住作家轉向特徵的」（本多秋五《轉向文學論》）與此相反的是，中國同時代的轉向作家中，幾乎沒有人在所謂自我小說中描寫過轉向體驗的。⑳

以丁玲為例，儘管她沒有一篇小說直接描述個人轉向選擇的心路歷程，但仔細爬梳丁玲的作品，依然可見其發展軌跡：從 1929 年的《韋護》和 1930 年的〈一九三〇年春上海〉（之一、之二）中對於革命概念的思考，到胡也頻遇難後，〈從夜晚到天亮〉、〈莎菲日記第二部〉、〈某夜〉等力圖振作頹喪精神的自我教育作品，再到〈一天〉、〈田家沖〉、〈水〉與〈水〉之後一系列從知識分子認識群眾到直接描寫群眾的小說，丁玲的轉變脈絡便逐漸清晰。在丁玲充滿個人獨特風格的人生與文學道路上，她從最鮮明的個性解放

---

⑲　丁玲：〈法網〉，《丁玲全集》第三卷，頁 492。

⑳　〔日〕野澤俊敬：〈《意外集》的世界〉，孫瑞珍、王中忱編：《丁玲研究在國外》（長沙：湖南人民出版社，1985 年 3 月），頁 254。

的信仰者變成一個放下自我，全心投入革命運動的實踐者，也從五
四個性主義和個性解放的精神跨越到二〇年代末期興起的群眾運動
的革命理想中。在中國現代小說家中，很少有人能像她一樣，把
「個人」與「集體」這光譜兩端的不同精神表現得如此極端、極
致。

三、文學與革命事業的結合
——丁玲抗戰時期的作品之一

　　1933 年是丁玲生命中又一個重要的轉折點。這一年的五月，
丁玲被國民黨逮捕，囚居南京，直到 1936 年中與共產黨取得聯
繫，並在馮雪峰等人的幫助下，在中秋節當晚從藏身的上海友人家
出逃，於十月初到達西安❷。在遭遇逮捕、幽居三年多的時間，丁
玲被迫停筆，直到 1936 年春天才又重新開始寫作。寫於 1936 年的
〈一月二十三日〉、〈松子〉、〈陳伯祥〉、〈團圓〉等小說，可
能由於廢筆多時的生疏，也因為被幽囚監視的窒悶生活讓她無法毫
無顧忌暢所欲言，因此這些小說的創作動機和社會意識都不像她從
前（包括二〇年代的〈莎菲〉個人主義的小說及三〇年代富有政治意涵的小說
等）的小說那麼鮮明，小說結構也較為鬆散，但值得注意的是，這
些小說所描寫的對象，仍集中在窮苦的普羅群眾，階級意識清晰可

---

❷　丁玲從囚居的南京出逃，先藏身在上海約兩週的時間，後來在轟紺弩的護送
　　下，搭火車到達西安，再輾轉到達陝北紅軍的根據地。這段過程可參考丁
　　玲：〈我怎樣來陝北的〉，《丁玲全集》第五卷，頁125-131。

見。❷

　　奔赴陝西之後的丁玲在 1936 年十一月初自西安出發，一路乘車、騎馬、步行，經洛川到達當時共產黨黨中央的所在地保安（今志丹縣）。到達陝北後，丁玲進入文學事業與革命事業的另一個高峰，而她的文學事業和革命事業又常常是結合在一起的。她首先推動「中國文藝協會」的成立，擔任文協主任，抗日戰爭爆發後，擔任「西北戰地服務團」主任，於 1937 年九月底帶領服務團由延安出發，在陝西、山西等戰地前線進行慰勞和宣傳抗日的演出活動，至 1938 年七月返回延安。之後在延安馬列學院學習社會科學，1939 年底任陝甘寧邊區文化協會副主任，至 1941 年二、三月間離職，到川口農村體驗生活並從事創作。1941 年五月起擔任中共中央機關報《解放日報》文藝欄主編，1943 年春夏之間，在共產黨整風運動的政治背景下因南京被捕經歷而到中央黨校一部接受整風學習和審幹運動，1944 年夏天又回到陝甘寧邊區文化協會專職寫作。❷

　　從戰爭前夕共產黨與國民政府的「剿匪」部隊在陝西進行激烈的武裝戰鬥，一直到戰爭期間配合抗日宣傳活動和在邊區進行各種

❷　〔日〕野澤俊敬在〈《意外集》的世界〉一文中對這些小說有詳盡的分析，見孫瑞珍、王中忱編：《丁玲研究在國外》（長沙：湖南人民出版社，1985年 3 月），頁 241-260。

❷　丁玲這段時間的活動，可參考王增如、李向東編著：《丁玲年譜長編》上卷（天津：天津人民出版社，2006 年 1 月），頁 113-191；周良沛：《丁玲傳》（北京：北京十月文藝出版社，1993 年 2 月）「辯誣書」第四章，頁 349-449 以及丁玲：〈延安文藝座談會的前前後後〉，《丁玲全集》第十卷，頁 263-283。

革命鬥爭，所有的寫作都比平時更要求即時性和時效性，因此丁玲
這段期間的散記、速寫和報導遠多於小說。為數不多的小說則大致
可以以 1939-40 年左右為界❷，前期小說較集中於宣揚革命事業，
主題包括抗日宣傳與農民階級意識的覺醒，如〈一顆未出膛的槍
彈〉、〈壓碎的心〉、〈東村事件〉、〈新的信念〉等作品，這類
小說可以說是三○年代以後丁玲政治態度和政治活動的延續。後期
的小說則在革命事業中思考個人與革命集體、群眾之間的關係，包
括〈縣長家庭〉、〈入伍〉、〈我在霞村的時候〉、〈在醫院
中〉、〈夜〉等小說。這一類的作品顯示丁玲在漫長的革命鬥爭和
抗日戰爭中逐漸沉澱心緒，對現實問題有更深刻的體會和認識，使
得她的創作生涯進入成熟的階段。

　　丁玲在抗戰前夕及抗戰前期所寫的小說具有鮮明的政治意圖，
她到達陝北蘇區之後發表的第一篇小說是 1937 年四月所寫的〈一
顆未出膛的槍彈〉，這篇小說由小紅軍蕭森的紀實故事〈一個小紅
軍的故事〉❷改寫而來，是一篇具有報導文學性質的小說，內容敘
述一個十三歲的小紅軍在陝北與共產黨的軍隊走散了，流落到小村
莊中，紅軍的身分使他受到村民的熱情招待。一夜東北軍搜村剿

---

❷　宋如珊在〈從「文小姐」到「武將軍」──論丁玲延安時期的小說創作〉中
　　將丁玲抗戰期間的小說以其個人經歷分為三期，第一期為 1937 至 1938 年
　　間，丁玲擔任「西北戰地服務團」主任時期；第二期為 1938 至 1939 年間，
　　丁玲在馬列學院時期；第三期為 1939 年秋冬之後，丁玲到陝甘寧邊區文化協
　　會之後。見《中國現代文學季刊》第七期（2005 年 9 月），頁 62-64。本人
　　則以丁玲的創作主題及意圖大致區分為前後兩期。
❷　丁玲：〈一個小紅軍的故事〉，《丁玲全集》第四卷，頁 262-274。

匪,小紅軍遭到逮捕,但他表現得沈著勇敢,不但不畏懼不求饒,還對連長曉以大義,要求連長用刀殺自己,省下槍彈對付日本人,終使連長受到感動,決定共同抗日。小說透過稚齡但勇敢愛國的小紅軍和連長的對比,高舉抗日統一戰線的政策,暗諷抗戰前夕國難當前,國民政府仍未放鬆「剿匪」的內戰情勢,同時也從陝北村民對小紅軍的態度說明共產黨深入陝北農村所得到的群眾資源。類似的概念也出現在散記〈記左權同志話山城堡之戰〉中,文中記錄共產黨與中央軍七十八師丁德隆部隊在山城堡的激戰,透過中央軍與紅軍之間敵眾我寡,節節進犯和要求和平的過程中不得不為的自衛和抵抗,不得民心和群眾實力雄厚等對比,來塑造共產黨正義、勇敢,終能獲得勝利的形象。❷這些篇章可以看作是四○年代之後建構共產黨革命歷史最早的雛形。

在〈一顆未出膛的槍彈〉之後,同年五、六月間所寫的〈東村事件〉是描寫 1928 年大革命後,以王金為首的農民協會對地主與土豪劣紳的反抗,以及農民逐漸覺醒,農民革命的思維在廣大的農村中如星火燎原般地擴散開來。小說具有較大的想像成分❷,但仍可看到丁玲以小說展現革命理念的意圖。蘆溝橋事變爆發後,丁玲在 1938 年和 1939 年分別寫了〈壓碎的心〉和〈新的信念〉。〈壓碎的心〉從一個孩子平平的眼光看戰爭與逃難的恐怖和不安,以及與親人生離死別的傷痛,但也從寄住在平平家的陳旅長身上看到足以寄託戰爭勝利希望的所在。〈新的信念〉則是宣揚抗日精神的代

---

❷ 丁玲:〈記左權同志話山城堡之戰〉,《丁玲全集》第五卷,頁 30-33。
❷ 丁玲:〈《我在霞村的時候》校後記〉,《丁玲全集》第九卷,頁 54。

表性作品，內容描寫日軍攻入山西西柳村後的暴行激起善良純樸的老百姓抗日復仇的決心，男人們紛紛加入游擊隊和農會，女人們則加入婦女會，在團結自救的新信念中，村民積極地展開社會組織工作。

除了小說作品外，大量的散記、隨筆和速寫更能看到丁玲此時文學與革命事業的結合。毛澤東在〈在中國文藝協會成立大會上的講話〉賦予文學家的任務是發揚蘇維埃的「工農大眾文藝」與「民族革命戰爭的抗日文藝」❷，而丁玲在〈延安文藝座談會的前前後後〉中也曾重述這樣的文藝觀點❷，一方面配合國家的戰爭局勢，強調文藝具有宣揚抗日精神的功用，一方面透過對工農大眾文藝的提倡，讓共產黨的革命理念與力量深入民間，從而動員、改造、翻轉群眾的力量為革命政黨所用，此二者都具有明確的政治目標，同時更將二○年代以來的「啓蒙」與「救亡」賦予新的意涵，並將二者結合起來：透過革命政黨的「啓蒙」，幫助群眾破除迷信與蒙昧，重新認識自己的權利和力量，並成為革命隊伍中的一分子，對外進行抗日救亡戰爭，對內從事反封建階級鬥爭及農村建設工作。而知識分子也在領導及執行革命政策的過程中重新理解中國農村與群眾，獲得與五四時期不同，另一種形式的「啓蒙」。從丁玲的散文、雜記、速寫、報導和工作紀錄中，也可以看到她的革命事業對文學實踐的影響和轉變。

---

❷　毛澤東：〈在中國文藝協會成立大會上的講話〉，《毛澤東文集》第一卷（北京：人民出版社，1993 年 12 月），頁 461-462。

❷　丁玲：〈延安文藝座談會的前前後後〉，《丁玲全集》第十卷，頁 263-264。

丁玲初到陝北時，曾隨紅軍前往與國民黨軍隊進行反圍剿戰爭的前線，留下〈廣暴紀念在定邊〉、〈記左權同志話山城堡之戰〉、〈彭德懷速寫〉、〈到前線去〉、〈南下軍中之一頁日記〉等文章，「西北戰地服務團」成立前後及在陝西、山西執行抗日宣傳活動的過程中，又寫下〈西北戰地服務團成立之前〉、〈第一次大會〉、〈政治上的準備〉、〈工作的準備〉、〈我們的生活紀律〉、〈河西途中〉、〈臨汾〉、〈冀村之夜〉、〈孩子們〉、〈一次歡送會〉、〈憶天山〉、〈關於自衛隊感言〉、〈馬輝〉、〈楊伍城──我的第二個「小鬼」〉、〈西安雜談〉、〈本團抵陝後的公演〉、〈寫在第三次公演前面〉、〈戰地服務團再度出發前應有之注意〉等記人記事與所見所聞的文章❸。在這些文章中可以看到幾個特色：首先是明確的政治目標及其執行方法，例如在〈南下軍中之一頁日記〉中強調紅軍組織、秩序和紀律之嚴明，在管理軍隊的過程中同時強調衛生和健康的重要性，便賦予現代化生活教育的意味；在〈第一次大會〉、〈政治上的準備〉、〈我們的生活紀律〉等文章中，可看到革命組織由上而下的政治思想教育、集體生活規範與革命實踐方法；而在〈工作的準備〉、〈本團抵陝後的公演〉中則可看到「西北戰地服務團」如何將「抗日」與「大眾化」兩大政治目標結合在一起：因應抗日宣傳活動的主要對象為農民和士兵，服務團以群眾所熟悉的舊形式，包括大鼓、快板、雙簧四簧、相聲、秧歌舞和民間小調為主要的表演形式，以舊瓶新酒的模式快速地達到教育、宣傳和鼓舞的效果，其中最受歡迎的節目便

---

❸　這些作品均收於《丁玲全集》第五卷。

是將流行於東北和冀魯豫的秧歌舞改編為〈打倒日本升平舞〉，每次表現都受到陝西、山西群眾的熱情歡迎。這種藝術表演形式極易讓人聯想到趙樹理〈小二黑結婚〉、〈李有才板話〉等小說。其次，這些文章富有昂揚明朗的精神、活力和鬥志，特別表現在記人的文章上，包括〈彭德懷速寫〉、〈孩子們〉、〈一次歡送會〉、〈憶天山〉、〈馬輝〉、〈楊伍城──我的第二個「小鬼」〉等篇章，他們個個精力旺盛、活力充沛，面對工作積極熱情，開會時真誠坦率，休息時則說些無傷的笑話，相處親愛而歡洽。這個特色一方面源於西北戰地服務團的成員及革命隊伍基層多半是由單純而熱情的學生及農民所組成，因此較少革命陣營內部的矛盾，更重要的是這些文章作為邊區宣揚抗日精神的產物，負有鼓舞振奮的責任。

　　但對丁玲個人來說，從事革命事業並非毫無為難與勉強，她在〈西北戰地服務團成立之前〉一文中頗誠實地敘述自己的心情轉折和擔任「服務團」主任一職之後的自我鼓勵，她和吳奚如兩人原本只想較為單純地擔任戰地記者團的成員，工作內容以寫文章和戰地通訊為主，不管實際事務。但後來她和吳奚如分別被選作「西北戰地服務團」的主任和副主任，丁玲為此感到懊喪，她認為自己是寫文章的人，以此身分來帶領革命隊伍，從事演戲、唱歌、行軍、開會、弄糧草、弄柴炭等工作，不但不適宜，而且沒經驗更沒興趣，但是她終究還是被說服了。❸她在日記中這樣鼓勵自己：

---

❸　丁玲：〈西北戰地服務團成立之前〉，《丁玲全集》第五卷，頁47。

> 當一個偉大任務站在你面前的時候，應該忘去自己的渺小。[32]

儘管任務的分配有違她作為作家的身分和意願，但她卻也同時擁有作為革命者承擔時代責任的氣魄。在接下來的日記中，她提出對自我的提醒、改造和教育，包括對群眾的認識和態度：

> ……要到群眾中去學習，要在群眾的監視之下糾正那致命的缺點。
>
> ……但我一定要打破它（和群眾的距離——引者註），我不願以我的名字領導著他們，我要以我的態度去親近他們，以我的工作來說服他們。

對於集體運動與領導方式的思考：

> 領導是集體的，不是個人的，所以不是一兩個英雄能做成什麼大事的。多聽大眾的意見，多派大眾一些工作，不獨斷獨行，不包而不辦，是最好的領導方式。
>
> 我不是一個自由的人了，但我的生活將更快樂，……

她並提醒自己要「確立信仰」，鼓舞自己「以最大的熱情去迎接這新的生活」。在這短短的日記中可以發現丁玲完全認識個人性格與

---

[32] 丁玲：〈西北戰地服務團成立之前〉文末所附「日記一頁」，《丁玲全集》第五卷，頁48。

革命集體生活之間的差異，對她來說，自我性格也並非全是優點和
特色，仍有需要磨礪的弱點。當她勇敢地承擔革命工作時，她願意
在工作中有所成長和收穫。

　　而〈秋收的一天〉則是另一篇透露丁玲參與革命集體運動心情
的散文。文中的女性叫「薇底」，名字正與丁玲早期小說〈一個女
人和一個男人〉相同。然而〈一個女人和一個男人〉中的薇底是個
追逐愛情的女人，〈秋收的一天〉中的薇底則是個經歷坎坷，但在
革命隊伍中顯得單純、堅定、愉快的女性。散文描寫薇底儘管神經
和心臟都有些衰弱，但卻積極爭取參加重勞動，希望藉此鍛鍊自己
的身心。秋收的勞動很繁重，但在休息時面對陝北群山平淡、簡單
的線條，感到它的氣魄、厚重、雄偉、遼闊，使人浸溶在爽朗的季
節裡。而當一天勞動結束後，炕上的閒聊和月下的談話都讓她們忘
記今天和明天的辛苦，薇底向室友劉素說：「自從來到這裡，精神
上得到解放，學習工作都能由我發展，我不必怕什麼人，敢說敢
為，集體的生活於我很相宜。我雖說很渺小，卻感到我的生存。」
❸❸薇底倔強好強的性格使她在集體生活中積極地爭取工作表現的機
會，不願落於人後，而吃重的勞動工作也讓她踏實地感到自己存在
的意義和價值。從某個角度來說，薇底的心情也許正是丁玲面對革
命工作時的夫子自道。

　　1942 年丁玲因〈「三八」節有感〉一文受到批評，緊接著參
加延安文藝座談會及整風運動❸❹，1943 年春夏因南京被捕經歷及

❸❸　丁玲：〈秋收的一天〉，《丁玲全集》第五卷，頁 123。
❸❹　毛澤東於 1942 年 2 月 1 日在中共中央黨校開學典禮上發表名為〈整頓黨的作

其和馮達的關係而接受黨中央的檢查,在中央黨校參加整風學習和審幹運動,度過政治和心情上較為抑鬱的一年,但自 1944 年發表的〈田保霖——靖邊縣新城區五鄉民辦合作社主任〉起,丁玲的散文、雜記出現了較鮮明的轉變。丁玲曾提到毛澤東在高幹會上稱讚她的〈田保霖〉:「丁玲現在到工農兵當中去了,《田保霖》寫得很好;作家到群眾中去就能寫好文章。」❸❺與〈田保霖〉性質相近的文章有〈民間藝人李卜〉和〈袁廣發——陝甘寧邊區特等勞動英雄〉❸❻等人物速寫,這些文章以邊區為人民服務的「新英雄」為對象,描述他們在舊社會曾遭受的苦難,以及來到邊區之後,如何受到邊區革命政府的重用,發揮所長,為農村經濟、文化教育及工業生產建設等各個方面付出心血和貢獻。這些人物素描的模式直接影響周立波土改小說《暴風驟雨》的人物描寫方式,也成為五〇年代後建構「新社會」「新英雄」典範的雛形。

除此之外,與〈田保霖〉等文寫於同一時期的尚有描寫農村建設的〈三日雜記〉、描寫抗日革命英雄的〈一二九師與晉冀魯豫邊區〉等。這些篇章在個別的人物素描之外擴大對於工農兵群眾的描寫,為後來《太陽照在桑乾河上》的寫作奠定基礎。在三〇年代,

---

風〉的演說,提出要完成打倒敵人的任務,就必須完成整頓黨內作風的任務,針對黨內「主觀主義」、「宗派主義」和「黨八股」等三股歪風,必須「反對主觀主義以整頓學風,反對宗派主義以整頓黨風,反對黨八股以整頓文風」。1942 年 6 月 8 日,中共中央宣傳部發出〈關於在全黨進行整頓三風學習運動的指示〉,展開整風運動。毛澤東:《毛澤東選集》第三卷(北京:人民出版社,1991 年 6 月),頁 811-829。

❸❺ 丁玲:〈毛主席給我們的一封信〉,《丁玲全集》第十卷,頁 285。

❸❻ 這些作品均收於《丁玲全集》第五卷。

丁玲以「水」來比喻「群眾」，她筆下的群眾是一個整體的概念，缺乏個別的面目。即使到了抗戰前期擔任「西北戰地服務團」主任時期，丁玲筆下的人物速寫也多以知識分子和革命學生、同志為主，直到戰爭末期，在革命工作的壓力和洗禮下，丁玲對她一直陌生的工農兵階級有了新的認識。

丁玲在 1982 年所寫的回憶文章〈延安文藝座談會的前前後後〉一文中曾寫過下面這一段話：

> 我以為，毛主席以他的文學天才、文學修養以及他的性格，他自然會比較欣賞那些藝術性較高的作品，他甚至也會欣賞一些藝術性高而沒有什麼政治性的東西。自然，凡是能留傳下來的藝術精品都會有一定的思想內容。但毛主席是一個偉大的政治家、革命家，他擔負著領導共產黨、指揮全國革命的重擔，他很自然的要把一切事務、一切工作都納入革命的政治軌道。在革命的進程中，責任感使他一定會提倡一些什麼，甚至他所提倡的有時也不一定就是他個人最喜歡的，但他必須提倡它。**㊲**

丁玲對毛澤東的理解有其個人的體驗，對丁玲來說，來到陝北之後的文學活動的確受到革命事業的干預，但作為一個革命者的使命感和責任感，使她不得不作某種程度的妥協，就如同抗日戰爭爆發之後的老舍犧牲小我個人的文學創作，只求能夠完成大我（國家）的

㊲　丁玲：〈延安文藝座談會的前前後後〉，《丁玲全集》第十卷，頁 272-273。

抗日大業，負責「中華全國文藝界抗敵協會」實際事務長達七年之久，為抗戰時期的愛國宣傳工作盡心盡力一樣。更重要的是，這種妥協或犧牲也並非全無收穫，丁玲在 1938 年七月十一日所寫的〈《一顆未出膛的槍彈》跋〉中曾提到自己「一向不喜歡寫印象記和通訊」❸，然而到了 1950 年所寫的〈《陝北風光》校後感〉中則提到自己的轉變：

> 我對於寫短文，由不十分有興趣到十分感興趣了。我已經不單是為完成任務而寫作了，而是帶著對人物對生活都有了濃厚的感情，同時我已經有意識的在寫這種短文時練習我的文字和風格了。❸

這樣的轉變未嘗不是人生曲折的道路中意外的收穫！

四、個人與革命集體的衝突與磨合 ──丁玲抗戰時期的作品之二

與前述丁玲為抗戰、革命任務所寫的小說、散文和雜記不同的是丁玲自 1939 年九月寫作的〈縣長家庭〉以降的五篇小說及其他相關散文，如果說前者是作為革命者的丁玲工作成果的展現，後者則是作為知識分子和作家的丁玲的個人思考。〈縣長家庭〉以降的

---

❸　丁玲：〈《一顆未出膛的槍彈》跋〉，《丁玲全集》第九卷，頁 32。
❸　丁玲：〈《陝北風光》校後感〉，《丁玲全集》第九卷，頁 52-53。

五篇小說在主題上完全不同，從各個面向展現作家對個人與集體、知識分子與群眾、愛國情操與私人情感等等之間的矛盾進行細緻而複雜的思考，由此可見她的社會認識至此已相當成熟而全面。將這些小說合觀，則可看到丁玲自身的革命理想與她個人直率鮮明的個性如何衝突和磨合。她對革命信仰的選擇和態度是無庸置疑的，但她在革命集體的政策和命令中卻依然保有高度的反省能力和獨立思考的精神與勇氣。

〈縣長家庭〉表面上看似一篇與〈新的信念〉內容相近，宣揚抗日愛國精神的小說，但其隱藏的內涵卻更為複雜。小說中的敘述者「我」和丁玲的形象非常吻合，是擔任「西北戰地服務團」主任的丁先生，而阿鈴也讓人聯想到丁玲的散文〈孩子們〉中那些散落在各個農村，小小年紀便想加入抗戰行列的孩子們。小說描寫日本軍隊攻入縣城，縣長夫婦都準備投入抗戰游擊隊，於是將八歲的女兒阿鈴託付給「我」來照顧。阿鈴是個早熟又堅強倔強的女孩，吃苦耐勞又乖巧文靜的個性深得服務團女同志們的喜愛。後來縣長想帶回女兒，阿鈴和「我」都陷入理智和情感的掙扎，阿鈴因為害怕被說成是一個不愛國的孩子而堅持不跟父親回家，甚至連見父親一面也不願意，而我的理智認為阿鈴跟著自己，前途比較光明，然而情感上又顧念她年紀尚小，不忍讓她失去雙親的呵護。小說呈現戰亂時期愛國行動與個人情感之間的掙扎，從事偉大的愛國事業必得割捨個人情感，保全個人情感則又害怕背負「不愛國」的罪名，這樣沉重的負荷，讓一個才八歲的孩子被迫壓抑、隱藏自己真實的想法和感情。小說流露出丁玲面對個人與集體、理智與情感之間的艱難選擇，以及選擇的無奈。之所以艱難，之所以無奈，正是因為二

者都是作家不願意放棄的理想，這篇小說從另一個角度呼應前述丁玲擔任「西北戰地服務團」主任時的心情。丁玲在 1942 年的〈風雨中憶蕭紅〉一文中描述自己在雨夜裡懷念友人，包括「一切為了黨」「最沒有自己」的馮雪峰、過著「二重的生活」的瞿秋白和「從沒有一句話是失去了自己」的蕭紅。她在對瞿秋白的回憶中抒發過類似的心情：

> 昨天我又苦苦地想起秋白，在政治生活中過了那麼久，卻還不能徹底地變更自己，他那種二重的生活使他在臨死時還不能免於有所申訴。我常常責怪他申訴的「多餘」，然而當我去體味他內心的戰鬥歷史時，卻也不能不感動，哪怕那在整體中，是很渺小的。❹

即使早已決定為革命理想犧牲個人，心裡還是不免有所遺憾吧！即使知道是「多餘的話」，還是忍不住想說吧！這內心苦悶的「戰鬥歷史」，決不僅僅是瞿秋白的，或是丁玲的，而是當時許多願意為國家犧牲個人的知識分子共同的心路歷程。

　　寫於 1940 年的〈入伍〉、〈我在霞村的時候〉和〈在醫院中〉等三篇小說都涉及到知識分子（在〈我在霞村的時候〉中則著重於「個人」的意涵）與群眾（未受教育者）之間的關係，但切入的角度各有不同，小說主題也有差異。〈入伍〉透過戰時新聞記者徐清和下層士兵楊明才兩人的互相觀看來重新思考知識分子與下層民眾的差

---

❹　丁玲：〈風雨中憶蕭紅〉，《丁玲全集》第五卷，頁 135。

異。徐清想體驗戰爭，於是宣傳科指派因為受傷而暫時離開前線的馬伕楊明才陪同徐清到前線團部考察。出發之時徐清自信滿滿、得意洋洋，充滿了勇氣，然而一到戰爭前線，聽到鬼子就要打進村來的消息，徐清完全失去了主意，癱坐著連逃跑的力氣也喪失了，全依靠楊明才的威嚇命令和拉扯掩護才逃出村莊。在逃難過程中，充分展現楊明才的警覺性、判斷力、求生能力和勇氣，以及忠厚可靠的善良稟氣，他感到徐清像是「害了軟骨症似的」值得同情，便「懷著一個老年人對孩子所起的那種愛惜的感情」❹去照顧徐清。相反的，徐清總是用一種高傲的姿態看待楊明才，對楊明才簡單的心思感到可憐，但事實上他對生活及野外求生毫無任何能力，面對未知的命運顯得怯懦而驚懼，處處依賴楊明才的救助。脫險之後兩人回到政治處，徐清驕傲地炫耀他所經歷的戰事，認為「他已經『生活』過來了，現在只需要一個安靜的環境，寫出他的經歷，那使他興奮的經歷。」❹並決定回大後方寫作。面對徐清的夸夸其談，楊明才只默默地想著回隊上打仗。如果將這篇小說與丁玲1931 年第一篇描寫知識分子與群眾關係的〈一天〉相比，特別能突顯出這篇小說的特殊之處：下層民眾的形象不再是野蠻粗暴、愚昧無知，而知識分子也不再是啓蒙者的角色。相反地，知識分子得依靠下層人民的幫忙和照顧，才能在惡劣的戰鬥環境中存活下來。小說末尾用「桑科」來比喻楊明才，言下之意，徐清就是空有幻想、不務實際的「堂吉訶德」了。趙園認為〈入伍〉這類小說中知

---

❹　丁玲：〈入伍〉，《丁玲全集》第四卷，頁 209。
❹　丁玲：〈入伍〉，《丁玲全集》第四卷，頁 212。

識分子和勞動者的關係顯示四〇年代「文學即以勞動者作為一種『階級力量』的明確意識，在對照中較為全面地批判知識者，改變了對照的意圖和分量。」❸在此之前，丁玲一向是從知識分子的眼光和角度來觀看群眾，而正是在三、四〇年代實際參與革命工作的影響之下，丁玲開始嘗試讓知識分子和群眾處在對等的狀態下互相觀看，並呈現群眾眼光中的知識分子形象。更重要的是，丁玲在此「對看」的過程中不斷轉換視角，辯證地觀察和思考知識分子與群眾的性格特徵，並由此自省知識分子的性格缺陷，感受到自我教育、改造的重要性，這個特色也延續到〈在醫院中〉。

在〈入伍〉中，丁玲透過楊明才這個角色寫出下層士兵的務實可靠和忠厚善良，〈我在霞村的時候〉則回到五四「反封建」的精神，從女主人公貞貞與農村群眾的對立關係，以及群眾對貞貞的流言蜚語，顯示群眾的殘忍無知和貞貞的獨立堅強。貞貞的勇敢和主見從她拒絕父親安排填房的婚事，並向夏大寶提出私奔的要求時已完全展現，後來她被日本人捉去做了軍妓，飽受磨難，但她卻沒有放棄自己生命的尊嚴，當她在偶然的機會中遇到了解放軍的游擊隊，便開始為解放軍搜集情報，為了傳送消息，甚至曾在暗夜強忍著病體的痛苦，一個人摸黑走了三十里。如今她回到故鄉養病，她依然表現獨立而鮮明的個性，她拒絕夏大寶願意娶她的好意，拒絕父母、親友、鄰人和村民哭哭啼啼的懇求、苦口婆心的勸說、不懷好意的流言或鄙夷冷漠的辱罵，她只想去延安學習、工作，追求自

---

❸ 趙園：〈知識者「對人民的態度的歷史」──由一個特殊方面看三、四十年代中國現代小說〉，《中國現代文學研究叢刊》1985 年第 2 期，頁 25-26。

己的未來：

> 「既然已經有了缺憾，就不想再有福氣，我覺得活在不認識
> 的人面前，忙忙碌碌的，比活在家裡，比活在有親人的地方
> 好些。這次他們既然答應送我到延安去治病，那我就想留在
> 那裡學習，聽說那裡是大地方，學校多；什麼人都可以學習
> 的。大家扯在一堆並不會怎樣好，那就還是分開，各奔各的
> 前程。我這樣打算是為了我自己；也為了旁人，所以我並不
> 覺得有什麼對不住人的地方，也沒有什麼高興的地方。而且
> 我想，到了延安，還另有一番新的氣象。我還可以再重新做
> 一個人，人也不一定就只是爹娘的，或自己的。……」❹❹

貞貞憑著她堅強的意志走出一條女性艱辛的道路，但農村群眾的形
象卻仍如魯迅筆下那些害死祥林嫂的村民一樣，殘忍冷酷而不自
覺，完全沒有對人的同情理解之心。丁玲在這篇小說中，呈現農村
封閉愚昧的狀態，也透過貞貞與村民的對抗展現強大的個性主義的
精神，如同二○年代的莎菲用生命與社會對抗。但這個性主義精神
的內涵，卻不是丁玲早期小說所彰顯的「五四式」的個性鮮明的自
我，而是與投入集體革命（奔赴延安）去實現自我相互結合的，如同
貞貞所說的「人也不一定就只是爹娘的，或自己的」，如果說「人
不一定就只是爹娘的」，代表的是五四反封建的精神，那麼「人不
一定就只是自己的」則代表丁玲對早期思想的翻轉：人不僅僅只有

---

❹❹　丁玲：〈我在霞村的時候〉，《丁玲全集》第四卷，頁 233。

尋找個人生命出路這一個目標,也許還有更遠大的目標。

　　〈在醫院中〉與〈我在霞村地時候〉同樣描寫個人與保守、落後的封建力量之間的抗爭。但是〈在醫院中〉的陸萍與〈我在霞村的時候〉的貞貞所面對的對象卻有所不同:貞貞面對的是封閉的農村和蒙昧的群眾,陸萍所面對的則是革命隊伍中的同志。此外,〈在醫院中〉更從女主人公的經歷表現知識分子在個人與革命集體之間的擺盪與掙扎,並由此展現革命環境的複雜、革命的艱難,以及知識分子極力融入革命工作的努力和面對工作挫折時的軟弱、畏縮和搖擺。小說中的女主人公陸萍因為黨的需要,被分配到離延安四十里地新開辦的醫院服務。儘管她曾聲辯她並不想從事醫務工作,但她無法違抗黨的命令,於是她仍然「打掃了心情,用愉快的調子去迎接該到來的生活」,並在前往醫院的途中,「有意的做出一副高興的神氣」,振奮自己的精神,這個形象又再次讓人聯想到丁玲擔任「西北戰地服務團」主任時的心情。在醫院工作的過程中,陸萍盡心地照顧病人,為病人改善醫病環境,對工作充滿了熱情和理想。但是醫院的一切卻讓她感到不滿,醫護人員不但毫無專業(如院長是農民出身的老革命軍人,對醫務完全外行),而且精神無聊又平庸,談話內容全是別人的八卦和閒話。此外,看護素質低落,環境骯髒零亂,醫療器具殘缺不全,使她與醫院的一切感到格格不入,只有外科醫生鄭鵬和外科助手黎涯能理解她改善醫院的理想。陸萍對醫院的不滿最後因開刀房的煤炭中毒事件而全面爆發,使她對革命目標產生疑惑:

　　　　她回省她日常的生活,到底於革命有什麼用?革命既然是為

著廣大的人類，為什麼連最親近的同志卻這樣缺少愛。她躊躇著，她問她自己，是不是我對革命有了動搖呢。㊺

就在陸萍決定離開醫院，並向上級控告醫院的種種問題時，她遇到一個以前因為醫院誤診而被冤枉鋸掉雙腿的老革命同志，經過這個老同志的懇談和勸慰，陸萍終於更深刻地體會到革命的艱難，但也由此激勵出堅強的鬥志：

> 新的生活雖要開始，然而還有新的荊棘。人是要經過千錘百煉而不消溶才能真真有用。人是在艱苦中成長。㊻

〈在醫院中〉與 1942 年發表的散文〈「三八」節有感〉曾經在 1942 年的延安文藝整風時期受到批判，被認為是丁玲個人主義思想傾向的表徵。〈「三八」節有感〉與王實味的〈野百合花〉並列受到黨內同志的思想批判，丁玲為此接受了毛澤東親自主持的高級幹部學習會的公開批判，但最後由毛澤東親自定調：「〈「三八」節有感〉雖然有批評，但還有建議。丁玲同王實味也不同，丁玲是同志，王實味是托派。」㊼毛澤東並曾告誡她：「內部批評，一定要估計人家的長處，肯定優點，再談缺點，人家就比較容易接受了。」㊽丁玲因此逃過了王實味被秘密處決的劫難，但〈「三

㊺　丁玲：〈在醫院中〉，《丁玲全集》第四卷，頁 251。

㊻　丁玲：〈在醫院中〉，《丁玲全集》第四卷，頁 253。

㊼　丁玲：〈延安文藝座談會的前前後後〉，《丁玲全集》第十卷，頁 280。

㊽　丁玲：〈延安文藝座談會的前前後後〉，《丁玲全集》第十卷，頁 279。

八」節有感〉也在很長的時間內被黨內同志及丁玲本人視為有嚴重缺失和爭議的作品。〈在醫院中〉也是如此❹，燎熒 1942 年即在〈「人……在艱苦中生長」──評丁玲同志的《在醫院中時》〉一文中對這篇小說進行嚴厲的批判。他認為這篇小說主要的問題在於：「對於她的主人公，作者是同情的，無批判的；對於她的主人公周圍的人物，是責備的，否定的，同樣靜止地描寫的。」❺而這缺失正彰顯作者思想上的問題：

> 作者在這裡也忽略了她是在描寫一個共產黨員而不是描寫普通人，是在描寫一個共產黨的事業機關中的事件而不是一般社會中的事件。在這樣一個集體中，個人的命運是不能與集體的命運分離的，個人只有和集體一同前進。對環境的進步冷淡，對這些「不行」的人（其實都是叫做「同志」的人）的進步故意漠不關心，而高談個人的進步，這樣的處理方法，是反集體主義的，是在思想上宣傳個人主義。❺

---

❹　張永泉在〈《在醫院中》：革命知識分子走向成熟的艱苦歷程〉一文中曾敘述〈在醫院中〉這篇小說發表後多舛的命運，張永泉：《個性主義的悲劇──解讀丁玲》（北京：中國社會科學出版社，2005 年 3 月），頁 111。

❺　燎熒：〈「人……在艱苦中生長」──評丁玲同志的《在醫院中時》〉，袁良駿編：《丁玲研究資料》，頁 278。

❺　燎熒：〈「人……在艱苦中生長」──評丁玲同志的《在醫院中時》〉，袁良駿編：《丁玲研究資料》，頁 280。將〈「三八」節有感〉、〈我在霞村的時候〉、〈在醫院中〉等作品視為表現個人主義思想的看法，在 1955 年開始對「丁玲、陳企霞反黨集團」的批判中到達高峰，其論述基調可見周揚：〈文藝戰線上的一場大辯論〉，袁良駿編：《丁玲研究資料》，頁 412-418。

類似的觀點一直延續到八〇年代初才獲得改變，嚴家炎在〈現代文學史上的一椿舊案——重評丁玲小說《在醫院中》〉一文為這篇小說翻案，他認為「陸萍與周圍環境之間的矛盾，就其實質來說，乃是和高度的革命責任感相聯繫著的現代科學文化要求，與小生產者的蒙昧無知、偏狹保守、自私苟安等思想習氣所形成的尖銳對立。」❷這篇文章首度肯定丁玲描寫出革命問題的複雜性和封建傳統思想的盤根錯節、難以清除，就此改變這篇小說的命運。

平心而論，這篇小說反映了丁玲對現實的深刻認識及其對現實問題的坦率直言。黃子平認為〈在醫院中〉的陸萍是一個戲劇性的轉折，代表從〈莎菲女士的日記〉（「五四新女性」）到〈杜晚香〉（「社會主義女勞模」）的轉變。他以「社會衛生學」的概念說明丁玲如何讓其筆下的陸萍被「治癒」，也讓莎菲式的「時代苦悶的創傷」被「治癒」。通過治療的儀式，「『五四』所界定的文學的社會功能、文學家的社會角色、文學的寫作方式等等，勢必接受新的歷史語境（「現代版的農民革命戰爭」）的重新編碼。」❸黃子平在文中區別魯迅治療國民性的病根與四〇年代解放區「驅邪清污」運動在本質上的差異，頗有創見。但他以「治癒」的觀點解讀陸萍的經歷，似乎太過簡化丁玲內在的複雜性。對於身在革命陣營之中的丁玲來說，她更清楚革命內部的複雜問題：革命的道路上荊棘遍佈，

<hr>

❷　嚴家炎：〈現代文學史上的一椿舊案——重評丁玲小說《在醫院中》〉，袁良駿編：《丁玲研究資料》，頁 505。

❸　黃子平：〈病的隱喻與文學生產——丁玲的《在醫院中》及其他〉，唐小兵編：《再解讀——大眾文藝與意識形態》（北京：北京大學出版社，2007 年 5 月）頁 19-33。

革命者的敵人不僅僅是來自外部的帝國主義的侵略或國民政府的圍剿，還包括革命陣營內部的封建習氣或官僚主義，喚醒群眾加入革命行列已非易事，要改變這群未曾接受完整現代教育的群眾，並清除其充滿封建性的思想、文化和生活習慣則更為艱難，而同樣艱難的還包括一個覺醒的知識分子的精神自剖和自我改造❺❹：知識分子如何在集體命令中學習放下個人，個人遭遇革命工作的挫折時有怎樣軟弱的、動搖的、自我懷疑的精神弱點，這些弱點又可能如何克服等等問題。❺❺而結合外在複雜的現實與個人性格的弱點所得到的結論就是：「人是在艱苦中成長」。丁玲在表現革命現實的複雜與艱難時，依然保有對於知識分子精神狀態的高度反省，在這個意義上，〈在醫院中〉與〈「三八」節有感〉可以說是源自於同樣的思考模式。〈「三八」節有感〉同樣直言不諱地寫出了革命陣營內部的封建思想觀念，包括男女不平等的現實，對女性未婚、結婚和離婚等不同身分都可以發出種種不公平的批評、非議，甚至造謠、詛咒，更為「在沒有結婚前都抱著有凌雲的志向，和刻苦的鬥爭生活，她們在生理的要求和『彼此幫助』的蜜語之下結婚了，於是她們被逼著做了操勞的回到家庭的娜拉」，卻被批評為「落後分子」

---

❺❹ 張永泉對於這篇小說的分析就特別著重在知識分子出身的革命者走向成熟的艱苦歷程，見張永泉：〈《在醫院中》：革命知識分子走向成熟的艱苦歷程〉，《個性主義的悲劇——解讀丁玲》，頁 111-132。

❺❺ 小說的最後，殘廢的老革命者告誡陸萍：「眼睛不要老看在那幾個人身上，否則你會被消磨下去的。在一種劇烈的自我的鬥爭環境裡，是不容易支持下去的。」這些話點出了知識分子的精神特質和可能改造的方法。丁玲：〈在醫院中〉，《丁玲全集》第四卷，頁 253。

的女性抱屈，她們悲慘的命運在舊社會裡，或許還能被同情為可
憐、薄命，但在今天，卻被視為自作孽，活該。因此丁玲希望「男
子們，尤其是有地位的男子，和女人本身都把這些女人的過錯看得
與社會有聯繫些。」❺❻從丁玲的坦率直言中可以看到她一貫的特
色：革命集體的工作並不意味著削弱丁玲體察個別命運的敏銳感
覺，同時，她從不以抽離具體現實問題的方式抽象地思考（女性）
個人命運，而是將（女性）個人命運與社會現實的權力結構結合在
一起。

　　更重要的是，丁玲從不僅僅向外地批評革命陣營，她也同樣寫
出了女性的精神弱點以及改造精神弱點的種種方法，就和〈在醫院
中〉一樣，不同之處僅在於〈在醫院中〉的對象是革命的知識分
子，而〈「三八」節有感〉的對象是女人。❺❼正因為〈「三八」節
有感〉的對象是女人，又讓人不得不聯想到丁玲「莎菲時期」對女
性出路的追問。然而同樣是追問，二者依然有所不同，「莎菲時
期」所展現的是叛逆女性個人孤獨無望的絕叫，〈「三八」節有
感〉則是給女性同志堅定而誠懇的鼓勵和告誡：她在文末具體地提
出女性的「強己」方法，其精神包括下列幾點：一、愛護自己，節
制地生活，不讓自己生病。二、靠著生活的戰鬥和進取，讀書和做
有意義的工作，讓自己的精神愉快。三、用腦子、有理性，才能獨

---

❺❻　丁玲：〈「三八」節有感〉，《丁玲全集》第五卷，頁 61-62。

❺❼　白露在〈《三八節有感》和丁玲的女權主義在她文學作品中的表現〉一文中
　　注意到丁玲自早期的作品即強調意志與感情的鬥爭，她認為女性應該要能夠
　　克服感情和意志之間的矛盾。見孫瑞珍、王中忱編：《丁玲研究在國外》，
　　頁 281-293。

立判斷。四、要有為人類的大抱負,並且下吃苦的決心,堅持到底。❸這幾點從當代的眼光來看,依然是非常中肯、重要,具有前瞻性和大氣魄的。從這個角度也可以看到丁玲的成長。

〈在醫院中〉描寫知識分子出身的革命者在革命陣營裡面對工作挫折時的心理狀態,1941 年寫作的〈夜〉則描寫農民出身的革命者在革命工作與日常生活難以兼顧之下的無奈和妥協。小說主人公何華明生長在最貧窮的農村,受到革命的啓蒙後加入共產黨,擔任指導員的工作。小說呈現何華明生活中多重的矛盾,而這多重矛盾又是環環相扣的。首先是革命工作和農事的難以兼顧,為了繁重的選舉工作,何華明被迫荒廢了二十多天的農事,任土地荒蕪,甚至連著三、四天無法回家。他意識到工作的重要,但又感到泥土的氣息、強烈的陽光和一直伴著他的牛都在呼喚他。這二者的矛盾不但造成他內心的苦惱,也成為第二重矛盾的根源──何華明和妻子的矛盾。革命工作造成夫妻之間的隔閡和差距,農事的荒廢也強化了妻子對何華明的不滿,「她罵他不掙錢,不顧家,他罵她落後,拖尾巴」;妻子大聲哭鬧咒罵,何華明卻「平靜地躺著,用著最大的力量壓住自己的嫌厭」。何華明與妻子外在的矛盾,又反回來痛苦自己的心。他受到革命的啓蒙後,認識了男女自由戀愛的觀念,婦聯會委員侯桂英對他表達的好感,使他因激情的誘惑更強化了對傳統家庭和妻子的不滿,這是何華明的第三重矛盾。然而在經過理智與情感的鬥爭後,身為革命幹部的理智制止了情感的衝動。當他與妻子妥協、和解、再次面對自己的革命工作時,又出現了第四重

---

❸　丁玲:〈「三八」節有感〉,《丁玲全集》第五卷,頁 62-63。

的矛盾，他在這不可推卸的工作中感到執行的艱難和自己能力的貧弱：「如何能把農村弄好呢，這裡沒有做工作的人呀。他自己是個什麼呢？他什麼也不懂，他沒有住過學，不識字，他連兒子都沒有一個，而現在他做了鄉指導員，他明天還要報告開會意義……」❺❾這篇小說非常細膩地描繪一個農民出身的革命者面對個人與革命工作時的種種矛盾，但這種種矛盾卻不是以尖銳的對抗性姿態來呈現，反而是以和緩而沉靜的語氣來敘述，由此展現丁玲包容這一切矛盾的胸襟：正因為現實是複雜的，革命是艱難的，革命者更應該以透徹的眼光和沉著的態度，冷靜地正視革命過程中的一切矛盾和問題。正是由於這個特點，使得這篇小說在四○年代即獲得評論者的好評❻⓪。

　　抗戰爆發之後到整個四○年代是丁玲文學創作成熟而豐收的年代，她寫作了大量的散文、報導和雜文，實踐了她的革命理想。四○年代之後的小說，則展現丁玲作為一個革命者兼作家對於複雜的現實深刻的認識和剖析。〈縣長家庭〉呈現個人情感與愛國行動之間的矛盾；〈入伍〉透過知識分子與群眾對等的觀看同時呈現兩個不同階級眼中的「他者」；〈我在霞村的時後〉呈現個人與農民蒙

---

❺❾　丁玲：〈夜〉，《丁玲全集》第四卷，頁 260。

❻⓪　駱賓基 1944 年發表的〈大風暴中的人物——評丁玲《我在霞村的時候》〉一文中說「〈夜〉是一篇完整的，有光潤的作品，正如一顆透明的帶著一點微瑕的玉珠。」見袁良駿編：《丁玲研究資料》，頁 287。馮雪峰於 1948 年發表的〈從《夢珂》到《夜》——《丁玲文集》後記〉也認為〈夜〉「是最成功的一篇，僅僅四五千字的一個短篇，把在過渡期中的一個意識世界，完滿地表現出來了。體貼而透視，深細而簡潔，樸素而優美。」袁良駿編：《丁玲研究資料》，頁 299。

昧的封建意識的對抗；〈在醫院中〉透過個人與革命陣營內部的封建意識的對抗展現革命問題的複雜性，也反省知識分子出身的革命者的精神弱點以及改造的方法；〈夜〉則描寫農民出身的革命者面對革命時的種種矛盾、困難和考驗。這些篇章幾乎涵蓋了個人、集體、啓蒙、救亡、革命、知識分子、群眾、理智、情感及新舊思想觀念之間種種錯綜複雜的關係。這一系列的小說展現丁玲三〇年代之後形成的革命理想在與艱難的現實衝撞下，種種無法盡如人意，因而必須坦誠明言、勇敢面對的事實。這些小說既展現丁玲鮮明的個人特質，又展現丁玲對於革命理想在實踐過程中的種種思考。

五、結語

　　丁玲在親歷了抗日戰爭、國共內戰和中共建國的歷史軌跡後，在 1950 年五月所寫的〈《陝北風光》校後感〉中，曾非常感性地回顧自己來到陝北之後所走過的生命道路：

> 在陝北我曾經經歷過很多的自我戰鬥的痛苦，我在這裡開始認識自己，正視自己，糾正自己，改造自己。這種經歷不是用簡單的幾句話可以說清楚的。我在這裡又曾獲得最大的愉快。我覺得我完全是從無知到有些明白，從一些感想性到稍稍有了些理論，從不穩到安定，從脆弱到剛強，從沈重到輕鬆……
> 但我總還是願意用兩條腿一步一步地走過來，走到真真能有點用處，真真是沒有自己，也真真有些獲得，獲得些知識與

真理。我能夠到陝北，自然也是一步一步走過來的。當然也絕不是盲目的。但現在來看，過去走的那一條路可能達到兩個目標，一個是革命，是社會主義，還有另一個，是個人主義。這個個人主義穿的是革命衣裳，裝飾著頗不庸俗的英雄思想，時隱時現。但到陝北以後，就不能走兩條路了。只能走一條路，而且只有一個目標。即使是英雄主義，也只是集體的英雄主義，是打倒了個人英雄主義以後的英雄主義。**❻❶**

這段文字不僅僅是回顧自己到陝北之後的轉變，在丁玲寫作這篇文章的同時，她的內心一定也回顧了自五四啓蒙之後所走過的崎嶇道路。三○年代丁玲走上革命之路的初衷並非純粹為了所謂的「革命理想」，更大的成分在於鮮明的個性主義力求在參與社會的過程中自我實現。然而到了陝北之後，艱困的現實環境終於迫使丁玲原本倔強的個性在淬鍊中變得更為堅韌、厚實和成熟。儘管到了陝北之後「只能走一條路，而且只有一個目標」，但是在這一步步走過來的過程之中，丁玲已將作家與革命者之間的得與失、衝突與重合、犧牲與成長、痛苦與快樂、自我認識與改造等等全部納入自己的生命之中，擁有它們，同時也承擔它們。

---

❻❶　丁玲：〈《陝北風光》校後感〉，《丁玲全集》第九卷，頁 50-51。

第六章　歷史的轉折：
丁玲、周立波的「土改小說」
及其文學史意義

一、前言

　　一般文學史大多以 1949 年中共建國作為中國現、當代文學最簡單、方便的分界點，然而任何文學風氣、現象與思潮從萌芽、形成、發展到衰落的過程都有其脈絡可尋，文學內部追求革新、超越的需求與文學外部政治、社會、歷史、思想、文化、藝術環境等種種變因相互影響、角力和激盪，形成文學史複雜而曲折的發展道路。因此任何文學主流的產生絕非無中生有，也很難以某個時間作為一分為二的斷點。儘管 1949 年中共建國具有政治及民族國家歷史上的時間意義，然而中共建國後的文壇主潮──即所謂的「社會主義現實主義」（或稱「革命的現實主義」）卻不是在中共建國之後才開始形成和發展的。它的思想基礎要往前追溯至四〇年代延安的解放區文學，而它的思想基礎得以成立，又源於三〇年代共產黨長征過程中毛澤東的崛起與其在黨內領導人地位的確立，以及毛澤東對

透過革命建立民族國家的整體藍圖和想像有關。在這樣的歷史發展脈絡中，1942 年毛澤東著名的〈在延安文藝座談會上的講話〉❶成為文學史具有標誌性意義的重要文獻，它不僅代表毛澤東文藝政策（與其國家、政治、戰略、文化、思想等整體思考）的確立與成熟，也在之後政治力量的運作下，包括召開的「延安文藝座談會」及其後的整風運動和「搶救」運動，逐步扭轉了文學史的發展方向。❷

　　然而，如果僅僅只有〈講話〉的發表及其後的整風運動，並不足以發展為後來的「社會主義現實主義」，它的形成和發展有賴於作家的實際創作對理論的支撐，此外，共產黨在國、共內戰中取得勝利並建立政權也提供了有利的歷史條件。1948 年是國、共內戰雙方勢力最終決戰的一年，歷史上所謂的三大戰役——遼瀋戰役、平津戰役和淮海戰役在這一年的下半年接連展開。❸而在「社會主義現實主義」的發展脈絡中，同樣出版於 1948 年的兩部關於土地改革運動議題的「土改小說」——丁玲的《太陽照在桑乾河上》與周立波（1908-1979）的《暴風驟雨》也是文學史轉折點中的重要作

---

❶　毛澤東：〈在延安文藝座談會上的講話〉，《毛澤東選集》第三卷（北京：人民出版社，1991 年 6 月），頁 847-879。

❷　李書磊的《1942 走向民間》（濟南：山東教育出版社，1998 年 5 月）即以這一年作為中國現代文學、文化的轉型期，論述抗戰時期文化思想的面貌與走向。

❸　三大戰役的過程可參考費正清主編：《劍橋中華民國史》第二部（上海：上海人民出版社，1992 年 9 月），頁 838-846。1948 年中國內部局勢的轉變可參考劉統：《中國的 1948 年：兩種命運的決戰》（北京：三聯書店，2006 年 1 月）。

品。❹

　　但是丁玲和周立波的兩部土改小說因文學與政治意識形態的高度縮合而評價兩極。以丁玲的《太陽照在桑乾河上》來說，在五〇年代初期，陳涌、馮雪峰等馬克思主義文藝理論家便對這部作品表示肯定。他們都從政治上對共產黨土地改革運動的讚美出發，分析丁玲的作品如何透過小說描寫這一「偉大題材」，呈現農村階級鬥爭的複雜性和尖銳性，從而肯定小說的現實主義價值。其中，一直是丁玲革命與文學事業的諍友的馮雪峰儘管也以共產黨的政治意識形態作為評論作品的內在基準，但在論述的過程中比較偏重在對小說文學藝術表現及現實主義成就的肯定。❺而陳涌則更偏重在政治性的思考，他讚美這部小說是「正確的現實的作品」，「不但在當時能夠教育讀者，而且在今天也不會喪失了它的根本意義。」但也從「人物描寫」、「知識分子的語言導致作品的單調沉悶」、「表現農村的階級關係」、「未能充分地反映共產黨完整的積極的政策」、「未能批判地反映工作缺點」等方面提出作品的缺失。❻最後他指出：「如果一個作者是一個有更高的理論修養和更豐富的革命鬥爭經驗的作者，是一個已經能夠更好更完全的獨立思考問題的作者，也並不是不能較早的採用自覺的批判的精神來對待當時運動

❹ 1948 年作為文學史轉折點的文學現象與重要事件，可參見錢理群：《1948 天地玄黃》（濟南：山東教育出版社，1998 年 5 月）。

❺ 馮雪峰：〈《太陽照在桑乾河上》在我們文學發展上的意義〉，袁良駿編：《丁玲研究資料》（天津：天津人民出版社，1982 年 3 月），頁 328-342。

❻ 陳涌：〈丁玲的《太陽照在桑乾河上》〉，袁良駿編：《丁玲研究資料》，頁 303-321。

中的偏向的。」❼對陳涌來說，如何「正確的」反映共產黨的土地改革運動是決定小說優缺點的基準，而追求進步的方法則在於「更高的理論修養」和「更豐富的革命鬥爭經驗」。

而在對周立波《暴風驟雨》的評價方面，蔡天心在 1950 年發表的〈從《暴風驟雨》裡看東北農村新人物底成長〉特別從人物描寫方面強調周立波筆下的「農村新人物」如何在共產黨的領導之下逐漸覺醒、學習組織和鬥爭，從而成為農村中的主人。❽陳涌從讚美周立波「強烈的政治熱情」出發，認為《暴風驟雨》具有「表現作者對生活、對新人物的愛」、「情節和結構的單純集中」、「對群眾語言的吸納」等方面的優點，但在表現「農村階級鬥爭情況」和「人物思想情感及其轉折」的複雜性方面則略顯不足。❾但蔡天心和陳涌兩人基本上也從「完整而詳細地描寫土地改革的全部過程」強調《暴風驟雨》的重要性。

兩部「土改小說」在五〇年代初期獲得文學評論家的肯定，隨即又在 1952 年獲得蘇聯斯大林文學獎金的殊榮，其評價也延續到文學史的書寫中，從五〇年代王瑤的《中國新文學史稿》、丁易的《中國現代文學史論》、劉綏松的《中國新文學史初稿》到八〇年

---

❼　陳涌：〈丁玲的《太陽照在桑乾河上》〉，袁良駿編：《丁玲研究資料》，頁 320。

❽　蔡天心：〈從《暴風驟雨》裡看東北農村新人物底成長〉，李華盛、胡光凡編：《周立波研究資料》（北京：知識產權出版社，2010 年 1 月），頁 264-271。

❾　陳涌：〈《暴風驟雨》〉，李華盛、胡光凡編：《周立波研究資料》，頁 272-280。

代唐弢、嚴家炎主編的《中國現代文學史》，儘管提出小說文學表現上的某些缺失，但基本上都對兩部小說表示讚美和肯定。

　　但夏志清《中國現代小說史》對《太陽照在桑乾河上》的評價卻完全不同，他認為若以描寫「土改」的主題來說，張愛玲的《赤地之戀》遠比《太陽照在桑乾河上》高明。夏志清批評這本小說所力求的「真實」，是「為便於共黨宣傳而寫的『真實』」，「寫得雖然賣力，但卻是一本枯燥無味的書」❿，「這種寫實主義充其量只是膚淺的寫實，因為作者對幹部的批評只局限於整風運動的目標之內，絲毫沒有接觸到共產主義基本的邪惡之處。」⓫陳涌、馮雪峰以為丁玲反映階級的複雜性的片斷，在夏志清看來，是丁玲「忘記了她的土地改革，而來探索這種社會性的戲劇。」⓬而對於周立波的《暴風驟雨》，夏志清基本上是略過不談的。夏志清的批評論述也並非特例，劉再復、林崗在〈中國現代小說的政治式寫作——從《春蠶》到《太陽照在桑乾河上》〉中，從羅蘭‧巴特《寫作的零度》將「政治式寫作」歸納為「法國革命式寫作」和「馬克思主義式寫作（斯大林式寫作）」兩種出發，說明中國三〇年代的政治式寫作（以茅盾的〈春蠶〉為例）是「馬克思主義式寫作（斯大林式寫作）」，而發展到了四〇年代（以丁玲《太陽照在桑乾河上》為例）則是兩種政治式寫作的混合，可以稱為「中國型的政治式寫作」。本論文對於說明中國政治式寫作的特徵很有創見，但在對於《太陽照在

---

❿　夏志清：《中國現代小說史》（台北：傳記文學出版社，1985 年 11 月 15 日），頁 485。

⓫　夏志清：《中國現代小說史》，頁 488。

⓬　夏志清：《中國現代小說史》，頁 487。

桑乾河上》的分析過程中則流露出義憤之語，從論述「地主」如何
成為「歷史罪人的階級載體」出發說明「命名的暴力」，批評過去
論者所稱讚的「階級鬥爭的複雜性」是「在簡單的兩極化對立前提
下的一種極為表面化的『複雜性』」，並從階級鬥爭的場景說明小
說是「人性徹底消失的『冷文學』」❸。

　　兩方的評論者各有其思想脈絡及論述立場，而本章的討論無意
進入雙方的爭論之中，只想透過兩部小說對「土地改革」此一重大
歷史事件的敘述與表現手法，分析丁玲與周立波的差異，進一步說
明兩部小說在歷史（文學史）轉折點上所代表的意義。

二、土地改革運動的「整體性」書寫
——丁玲的《太陽照在桑乾河上》

　　毛澤東在 1939 年所寫的〈中國革命與中國共產黨〉中對中國
從古代到現代的社會性質略作分析，概述中國當前所面對的處境，
並提出共產黨的革命目標、更進一步就革命的相關問題，包括革命
的對象、任務、動力、性質、前途等問題進行完整而明確的說明。
在「中國革命的動力」一節對「農民階級」的分析中，他強調中國
農民佔全國總人口中的百分之八十，而其中最窮困的貧農和雇農又
佔農村人口的百分之七十，這廣大的勞動群眾「是中國革命的最廣

---

❸　劉再復、林崗：〈中國現代小說的政治式寫作——從《春蠶》到《太陽照在
　　桑乾河上》〉，唐小兵編：《再解讀——大眾文藝與意識形態》（北京：北
　　京大學出版社，2007 年 5 月），頁 34-47。

大的動力，是無產階級的天然的和最可靠的同盟者，是中國革命隊伍的主力軍。」**⑭**在此前提下，中國廣大的農村成為共產黨最重要的根據地，因此毛澤東一再強調「忽視以農村區域作革命根據地的觀點，忽視對農民進行艱苦工作的觀點，忽視游擊戰爭的觀點，都是不正確的。」**⑮**

　　既然貧農和雇農是中國革命隊伍的生力軍，要獲得農民的支持，首先必須解決他們嚴酷的生存問題。從對革命戰略的全盤考量出發，農村的「土地改革」一直是共產黨最重要的政策之一，而此政策又隨著歷史環境的改變有所調整。早在 1935 年十月，經過長征到達陝北的共產黨先遣部隊在建立蘇維埃政權之後，便在偏僻窮困的根據地展開有計畫的土地改革，而在土地改革中最積極的貧農青年為抗戰時期的華北游擊隊提供了人力，也逐漸培養成為共產黨黨支部及其所領導的群眾機構的重要幹部。隨著共產黨與國民黨抗日統一戰線的確立，1935 年十二月十五日發佈土地改革溫和化的指導方針，以較為寬鬆的標準重新劃分中農與富農，退還不公正沒收的財產，進而爭取蘇區中農與富農對共產黨的支持。**⑯**抗日戰爭爆發後，陝甘寧邊區以減租減息、合理負擔和沒收漢奸財產的政策取代沒收地主土地的政策。戰爭結束後，1946 年五月四日通過了

---

⑭　毛澤東：〈中國革命與中國共產黨〉，《毛澤東選集》第二卷，頁 643。

⑮　毛澤東：〈中國革命與中國共產黨〉，《毛澤東選集》第二卷，頁 635-636。

⑯　1935 年至 1936 年陝北蘇區的土地改革情況及其對共產黨產生的影響，可參考〔美〕馬克・賽爾登：《革命中的中國：延安道路》（北京：社會科學文獻出版社，2002 年 3 月）第三章「從土地革命到統一戰線：1935-1936 年的陝甘寧蘇維埃」，頁 83-121。

被稱為「五四指示」的《中共中央關於土地問題的指示》，將戰時減租減息的政策轉為耕者有其田，並在東北解放區展開土地改革。1947 年九月十三日中共中央在歷時兩個月的全國土地會議最後一次開會中通過《中國土地法大綱》，強調「廢除封建性及半封建性剝削的土地制度，實行耕者有其田的土地制度」。從 1947 年十月十日《中國土地法大綱》公布後到同年的十一、十二月間，各個解放區展開廣泛的土地改革運動。❼

　　丁玲與周立波四〇年代末期的「土改小說」就是在這樣的農村土地政策與社會背景下產生的。1946 年七月，丁玲參加晉察冀中央局所組織的土改工作隊，在懷化市南邊的辛莊停留兩週後，轉往懷來縣東八里村、涿鹿縣溫泉屯等地考察土地改革工作，搜集素材，並於九月初溫泉屯的土改工作結束後離開，回到張家口晉察冀中央局，在同年十一月開始寫作《太陽照在桑乾河上》❽。從寫作背景看來，這部小說延續丁玲在抗戰時期將各地考察的所見所聞寫成「報導文學」，或將素材加以虛構、改寫成小說的精神，同時更具有鮮明的政治目的。《太陽照在桑乾河上》距離丁玲前一篇小說〈夜〉的寫作相距四年之久，這段期間，丁玲在延安經歷了「話

---

❼　1946 年至 1947 年的土地改革運動可參考金冲及：《轉折年代——中國的 1947 年》（北京：三聯書店，2002 年 10 月）第十一章「農村土地制度的大變動」，頁 375-399。

❽　王增如、李向東編著：《丁玲年譜長編》（上卷）（天津：天津人民出版社，2006 年 1 月），頁 196-198。中國社會科學院文學研究所副研究員何吉賢的〈一個村莊和一部小說——溫泉屯走訪記〉描述六十三年後（2009）到丁玲當年考察的溫泉屯進行田野調查的過程及觀察，見中國丁玲研究會主編：《丁玲研究》2010 年第 1 期，頁 105-109。

語」（Discourse）學習和改造的過程。李陀認為延安地區包括丁玲在內的知識分子在 1942 年的「延安文藝座談會」及其後的整風運動中，在「毛文體」的規範之下，重新學習了一套完整的話語生產模式，而丁玲此後的寫作也進入了新的話語秩序。❶李陀在文章中對四○年代毛文體的確立、毛文體的特性及其透過政治運動的形式教育、改造知識分子言說方式的討論很有創見，對於中國八○年代李澤厚「啓蒙」與「救亡」二元對立的論述進行反思，也很深刻。但是，按照李陀的說法，丁玲在寫作《太陽照在桑乾河上》這部長篇小說時，應該已經接受毛文體的洗禮，然而和周立波的《暴風驟雨》相比，丁玲的作品還是具有傳統的現實主義風格。在中國現代文學史的發展上，丁玲的這部作品可以說是上承同樣具有鮮明的共產黨政治意識形態的茅盾在《動搖》中對於 1927 年國民黨清黨事件，以及《子夜》對於 1930 年前後中國社會性質與情勢的「整體性」描寫❷，丁玲在對「土地改革」運動過程的完整呈現中，也突顯運動內部複雜的階級與權力關係；同時向下開啓周立波以降對於農村土地革命過程的書寫。因此，丁玲的《太陽照在桑乾河上》可以說是中國現代文學中從傳統的現實主義過渡到中共建國後的社會

---

❶ 李陀：〈丁玲不簡單──革命時期知識分子在話語生產中的複雜角色〉，《北京文學》1998 年第 7 期，頁 29-39。

❷ 有關盧卡奇「社會整體性」觀念之內容，以及茅盾的長篇小說如何透過「社會整體性」之建立宏觀地敍述中國二、三○年代的社會、歷史，及其作品對中國現代長篇小說發展的貢獻等問題之討論，可參見拙作：《「社會整體性」觀念與中國現代長篇小說的發生和形成》（台北：秀威資訊科技公司，2007 年 12 月）第三章。

主義現實主義的重要的轉捩點。

　　如同茅盾的長篇小說總是有具體的歷史時間，《太陽照在桑乾河上》的時間點是 1946 年的盛夏七、八月，以一次土改的經歷作為小說的基本架構。❷小說開頭，顧涌駕著膠皮大車從親家胡泰家把大女兒和小外孫一起接回暖水屯娘家，也把即將進行土改的消息帶進暖水屯，「土改」的消息引起暖水屯群眾的猜測和議論，也讓地主、富農展開各種因應措施。由此而降，小說大致可以分成幾個部分：第一部分自第一節到第十節，隨著有關土改的各種耳語在村裡流傳，小說鋪寫村中各種階級人物的過往歷史與面對土改的心態，作為騷動起來的暖水屯的背景是國、共內戰的情勢。第二部分自第十一節到第十七節，由共產黨派來的土改工作小組到達暖水屯，並展開土改工作準備會議。在此過程中描寫工作小組內部成員性格及做事方法的差異、土改工作小組與村領導階層對土改運動認知的差異、土改工作小組在說明土改計畫的過程中與群眾的距離等問題。第三部分自第十八節到第四十一節，完整地呈現土地改革實踐過程中的進展與所遭遇的障礙，包括集體採收果園果實再均分、佃戶向地主江世榮追討土地等政策的執行，以及在過程中出現地主對土改派活動的暗中破壞、土改派內部意見的分歧、農民膽小不敢

---

❷　如同丁玲在三○年代初期的長篇小說《母親》是未完成的作品一樣，丁玲原本對此書的計畫更為宏大，預計分成「鬥爭」、「分地」、「參軍」三個階段來寫，然因政策和局勢的變動過於快速，最後只完成第一部分。丁玲：〈序《桑乾河上》〉，《丁玲全集》第九卷（石家莊：河北人民出版社，2001 年 12 月），頁 45-46。這種構想和實踐的落差也和茅盾在寫作《子夜》時的情況一樣。

反抗的心情，以及隨著國共內戰戰事的發展而產生流言蜚語等各種阻礙政策執行的問題和困難。由於各方勢力的盤根錯節，這個階段的土改情勢顯得混亂陰霾。第四部分自第四十二節至第五十八節，以縣宣傳部長章品的到來作為轉捩點，在章品的領導下，土改運動終於因目標明朗而如火如荼地展開，在進行幹部的自我檢討之後，接連發動鬥爭地主錢文貴、沒收土地和浮財、重新分配土地和財產等運動，最後農民在頌揚共產黨和毛主席的歡樂氣氛中度過充滿中國民間傳統意味的中秋佳節。儘管在暖水屯的土地改革獲得初步的成功，但艱苦的革命道路還很漫長，土改工作小組接到戰事緊張的消息，在工作告一段落後隨即功成身退，然而土地改革也為共產黨在內戰中贏得更多的群眾資源：村民為了保有眼前的土改成果，決定組織隊伍去替八路軍挖戰壕。

　　綜觀整部小說，前三部分可以看作是現實主義的展現，丁玲透過土改運動此一情節的進程和開展，極力以複雜的人物關係來展演革命過程中的多方角力以及革命任務實踐的艱難之處。這種對於當下重大的社會、歷史事件作宏觀性描述的特色，不但繼承三〇年代的茅盾，對丁玲自己的創作來說也是一大突破。在此之前，丁玲的創作以中短篇居多，較長的篇章僅有《韋護》和《母親》，而這兩部小說以人物發展作為主軸，小說情節與結構都較為單純，而在《太陽照在桑乾河上》才首次以一個地區的一個事件作為小說架構，完整地呈現各種不同背景和立場的人物對此一事件的態度和反應，從而顯示社會的複雜面貌。

　　在丁玲所述的土改運動過程中，其核心精神是透過農村階級及人際網絡的複雜性，整體地呈現土地改革運動所面對具體的現實

問題。丁玲呈現此一主題精神的方法圍繞在人物的描寫上,基本有四:一是不以善惡二分的形象塑造革命運動中敵、我兩方的人物;二是從人物的過往歷史中去說明每個人物現有的階級位置是如何形成的,由此說明階級劃分並非表面所見的那麼簡單;三是在階級或政治立場的區隔之外,去描寫個人與其他階級或立場的人物之間的情感與利害關係;四是透過土改工作小組、村領導幹部與各階級人物對土地改革執行態度、方法與步驟的差異,來呈現運動過程中的阻礙。這四個方法又糾結在一起,使小說更富有現實主義的色彩。

舉例來說,整部小說中被視為最重要的鬥爭對象是地主錢文貴,錢文貴深沈、靈活,富於機巧,遠遠不像周立波《暴風驟雨》中的惡霸韓老六那樣兇狠殘暴、惡性昭著,因此他不容易馬上成為土改鬥爭的目標。更重要的是,老謀深算的錢文貴早在土改工作小組尚未來到暖水屯前就已未雨綢繆,他有計畫地分家,減少擁有的土地數量,根據他的如意算盤,他頂多就是個「不窮不富」,絕不可能被安上「地主」的罪名而成為被鬥爭的對象,同時他擅於利用農民最重視的親族倫理關係加強自己的防護機制,他將小兒子錢義送去做八路軍,以革命軍人家屬的身分保障自己的權益,還找了村治安員作女婿,對共產黨的各種政策、消息不但能即時掌握,更能達到干預擾亂的效果,此外,他在土改過程中企圖以收養的姪女黑妮去拉攏農會主任程仁,都可以看到他的政治精算和巧妙手腕。他也具有高於一般農民的見識和眼光,一直密切注意國、共內戰的情勢,以 1946 年內戰雙方的實力來說,他相信只要「國軍」一到,共產黨就沒有搞頭了。如果不是小說末尾出現章品這號人物,錢文貴極有可能在這次的土改運動中逃過一劫。從錢文貴此一角色的塑

造即可看到丁玲如何從人物的各個角度說明階級成分所包含的複雜問題。

在對顧老漢的描寫中則從他的發跡史說明他如何辛苦獲得現有的生活條件。顧涌十四歲便和兄長來到暖水屯，兄弟倆靠著攬長工和放羊過活，經過四十八年的勤儉持家、點滴積存，逐漸擴張土地成為富裕中農。儘管他的生活相當寬裕，但也不是毫無煩惱。錢文貴托人來問聘，顧涌因不敢得罪他而被迫將二女兒嫁給他的小兒子錢義。錢義後來被父親送去做八路軍，二女兒在婆家過著守活寡的生活。而顧涌因被錯劃為富農，在土改的過程中一直提心吊膽，憂心忡忡。顧涌的二女兒僅僅是小說中一個微不足道的人物，但丁玲都不放過對她的階級問題的思考：表面上來看，她是富裕中農家的女兒，地主家的媳婦，但卻同樣是在農村受苦的婦女。丁玲便是從這些細微的人際關係去鋪展小說人物階級的複雜性，以及階級差異之間盤根錯節的恩怨情仇。

不僅如此，丁玲也從不以階級整體的角度去塑造人物。同樣是農民，既有像郭富貴、李寶堂、劉滿那樣的積極分子，也描寫侯忠全如何在經歷了一番人生波折後，從漂亮、伶俐的小伙子變成只相信因果報應、極度迷信、老實顢頇的老農民，他不但不相信窮人也有「翻身」的一天，還將先前村上鬥爭地主後所分到的一畝半地退還給地主。侯忠全之外，更多的是保守、膽怯，對土改運動抱持觀望態度的農民。同樣描寫村中農民出身的領導幹部，各人的性格特色和工作態度也不相同。暖水屯的第一個共產黨員張裕民原本是個孤兒，早年遭受地主的欺凌，後來因八路軍的啟蒙而加入共產黨。擔任暖水屯的支部書記後，他雖然堅定地執行黨的政策，卻無法像

共產黨所宣揚地那樣信任農民，他一方面覺得「只有靠近他們，自己才有力量」，另一方面又覺得「老百姓的心裡可糊塗著呢，常常就說不通他們，他們常常動搖，常常會認賊作父，只看見眼前的利益，有一點不滿足，就罵幹部。」❷他對土改運動抱持很大的熱忱，但也有很多的顧慮，對於工作感到困難重重。與此相反的是支部宣傳李昌，他是個容易接受新事物，樂觀、愛說話但缺乏思考的幹部，總是將土改工作看得很容易。農會主任程仁則是個務實而思慮周延的幹部，他對於村上的土地情況相當熟悉，對於階級成分的鑑定非常細心縝密，力求全盤考量以達到公平公正的目標。❷但他對黑妮的好感也使他對鬥爭錢文貴有所顧慮。而婦聯會主任董桂花是個老實善良的鄉下女人，她雖然盡力於推廣婦聯會的識字工作，但這個工作卻常常讓她感到孤獨挫折，因為真正能堅持留在識字班的都是家境相對富裕的小姐媳婦們，而窮困的農家女人總是敷衍了幾天之後就回到田地去了。而她自己也並未了解革命的意義，對於自己的工作目標感到茫然，對於土改的消息則感到恐慌。❷丁玲對於董桂花心情的描述一方面表現她對農村女性命運的特別關注，如同她在小說〈夜〉中體察主人公何華仁妻子的心境一樣，一方面也突顯革命工作的種種考驗，包括如何以符合群眾實際需求的方式進行對群眾的啟蒙教育，如何讓群眾了解啟蒙的重要性等等。另外，在村中的領導幹部中，也有像村治安員張正典那樣作為錢文貴的眼線，專

---

❷　丁玲：《太陽照在桑乾河上》，《丁玲全集》第二卷，頁 43。

❷　丁玲：《太陽照在桑乾河上》，《丁玲全集》第二卷，頁 42-43。

❷　丁玲：《太陽照在桑乾河上》，《丁玲全集》第二卷，頁 28-31。

門給地主提供消息，也在革命陣營內部進行挑撥和破壞的人物。

　　同樣地，來到暖水屯的土改工作小組成員也有各自鮮明的形象。工作組組長文采是個夸夸其談、高傲自戀的知識分子，丁玲透過對於文采的塑造表現土改工作小組的知識分子與農民之間的隔閡。其中最經典的一幕是第十七節描寫文采在群眾會議上大談艱深的歷史、國內外情勢、階級和土地改革問題，從演講的內容到詞彙，沒有一樣能讓群眾感興趣，終於引起群眾鼓譟，如同群眾中的一位所發的牢騷：「身還沒翻過來，先把屁股坐疼了。」㉕但文采卻對自己的發言很滿意。而在第十一節，土改工作小組剛到暖水屯的第一天晚上，文采就對暖水屯支部書記張裕民產生偏見，而這偏見也讓張正典在破壞土改工作上有機可趁。相較之下，楊亮和胡立功便顯得務實許多，他們不厭其煩地到處走訪，了解農民實際的生活情況和對土改的態度，以便做出較有效的決策。丁玲對於每一種階級、組織內部的成員的人物特質都加以不厭其煩的區分，這是陳涌以為《太陽照在桑乾河上》有時讀來感到沈悶，不如《暴風驟雨》來得簡潔、明快的原因之一。㉖但是從另一個角度看，正顯示丁玲對於個人特殊性與個別命運的關注和興趣。而從這部小說對於農村各階級人物的描寫，也可以看到丁玲自三〇年代以來至延安時期的革命工作對她文學創作的影響：丁玲筆下的人物從早期個性鮮明的都市女性知識分子轉移到廣大的農村群眾，她既能塑造、描寫

㉕　丁玲：《太陽照在桑乾河上》，《丁玲全集》第二卷，頁82。

㉖　陳涌：〈丁玲的《太陽照在桑乾河上》〉，袁良駿編：《丁玲研究資料》，
　　頁314。

農村個別人物的獨特性和差異性，又能透過複雜的人物、階級關係呈現農村的整體面貌和歷史發展進程。因此，丁玲 1948 年的《太陽照在桑乾河上》可以說是與 1933 年茅盾描寫都市整體性的《子夜》遙相呼應、描寫農村整體性的重要作品。

　　如前所述，如果不是小說最後一部分出現章品這號人物，靈活、狡猾，善於偽裝的錢文貴未必會成為土改鬥爭的對象。因此，章品的出現可以說是讓小說從傳統的現實主義走向社會主義現實主義的關鍵。從章品來到暖水屯後，整個土改運動彷彿撥雲見日，一掃之前的窒礙和陰霾，緊鑼密鼓、如火如荼地進展起來。這位打桑乾河涉水過來的人在前來村上的途中便一路和相遇的農民談話，迅速地掌握資訊，明快地做出土改的執行步驟。他到達村子後馬上召開黨員幹部大會，在會中讓幹部進行自我批判和工作檢討，從而確立鬥爭地主錢文貴的路線。接著召開群眾大會，由農民自行選出支部書記張裕民及農民中的積極分子郭富貴、李寶堂等人擔任群眾大會主席，展開對錢文貴的清算鬥爭，接著又選出數位農民擔任評地委員，負責分地事宜，並以農民各取所需的方式，將沒收的浮財重新分配。最後農民在「慶祝土地還家」的歡樂中度過中秋節。小說自四十二節以降到結束，包括土改領導人（章品）的形象與決策、地主鬥爭大會的展開到農民共享「翻身樂」的成果、農民對共產黨的支持與歌頌等內容，幾乎和周立波的《暴風驟雨》完全一致。由於《太陽照在桑乾河上》和《暴風驟雨》兩部小說寫作、出版時間相近❷⑦，丁玲的活動範圍在華北，而周立波的活動範圍在東北，加

---

❷⑦　丁玲《太陽照在桑乾河上》的寫作和出版都較為曲折，丁玲自 1946 年十一月

上內戰局勢使消息流通相對阻絕，因此無法證實兩位作家在寫作上是否相互影響。然而以小說最後的呈現來看，《暴風驟雨》可以說是對《太陽照在桑乾河上》最後一部分內容進行集中、突出的「象徵性」書寫。

三、政治儀式的「象徵性」書寫
——周立波的《暴風驟雨》

　　丁玲的《太陽照在桑乾河上》是從現實主義到社會主義現實主義的過渡，小說前三分之二的篇幅利用傳統現實主義的眼光和表現手法，完整地呈現土地改革運動中各種人事相互拉扯、抗衡、敵對、衝突的現象，以及各方力量匯聚、分散、對峙、重整的流動狀態；後三分之一的篇幅與周立波社會主義現實主義的表現方法相似，描寫土改運動的高潮。與此相較，周立波的《暴風驟雨》則是完整的社會主義現實主義的初步示範，小說如同一場「政治儀式」，經過這場政治儀式的洗禮，小說中的貧農不但獲得「翻身」

開始寫作本書，中間幾度因工作中斷，於 1947 年八月底寫完初稿。後來在一次會議上聽到高層領導人對於土改作品所發表的意見，於是在 1948 年四月底開始修改、補充，於六月初完稿，經過包括毛澤東、胡喬木、艾思奇、蕭三等多位黨內領導人及知識分子的閱讀和討論，最後經毛澤東肯定而在同年九月出版。見錢理群：《1948 天地玄黃》，頁 191-196。周立波的《暴風驟雨》則相對順遂，周立波自 1947 年五月開始寫作本書，於同年十月便完成上卷的寫作和修改，並於 1948 年四月由東北書店出版。見李華盛、胡光凡編：〈周立波生平年表〉，李華盛、胡光凡編：《周立波研究資料》（北京：知識產權出版社，2010 年 1 月），頁 28-30。

的實際成果，從而改善艱苦窮困的生活條件，同時更經由一次又一次的鬥爭大會，使原本目不識丁、蒙昧沈默的群眾學習初步的民主概念、政治言說的方式與政治參與的步驟，最後脫胎換骨，蛻變為共產黨最穩定堅固的基層幹部，並由此塑造「新英雄」。而小說家也透過這場書寫的政治儀式的洗禮，完成政治意識形態的表態，並得以登上新時代的文壇。

周立波曾提到革命的現實主義的特質：

> 因為革命的現實主義的反映現實，不是自然主義式的單純的對於事實的模寫。革命的現實主義的寫作，應該是作者站在無產階級立場上站在黨性和階級性的觀點上所看到的一切真實之上的現實的再現。在這再現的過程裡，對於現實中發生的一切，容許選擇，而且必須集中，還要典型化，一般的說，典型化的程度越高，藝術的價值就越大。❷⑧

此解釋不但強調其限定的意識形態（「無產階級立場」與「黨性和階級性」），更強調對現象進行本質性的、原則性的掌握（「一切真實之上」），同時透過「選擇」、「集中」和「典型化」的過程來完成對藝術對象的塑造。從這個角度看，周立波的《暴風驟雨》比《太陽照在桑乾河上》更富有「象徵性」，而小說的表現手法也充分展現其象徵意味。

---

❷⑧　周立波：〈現在想到的幾點──《暴風驟雨》下卷的創作情形〉，李華盛、胡光凡編：《周立波研究資料》，頁 250。

陳涌在〈《暴風驟雨》〉中對小說的整體感覺有如下的讚美：

> 整個來看，《暴風驟雨》的人物是比較單純的，整個作品的
> 情節和結構也是比較單純的，也因為這樣，它比較易于為一
> 般讀者所把握。許多好的藝術作品都具有單純這個共同的特
> 點，它也成為《暴風驟雨》的一個優點和特點。在《暴風驟
> 雨》這個作品裡，沒有那種冗長、沈悶、令人厭倦的敘述。❷❾

陳涌論述的對照顯然是《太陽照在桑乾河上》，他從「易於為一般讀者所把握」的要求出發強調《暴風驟雨》的單純，然而，《暴風驟雨》在情節、結構與人物等元素上的單純，正來自其鮮明的象徵性。《暴風驟雨》（以上卷為討論核心）的時間和《太陽照在桑乾河上》一樣是 1946 年盛暑的七、八月，地點則是東北松江省珠河縣的元茂屯。從小說的整體結構來看，《暴風驟雨》比《太陽照在桑乾河上》更為集中，緊湊。如前所述，《暴風驟雨》集中焦點開展《太陽照在桑乾河上》後三分之一對於土地改革運動的描寫。在《太陽照在桑乾河上》的開頭，顧涌用膠皮大車將女兒、外孫和有關土改的傳言帶進暖水屯，隨即引發暖水屯的竊竊私語；《暴風驟雨》的開頭非常類似，老孫頭孫永福趕著一輛由四匹馬拉的四軸轆大車將土改工作隊的蕭隊長等一行人拉到元茂屯。同樣是一個拉車進村的場景，顧涌的膠皮大車代表地主的富裕，也代表土改運動所

---

❷❾　陳涌：〈《暴風驟雨》〉，李華盛、胡光凡編：《周立波研究資料》，頁
　　277。

帶來的騷動：顧涌將大車拉到暖水屯，目的在於幫親家胡泰掩藏財產。但在《暴風驟雨》中，蕭隊長入村意味著土地改革這場「政治儀式」將隨即揭開序幕，唐小兵提到小說開頭先描寫了「一幅平和的、燦爛的田園景色」，但隨著土改工作隊的到來，「『歷史時間』取代並且壓制了『自然空間』」：

> 全書明白無誤地把「到來」這一刻表現成了歷史的真正開端，突然間過去的一切完全成了痛苦的記憶，歷史不再有任何連續性，成了猝然的斷裂。❸

唐小兵在論述中強調的是暴力的語言及其內涵如何形塑小說的過程，然而若將整部小說視為一場政治儀式，則此場景還有更豐富的象徵意涵：在進入元茂屯的路途中，蕭隊長不斷地和老孫頭「嘮嗑」（東北人閒聊之意，「嘮嗑」這個看似輕鬆的活動在小說後面將成為這場政治儀式得以完成的重要推手），透過「嘮嗑」，蕭隊長得以初步掌握元茂屯從日本佔領時期以來的歷史和現狀，以及包括村裡惡霸韓老六及其黨羽的身家背景、群眾與韓老六的恩怨、群眾對共產黨的態度等等有關土改運動的具體資料，之後才能更進一步地運籌帷幄，決定土改運動執行的步驟和方法，由此強調深入群眾的重要性。同坐在大車上的是代表共產黨的蕭隊長與代表窮苦群眾的老孫頭，在小說後面的發展中，由於蕭隊長對土改運動的領導有方，使老孫頭對

---

❸ 唐小兵：〈暴力的辯證法——重讀《暴風驟雨》〉，唐小兵編：《再解讀——大眾文藝與意識形態》，頁 120。

蕭隊長非常尊敬和佩服，蕭隊長每次出村入村，都由老孫頭自告奮勇地趕車。呼應到小說開頭拉車這一幕，經過「啟蒙」之後的群眾（老孫頭）將成為共產黨最有力的支持者，但「趕車」（執行）的是老孫頭（群眾），如同蕭隊長所說：「是老百姓用自己的力量整的。」❸在整個土改運動的過程中，共產黨強調的是對群眾的「動員」，讓被動員起來的農民成為運動的執行者，共產黨則是背後的指揮者。而他們的合作將完成這場翻天覆地的土改運動。

　　從這個充滿象徵性的場景進入這場政治儀式，接著登場的是兩個貫穿小說最重要的元素：一個是如同中國傳統戲曲充滿象徵意涵的臉譜式的人物，一個是完成這場政治儀式必須通過的模式化的情節。周立波的《暴風驟雨》由此創造出不同於蘇聯的，中國式的社會主義現實主義；他採用「臉譜式的人物」和「模式化的情節」這兩個中國傳統小說、戲曲的元素，但又在這兩個元素中賦予「革命」此一現代性的意涵。這種方式讓人聯想到抗戰時期延安地區為有效地向群眾宣揚抗日精神所做的種種努力，例如在前章中曾提到丁玲所帶領的「西北戰地服務團」將秧歌舞改編為〈打倒日本升平舞〉，並善於利用民間所流行的大鼓、快板、相聲、雙簧等表演形式來進行政治宣傳和思想教育，又如趙樹理的小說利用「民族形式」宣揚共產黨的政策等等。❸

---

❸　周立波：《暴風驟雨》，《周立波文集》第一卷（上海：上海文藝出版社，1981 年 10 月），頁 244。

❸　李楊認為趙樹理小說最重要的成就是找到「民族形式」作為小說敘事的方法：「這是趙樹理小說對敘事文學的最大貢獻，通過它，敘事文學找到了自己的形式，敘事在中國找到了自己的話語起點。而這是『五四』以來中國知

在小說人物方面，丁玲在創作《太陽照在桑乾河上》時力圖呈
現農民階級及其人際關係的複雜性，讓丁玲最感興趣的總是在人物
表像下所蘊含的豐富的故事性。丁玲在〈生活、思想與人物〉中曾
提到「顧涌」此一人物形象的由來。當時的階級劃分中只有雇農、
貧農、富農、地主四類，並沒有「富裕中農」的概念，而許多比貧
農富裕，但仍是靠自己辛苦勞動而收穫的農民便被粗率地劃為「富
農」，因而受到批判：

> 那富裕中農沒講什麼話，他一上台就把一條腰帶解下來，這
> 哪裡還是什麼帶子，只是一些爛布條，腳上穿著兩只兩樣的
> 鞋。他勞動了一輩子，腰已經直不起來了。他往台上這一
> 站，不必講什麼話，很多農民都會同情他，嫌我們做的太過
> 了。❸❸

丁玲從農民破爛的腰帶、不成對的鞋和直不起來的腰桿便可以想像
這個所謂「富農」艱難的一生，因此對顧涌的描寫充滿體貼的同
情。❸❹又如她對於「黑妮」的塑造，僅僅因為她看到一個漂亮的女

識分子一直在追求的目標。」李楊：《抗爭宿命之路——「社會主義現實主
義」（1942-1976）研究》（長春：時代文藝出版社，1993 年 6 月），頁
81。

❸❸ 丁玲：〈生活、思想與人物〉，《丁玲全集》第七卷，頁 436。

❸❹ 可參見張永泉：〈寫出深廣的歷史內容——論《太陽照在桑乾河上》〉中對
顧涌形象的討論，張永泉：《個性主義的悲劇——解讀丁玲》（北京：中國
社會科學出版社，2005 年 3 月），頁 207-209。

孩從地主家走出來，女孩回頭看了她一眼，丁玲在那眼光中看到了「很複雜的感情」。出於她一向對農村婦女處境的關注，丁玲便猜想「這個女孩子在地主家裡，不知受了多少折磨，她受的折磨別人是無法知道的。」❸與丁玲努力探究、挖掘人物的複雜深處不同，周立波筆下的階級問題相對單純，且人物形象極為鮮明，善惡二分。其中最重要的人物有三類：一是以蕭隊長為首的土改工作隊所代表的共產黨員的形象。丁玲小說中的土改工作小組經常意見分歧，必須爭論、協調、折衷；周立波筆下的工作隊則團結一致，分工合作。以蕭祥為首的土改運動領導人不復有文采高傲自戀，不切實際，與群眾隔閡的缺點，知識分子孤芳自賞的習氣被革命英雄者堅定果決的形象所取代，他們在面對革命難題時沈著冷靜，在工作執行順利時深謀遠慮，在工作完成後則謙遜自律、功成不居，毫無複雜猶疑的心理。二是以趙玉林、郭全海、白玉山、李常有等人為代表的群眾，他們擁有農民最美好的品德，包括純樸善良、勤奮耐勞、正直自尊、忠心耿耿等等素質。這些人物由於出身貧困，各自都有痛苦艱辛的往事，經過革命的啟蒙之後，成為共產黨最穩定的主力軍，他們是小說中改變最多的人物。三是以韓老六為代表的地主惡霸，這類人物則無惡不做，他們是村裡的窮苦人共同的敵人，而通過他們則指向共產黨內戰中的敵人——國民黨。如同傳統戲曲中的臉譜，這些人物形象也是被設定和規範出來的，如此才能讓情節得以進展。更重要的是，如同中國傳統的小說戲曲富有教化的功能，這類小說同樣擔負啟蒙、教育的責任，因此共產黨員的形象必須讓

---

❸　丁玲：〈生活、思想與人物〉，《丁玲全集》第七卷，頁 433。

人願意追隨，而地主惡霸的形象必須能夠激起群眾的同仇敵愾。

具備了這三類最基本的人物，小說將透過情節的展開來完成這場政治儀式，而情節開展的核心精神則是「動員」這一富含革命、政治意味的字眼。蔡翔在《革命／敘述：中國社會主義文學——文化想像（1949-1966）》一書中提出「『動員－改造』的小說敘事結構」的概念，而此結構得以形成乃因其「恰好對應著中國當代的社會政治結構」。儘管蔡翔主要的論述對象為中共建國之後有關農業合作化運動的農村題材小說，但他也認為「這一『動員－改造』的敘事結構正是發端於『土改小說』」。❸❻《暴風驟雨》中最初的「動員」仍有其「民間形式」，便是東北人所謂的「嘮嗑」，用蕭隊長的話來說：

> 「中國社會複雜得很。中國老百姓，特別是住在分散的農村，過去長期遭受封建壓迫的農民，常常要在你跟他們混熟以後，跟你有了感情，隨便嘮嗑時，才會相信你，才會透露他們的心事，說出掏心肺腑的話來。」❸❼

於是在蕭隊長的指示之下，隊員「小王」王春生開始以「嘮嗑」、「交朋友」的方式展開「點」的動員，從和趙玉林「嘮嗑」開始，又透過趙玉林的牽線串連到郭全海、白玉山、李常有等其他農民。

---

❸❻ 蔡翔：《革命／敘述：中國社會主義文學——文化想像（1949-1966）》（北京，北京大學出版社，2010 年 8 月），頁 36-56。
❸❼ 周立波：《暴風驟雨》，《周立波文集》第一卷，頁 27。

透過「嘮嗑」情節的開展，小說達到幾個政治作用：首先，透過農民對過往痛苦經歷的訴說（訴苦），一方面讓長期壓抑忍耐的農民獲得抒發苦悶的情感效果，更讓原本沈默的群眾開始學習「說話」，並在學習「說話」的過程中逐漸建立農民的主體性，與「主體性」同時建立的是保障個人勞動果實、參與政治的權利等現代公民所應該具備的、初步的民主概念。更重要的是讓農民經過私下「嘮嗑」的多次練習，最後得以到公開的政治場合──鬥爭大會中發言。透過農民主體性的建立與政治集會的參與，農民才可能真正被「動員」起來，具備鬥爭敵人的功能，進而培養成堅定的共產黨員。其次，透過農民對於被剝削壓迫的具體事件的訴說，不但確立鬥爭對象，更能激起同仇敵愾的情緒，增強「動員」的能量，達到團結革命陣營的效果。第三，透過由點到線的「嘮嗑」串連，最後廣泛地在全村中舉行小小的「嘮嗑會」（從兩人「嘮嗑」變成多人「嘮嗑」），完成「面」的網絡連結。❸這三個政治作用仍是從「動員」這個核心思想來考量的。

　　與私下運作的、民間形式的「嘮嗑」交互穿插、同時並進的是公共領域的政治活動，而政治活動又包含對付敵人和建構自我兩個部分：一方面將覺悟性較高的農民動員起來，組織成以農民為主體的「農工聯合會」和「農民自衛隊」，讓農民自己完成從批鬥到分地的土改大業，更透過這些政治磨練，完成從「動員」到「改造」的「啓蒙─革命」歷程。而另一方面，對於敵人則展開四次鬥爭惡

---

❸　小說在第十七節特別描寫「四鬥」韓老六的前一晚，村中盛行「嘮嗑會」的景況。周立波：《暴風驟雨》，《周立波文集》第一卷，頁183-184。

霸韓老六的大會。在小說的敘述中，四次鬥爭是有其進展的步驟的：「一鬥」在第六節，此時群眾尚未動員起來，因此這次鬥爭大會的性質基本上是訴苦大會，由蕭隊長主持，透過這次大會激發群眾的勇氣，也讓蕭隊長得以全盤了解元茂屯的勢力分佈，進而制訂戰略；「二鬥」在第八節，在土改運動的壓力下，韓老六故作慷慨，自願獻地捐牲口，但農民卻不敢接收韓老六的捐獻，由此描寫敵人的狡猾和農民的膽怯；「三鬥」在第十二節，這次鬥爭已改由農民郭全海來主持，意味著農民幹部的成長，而在這次的鬥爭大會上，蕭隊長特別以「老田頭」田萬順女兒的事件為核心議題，有意刺激長期在韓老六眼皮子底下艱辛過活，個性溫懦老實的田萬順加入對韓老六的指控。在蕭隊長的策略下，連一向保持沈默、逆來順受、保守謹慎的田萬順也加入了「說話」的行列，進而擴展農民團結的陣線；「四鬥」在第十七節，小豬倌因參加「嘮嗑會」而被韓老六毆打的事件激起群眾的怒火，促成了公審韓老六的大會。這次會議由農民趙玉林主持，通過農民的輪流訴苦，總結韓老六的罪狀。李楊認為：

> 《暴風驟雨》展示的就是這樣一個完整的話語組織過程。代表「歷史」的工作隊把一套革命性的社會理論帶到一個處於自然狀態的封建村莊中來，通過開鬥爭會的形式，重組話語程序，使愚昧落後的農民逐漸掌握這一新的話語並以此認識生活；於是，土改成功了。❸❾

---

❸❾ 李楊：《抗爭宿命之路──「社會主義現實主義」（1942-1976）研究》，頁 101。

從「嘮嗑」到「鬥爭大會」，共產黨完成了對農民的「啓蒙－革命」歷程。土改的成功並不僅僅是農民的翻身，更重要的是將群眾改造成推進歷史的動能，用小說中農民的話來說：「一籽下地，萬籽歸倉」❹。

「動員」的概念不僅僅表現在小說情節的發展中，也表現在小說的題目上。梅儀慈在對《太陽照在桑乾河上》的評論中特別注意到小說中對於自然環境的描述：「《太陽照在桑乾河上》開首描寫大曆七月悶熱的天氣，預示著暴風雨即將來臨，結篇是寧靜的中秋夜。……中秋節是值得紀念的節日，貧苦農民將記得那一天是他們獲得土地後新生活的開始。」❹儘管對丁玲來說，土地改革是一場暴風雨，但丁玲小說的題目「太陽照在桑乾河上」讓人想到三〇年代初胡也頻的《光明在我們的前面》，那是「陽光」普照的光明前景；而《暴風驟雨》則以題目暗示著翻天覆地的「動員」力量。

丁玲的《太陽照在桑乾河上》在完成對地主的鬥爭之後，隨之而來的是財產的重新分配，以及覺醒的農民群眾加入與國民黨的內戰之中，而這兩個情節在《暴風驟雨》中都有更完整集中的描寫。在第十八節中，周立波描寫全村人在歡天喜地的氣氛中分劈雜物、衣裳和牲口。《太陽照在桑乾河上》僅描寫暖水屯的村民決定組織隊伍去替八路軍挖戰壕，而在《暴風驟雨》中則直接描寫蕭隊長帶領趙玉林等農民加入與國民黨軍隊的戰鬥，並因此殲滅韓老六的黨

---

❹　周立波：《暴風驟雨》，《周立波文集》第一卷，頁240。

❹　〔美〕梅儀慈：《丁玲的小說》（廈門：廈門大學出版社，1992年），頁210-211。

羽。在戰鬥的過程中，趙玉林因此犧牲，然而群眾將趙玉林犧牲的悲慟轉化為正面的革命動力。通過《暴風驟雨》，周立波將丁玲筆下對於土改運動高潮的描寫加以集中、突出，完成了「社會主義現實主義」的土改小說的寫作範式：共產黨土改工作隊進入農村－「嘮嗑」－建立農民組織／參加鬥爭地主大會－財產重新分配－農民成為共產黨的生力軍，加入對國民黨的內戰中。

《太陽照在桑乾河上》和《暴風驟雨》兩部土改小說展現了中國現代小說從傳統的現實主義到社會主義現實主義的轉折痕跡。而兩部小說的差異則可以從作家的特質中看出端倪，這兩位同樣出身湖南的作家在成長過程、文學才性與土改經驗等方面都不相同。

如前所述，丁玲自五四啓蒙以來即擁有的女性知識分子眼光與個人鮮明獨特的個性，總是不斷地與她的政治信仰進行衝突、磨合的辯證關係，即使在對土地改革運動此一重大政治議題的書寫上，也仍然閃爍著她作為知識分子的敏銳觀察和思考，而她的文學觀念更直接延續二、三〇年代盛行的現實主義而來。與丁玲從文學進入革命陣營的生命歷程相反，周立波的革命活動早於他的文學創作。周立波出生在湖南益陽的農民家庭裡，青年時期即熱中政治、社會活動，在三〇年代初期曾因參加由地下黨領導的神州國光社印刷所工人罷工運動而被捕，並因此繫獄兩年多的時間，出獄後於 1934年 10 月加入中國共產黨。在三〇年代，周立波發表的作品以具有強烈社會關懷色彩的散文和雜文為主，其餘則大多是外國作家作品的譯介與評論，從他的譯介與評論中可以發現他對俄國文學及蘇聯社會主義現實主義等作品都極為熟悉。抗戰爆發後，周立波從上海撤離，經南京到西安，成為華北地區的戰地記者，先後擔任美國女

作家史沫特萊及美國海軍陸戰隊情報官伊凡斯·卡爾遜的翻譯，並因職務之故寫作大量的散文與報導文學。❷他真正讓人注意到的第一部小說創作即是《暴風驟雨》，因此四〇年代才是周立波小說創作的起點。

　　除了上述的差異，兩位作家對於土改工作介入的深淺程度也有所不同。這兩部小說都是作者實際下鄉考察農村土地改革運動的產物，但兩人在土改過程中所站的位置並不相同。丁玲在土改運動中是一個旁觀的考察者，她蒐集資料並寫作，但不參與實際的工作，而周立波則不同，他在 1946 年十月隨幹部隊到北滿的松江省珠河縣（後改尚志縣）元寶區元寶鎮參加土改，並先後擔任中共元寶區委副書記、書記，是土改運動實際的領導者，至隔年五月調松江省委宣傳部，編輯《松江農民》報，利用編輯餘暇時間才開始寫作《暴風驟雨》❸。周立波在〈談思想感情的變化〉中提到他初到東北時，完全聽不懂農民的話，隨著和農民一起工作和鬥爭，生活完全打成一片，冬天農閑季節，農民就擠在他的房間「嘮閑嗑，談工作，從鬥爭到家務，都無所不談」❹，由此可知周立波對於土改運動介入之深。陳涌則提到周立波的這部小說「幾乎沒有根據任何書面記錄的材料，而主要的是根據現實生活所給他的感受，以及這些

---

❷　李華盛、胡光凡編：〈周立波生平年表〉，李華盛、胡光凡編：《周立波研究資料》，頁 12-28。

❸　李華盛、胡光凡編：〈周立波生平年表〉，李華盛、胡光凡編：《周立波研究資料》，頁 28-29。

❹　周立波：〈談思想感情的變化〉，李華盛、胡光凡編：《周立波研究資料》，頁 64。

感受所提升起來的認識。」⑤因此《暴風驟雨》可以說是他參與革命工作的產物。

由於個性、文學才性與對革命工作參與程度的差異，使兩人在四○年代延安整風之後的自我改造中出現程度上的差異。陳建華以為：

> 與同期出現的同樣反映農村土改的長篇小說——丁玲的《太陽照在桑乾河上》——相比，丁玲在體會和溶化毛的有關群眾思想的精義方面，還不及周立波。⑥

丁玲在毛澤東〈在延安文藝座談會上的講話〉的指導下努力深入群眾，但在她的創作中處處可見五四以降的文學傳統與思考模式對她的影響，而周立波則在實際的土改運動過程中更深入地了解共產黨的革命意識形態和運作模式，進而展開他的小說創作。因此，丁玲利用現實主義手法所欲呈現的土改問題的複雜性，在周立波筆下被土改的實踐方法所取代。周立波透過小說展演在共產黨的領導下，如何讓農民透過批鬥大會進行一場政治儀式的洗禮，在動員－改造群眾的過程中，同時改造自己。

---

⑤ 陳涌：〈《暴風驟雨》〉，李華盛、胡光凡編：《周立波研究資料》，頁273。

⑥ 陳建華：《「革命」的現代性——中國革命話語考論》（上海：上海古籍出版社，2000年12月），頁276。

四、結語

　　1952 年三月，蘇聯廣播電台公布 1951 年斯大林文學獎金的得主名單，丁玲的《太陽照在桑乾河上》與賀敬之、丁毅執筆的歌劇《白毛女》❹獲二等獎，周立波的《暴風驟雨》獲三等獎。這三部誕生於抗日戰爭與國共內戰時期解放區的作品，都是政治意識形態影響下的產物，也都在中國現、當代文學發展的歷史轉折點上占有舉足輕重的地位。其中，抗戰時期由賀敬之、丁毅共同執筆的歌劇《白毛女》取材、改編自流傳於晉察冀一帶民間傳說與歌舞表演，受到觀眾的熱烈歡迎，中共建國之後還曾改編為電影、京劇等各種表演模式，更在文革時期再次改編為「革命芭蕾舞劇」。❹

　　丁玲與周立波兩部有關土地改革主題的小說若從宏觀的角度來看，則在文學史的轉折點上至少具有下列的三個意義。首先，以抗戰時期所形成的政治區塊來比較，國民政府統治地區的文學將五四以降的文學精神和傳統發展到極致，開展出燦爛的文學之花；而以延安為中心的陝甘寧邊區文學則在毛澤東建構民族國家的整體戰略思考上重新詮釋五四精神，並奠定中共建國後文學發展的思想基礎

---

❹　《白毛女》為延安魯迅藝術文學院集體創作的歌劇作品，由賀敬之、丁毅執筆，馬可、張魯、瞿維、李煥之、向隅、陳紫、劉熾等人作曲。《白毛女》（北京：中國青年出版社 2000 年 7 月）。

❹　有關「白毛女」故事從流行於民間的傳說，到改編為歌劇、電影、及文革時期芭蕾舞劇的過程，及其中政治與各種文化相互交換、角力的複雜問題，可參考孟悅：〈《白毛女》演變的啟示——兼論延安文藝的歷史多質性〉一文的精彩分析。唐小兵編：《再解讀——大眾文藝與意識形態》，頁 48-69。

以及孕育的溫床。單就抗戰時期文學的整體表現而言，國民政府統治區的作品比延安地區更為發達，以長篇小說來說，出現了老舍的《四世同堂》、蕭紅的《呼蘭河傳》、《馬伯樂》、沈從文的《長河》、茅盾的《霜葉紅似二月花》、路翎的《財主底兒女們》、沙汀的《淘金記》、《困獸記》、《還鄉記》，端木蕻良的《新都花絮》、《大江》等重要作品。而延安地區的知識分子和作家在「延安文藝座談會」之後，經過整個四〇年代對新的文學環境和文學政策的重新調整和學習，終於在四〇年代末期出現丁玲的《太陽照在桑乾河上》和周立波的《暴風驟雨》這兩部長篇小說。因此錢理群認為：

> 丁玲的《太陽照在桑乾河上》、周立波的《暴風驟雨》等的出版，正是標誌著馮雪峰當年所預告的「新的小說」已經從「萌芽」走向成熟。❹

其次，這兩部小說意味著從「鄉土」到「農村」的過渡。抗戰時期國民政府統治區的作家經歷逃難、離鄉、遷徙的戰爭經驗，在強烈的民族意識與鄉土情感的召喚下，「鄉土」成為這個時期的文學作品最重要的書寫對象，在上述所提到的長篇小說中，許多作品都以故鄉為背景，可以看到作家對遠方故土深切的眷戀之情與對民族精神深刻的反省態度。而這些作家面對「鄉土」時的態度繼承五四時期魯迅以降的鄉土小說家，以知識分子的眼光凝視鄉土人物的

---

❹　錢理群：《1948 天地玄黃》，頁 192。

可愛、可憐與可恨之處；與此相對的，共產黨統治區的作家們則在條件惡劣的山溝野嶺裡，一面與日軍進行以寡擊眾的游擊戰，一面計畫進行讓農民「翻身」的土地改革與啓蒙教育的革命工作，因此延安地區的作家描寫的是眼前具體可見的「農村」，作家力求放下知識分子的身段融入農民群眾，以農民樸實簡單的眼光去追求農村美好的未來。五四以降的「鄉土」在此被「農村」所代換，同時賦予了新的意涵。

第三，丁玲的《太陽照在桑乾河上》結束了五四以降以「現實主義」作為主流的文學傳統，而周立波的《暴風驟雨》則開啓了中共建國之後「社會主義現實主義」的文學主潮。這兩部小說為農村題材開創了前所未見的寫作形式，並影響五〇年代「農村合作化運動」議題的小說，包括周立波的《山鄉巨變》、趙樹理的《三里灣》與柳青的《創業史》等作品的寫作模式，從而造就了五〇年代以農村為主題的長篇小說的興盛。

第七章 餘 論

　　從二○年代末發表〈夢珂〉、〈莎菲女士的日記〉等作品,在文壇嶄露頭角,到四○年代末期的《太陽照在桑乾河上》,丁玲基本上完成她崎嶇的文學發展道路。在此過程中,她始終勇於面對女性自我實現中的種種問題,從創作之初,她的情感書寫即表現出敏銳而強烈的社會現實感,而這樣的社會現實感終於使她走上社會最前端的革命之途。此後,她對於「啟蒙」與「革命」之間的辯證關係一直具有獨特的思考,對她而言,「啟蒙」所代表的個性解放和獨立自主與「革命」所代表的社會參與和自我實踐是她生命、思想中最重要、不可偏廢的兩個部分,在個人與集體、文學與政治、情感與理智等等之間,她從來沒有想過要放棄任何一方,而如何為其間的複雜糾結尋求平衡之道,便成為她一生努力的目標,也是她的人生和文學所以矛盾和複雜的原因。

　　1949 年中共建國,丁玲四十五歲。丁玲在八○年代曾追述中共建國時的心情:

　　　　四十年代末,我隨著革命大軍凱旋來到京城。鞭炮響徹了天安門。人們的心呵!像飄游在碧空的五彩紅雲。光明在前面,希望在前面,幸福在前面,人民的心結在一起,人民的

力量聚集在一起。我願在黨的指引下，繼續做好一名小號
兵。❶

做「黨的一名小號兵」的願望很快就實現了。中共建國之際到
1955 年，丁玲的政治生涯繼延安時期之後再一次到達巔峰，先後
擔任中華全國文學工作者協會（簡稱「全國文協」）副主席、全國文
聯機關刊物《文藝報》主編、中央文學研究所主任、中共中央宣傳
部文藝處處長、《人民文學》副主編等中共文藝工作的重要職務。
❷如同三〇年代初期擔任左聯機關刊物《北斗》主編到延安時期的
各種工作，丁玲的文學長才與革命工作再一次獲得高度的結合。

　　然而就在她活躍於文化、政治舞台之際，1955 年批判「胡風
反革命集團」之後，隨即展開對「丁玲、陳企霞反黨小集團」的批
判，經過兩年多反覆的政治審查，丁玲在 1957 年十二月六日被劃
為右派分子，遭到開除黨籍的處分。1958 年丁玲自請下放黑龍江
勞動，從這時起至文化大革命結束長達二十多年的時間，丁玲因思
想問題先後在北大荒湯原農場、寶泉嶺農場勞動、工作，1968 年
關入北大荒的「牛棚」，1970 年關入北京秦城監獄，1975 年轉移
到山西長治嶂頭村生活。1976 年文化大革命結束後，丁玲於 1978
年摘掉「右派分子」的帽子，1979 年回北京，1980 年一月恢復黨
籍、政治名譽和工資級別，但對於她南京被捕經歷等若干歷史問題

---

❶　丁玲：〈北京〉，《丁玲全集》第六卷（石家莊：河北人民出版社，2001 年
　　12 月），頁 99。

❷　參見王增如、李向東編著：《丁玲年譜長篇》上卷（天津：天津人民出版
　　社，2006 年 1 月），頁 251、253、271、276、292。

的審查，則一直到她去世的前兩年——1984 年七月十四日由中共中央組織部發布《關於為丁玲同志恢復名譽的通知》❸才獲得全面的、正式的平反。❹

　　二十多年政治問題的糾纏再次讓丁玲承受生命艱難又漫長的磨難，也因此丁玲晚年的作品和言行一直與革命、政治等議題糾結在一起。有意思的是，丁玲在文革結束後「復出」並獲得政治上的平反後，並沒有為自己二十多年所受的磨難提出控訴和責難，反而在八〇年代生命的最後階段仍然堅持原有的革命信仰和政治立場，成為改革開放後不合時宜的「左派」。面對這個現象，賀桂梅以「至死未解『革命』情意結」來描述丁玲晚年不願順應時代潮流的態度，認為她是以左傾的言論和表態來為自己平反，並由此出發追溯丁玲的知識分子主體與革命、群眾之間的複雜關係，企圖解釋丁玲生命中無法以「革命」包容、涵納的，包括性別、知識分子批判意識等種種情感與思想元素。❺張永泉則關注丁玲晚年的政治災難對其精神、作品的影響。❻而丁玲曾在 1984 年寫給聶華苓的信中坦

---

❸　一九八四年七月十四日中央組織部《關於為丁玲同志恢復名譽的通知》全文，可參見《丁玲全集》第十卷，頁 101-103。

❹　丁玲在中共建國之後的經歷，可參見丁玲的自傳《風雪人間》（《丁玲全集》第十卷）；王增如、李向東編著：《丁玲年譜長篇》（上、下卷）；周良沛：《丁玲傳》（北京：北京十月文藝出版社，1993 年 2 月）；秦林芳：《丁玲的最後 37 年》（北京：中國文史出版社，2005 年 7 月）等書。

❺　賀桂梅：《轉折的時代——40-50 年代作家研究》（濟南：山東教育出版社，2003 年 12 月）第四章　丁玲（一）：知識分子與革命，頁 205-233。

❻　張永泉在〈個性主義的鬆動與式微——論丁玲的精神悲劇〉、〈走不出的怪圈——丁玲晚年心態探析〉、〈陷入怪圈之謎——《丁玲歷史問題結論的一

率地說明自己的態度，同時也略略抱怨自己難以擺脫的政治評斷和紛擾：

> 這幾年我已經被人說成「正統派」了。還有人說我「左」，真可笑，真是「左」、「右」都由人說，「左」、「右」都由人罵，好在我是罵不倒的，也打不倒。我以前是怎麼的，<u>現在還是怎麼</u>。只是實在是因為有人「左」時，他說你「右」，他「右」時，又說你「左」。我想你是繞不清的。我還是談點別的。❼

這段文字顯示丁玲即使經歷了二十多年的政治磨難，仍然保有五四啓蒙思想賦予她鮮明直率的個性與獨立自主的思考判斷，而且生命力更加強悍、堅韌，同時也說明她思想上的一貫性。思想上的一貫性影響了丁玲在中共建國後的作品，即使她的創作曾經被迫中斷，但她寫於 1949 年至 1955 年間的作品與文革後復出的作品在意識形態上並沒有產生斷裂，仍然具有「啓蒙」與「革命」相互影響、滲透的豐富意涵。

　　縱觀丁玲在中共建國後的作品，除了大量的雜文、書信、日記，大致可分為兩個系統，其一是五○年代的〈糧秣主任〉以及原稿在文革動亂中散佚、文革後重寫的〈杜晚香〉和未完成的長篇小

波三折》辨析〉等論文中對此一議題有完整的討論。三文均收於《個性主義的悲劇──解讀丁玲》（北京：中國社會科學出版社，2005 年 3 月）。

❼　丁玲 1984 年 2 月 20 日致轟華苓信，《丁玲全集》第十二卷，頁 221。引文底線為筆者所加。

說《在嚴寒的日子裡》；其二是丁玲自傳性散文，包括追述南京被
捕經歷的《魍魎世界──南京囚居回憶》和北大荒勞動與「牛棚」
時期的《風雪人間》（上卷「到北大荒去」，下卷「『牛棚』小品」）。前
者傾向於「革命」系統的作品，其中《在嚴寒的日子裡》是《太陽
照在桑乾河上》的續篇❽，〈糧秣主任〉和〈杜晚香〉則可看作四
○年代〈田保霖〉等新時代人物誌的延續。這些作品描述社會底層
群眾如何從舊時代的壓迫中走出來，在新時代奉獻自己的勞動，積
極投入建設祖國的行列。這類作品可以看作丁玲的政治、革命實
踐，透過文學書寫呼應新中國包括建構革命歷史、實行農業改革與
工業現代化、歌頌勞動、建設邊疆等各個面向的建國藍圖。後者則
是更為「個人化」的作品，丁玲細膩地追述南京被捕經歷與北大荒
勞動時期的複雜心情，包括痛苦、脆弱、消沉、牽掛、不確定感、
前途茫茫的身心折磨，包括在磨難中的自我安慰和勉勵，也包括她
與丈夫陳明相互扶持、鼓勵的鶼鰈情深。這類作品可以看到丁玲自
莎菲時期以來最擅長的、面對生命困境時的精神剖析和苦悶宣洩。

　　然而，經過四○年代的革命實踐和思考，有關「啟蒙」與「革
命」所涉及的精神、思想，已和丁玲作為女性知識分子的主體相互

---

❽　丁玲曾自述在 1947 年寫《太陽照在桑乾河上》時便開始構思《在嚴寒的日子
裡》，1950 年準備動筆，但因建國後公務繁忙，無暇寫作，直到 1953、1954
年間多次重回桑乾河，才開始寫這部長篇小說，1956 年曾發表前八章。見丁
玲：《風雪人間》，《丁玲全集》第十卷，頁 119。文革期間，《在嚴寒的
日子裡》的原稿丟失，丁玲於 1976 年三月起開始重寫，至 1978 年三月共寫
出現有可見的二十四章。1985 年原計畫住在桑乾河畔完成這部小說，但因生
病住院而作罷。

滲透、交融在一起。在「革命」系統的作品中，可以看到丁玲建構群眾主體的「啟蒙」精神：群眾如何透過「革命」的歷史進程，在「翻身」之後獲得主體性的建立，從而在社會參與中實踐、開展個體的生命意義和價值。這種精神，與丁玲二〇年代末期探求新女性的獨立自主之路是一脈相承的，不同之處在於丁玲的關注重點從自我（新女性）擴展到普遍的群眾。〈糧秣主任〉和〈杜晚香〉等人物誌便具有這樣的意義。

以丁玲復出後的重要作品〈杜晚香〉為例，主人公杜晚香的原型是丁玲在北大荒寶泉嶺認識的生產隊女標兵鄧婉榮，小說中的杜晚香出身舊社會的窮鄉僻壤，在土地改革運動的過程中受到共產黨的政治啟蒙，1958 年跟隨曾經參加抗美援朝志願軍的丈夫轉業到北大荒支援邊疆建設。杜晚香在積極、主動、辛勤的勞動和學習中，蛻變成在政治活動中獨當一面的女工幹事。儘管杜晚香「新中國勞動模範」的人物形象與「社會主義現實主義」文學的人物塑造方法相互呼應，但其中仍有丁玲獨特的思考。杜晚香的形象可以說是為丁玲四〇年代作品〈夜〉中何華明妻子的困境找尋可能的出路。何華明的鄉下妻子被丈夫嫌棄「落後」，而杜晚香初到北大荒時，也僅僅被丈夫和鄰居視為「家屬」，丈夫李桂並不想幫她找工作，對她也沒有精神上的支持和溝通，杜晚香不禁想：「他老遠叫我來幹什麼呢？就是替他做飯，收拾房子，陪他過日子嗎？」❾杜晚香為自己的「無能」感到不滿足，於是默默地以自己的方法參與各式各樣的勞動工作，連丈夫也沒有發現她的成長，經過一年又一

❾　丁玲：〈杜晚香〉，《丁玲全集》第四卷，頁 303。

年地累積，杜晚香在平凡的崗位上做出不平凡的成績，把個人的發展與國家建設的目標結合起來。從這個角度來看，杜晚香的成長何嘗不是一個鄉下的勞動婦女在社會主義的生活環境下，積極發展自我的方式之一。

此外，在杜晚香的成長故事背後，小說的創作過程與丁玲描寫杜晚香的方式，依然帶有丁玲豐沛強韌的生命熱力。丁玲以「一枝紅杏」來象徵杜晚香的生命：

> 不管風殘雨暴，黃沙遍野，她總是在那亂石牆後，爭先恐後地怒放出來，以她的鮮豔，喚醒這荒涼的山溝，給受苦人以安慰，而且鼓舞著他們去作嚮往光明的遐想。❿

也以「一枝紅杏」來象徵「壓不住，凍不垮，乾不死的春天」，這「壓不住的春天」意指十年文革苦難的歷史道路終將結束，充滿希望的春天即將到來。而〈杜晚香〉這部作品歷經原稿散佚，文革後重寫、發表的曲折過程，以及丁玲歷經二十多年政治災難仍然堅毅勇敢地活著，不改其坦率灑脫的個性，也像是短石牆頭蓬勃又自在的「一枝紅杏」。⓫

---

❿　丁玲：〈杜晚香〉，《丁玲全集》第四卷，頁 290。

⓫　與丁玲因編輯文學期刊《中國》而合作的詩人牛漢在回憶錄中曾敘述丁玲晚年簡樸的生活和通達、活潑、大而化之、充滿生命力與人情味的性格，他說：「她的文章跟她的人一樣，沒有框框，很灑脫。」牛漢口述，何啟治、李晉西編撰：《我仍在苦苦跋涉》（台北：人間出版社，2011 年 9 月），頁 203-206。

　　而在個人自傳的書寫系統中，儘管丁玲直抒苦難中痛苦、混亂的複雜心緒，也始終保持她對「革命」的思考。對丁玲來說，「革命」是她認真思考後自主的人生選擇，是她參與社會、實現自我的方法，她也曾在三、四〇年代為革命工作付出心血和努力，因此她並不因為個人的政治災難而全盤否定「革命」的道路。一方面，她說服自己面對、承擔革命集體與歷史道路的複雜性：

> 在漫長、曲折、複雜的航道上，有時她可能會偏離大方向，有時甚至會被某些壞人操縱，但整個黨和黨所追求的理想、事業總是不斷向前發展的。……總有一天，理想終會要實現的，也許要經過幾代人的艱苦鬥爭。❷

另一方面，她不斷以「真正的共產黨員」來自我鼓勵和鞭策，這是對自我的交代，也是對歷史的證明：

> 現在，我的黨籍任人開除了，但一顆為共產主義事業奮鬥終身的心卻仍是屬於我自己的，任何人也不能拿走。……現在我不是一個黨員了，但我應該繼續為黨工作，要比一個黨員工作得更好。我下定決心，要成為一個名副其實的黨員，在逆境中也應該符合一個黨員的要求。因為我不是糊里糊塗跑進黨來的，我在黨內受過黨的長期教育和培養。我應該用我的一生，證明我沒有辜負黨的教育和人民的培養，我是一個

---

❷　丁玲：《風雪人間》，《丁玲全集》第十卷，頁130。

經得起嚴峻考驗的共產黨員。我也要明白告訴那些人，你們的如意算盤打錯了。丁玲決不是一打就倒的虛弱的、紙紮的、泥糊的人。❸

在此仍能看見丁玲獨立自主又倔強的個性。

　　同時，北大荒勞動時期的經歷也改變丁玲與群眾的關係。四〇年代丁玲的革命工作讓她接近群眾，並深刻地思考知識分子與群眾之間的關係，在丁玲的表述中，她自覺地反省自己作為知識分子的社會位置和問題。而在北大荒時期，丁玲的生活則完全融入了群眾之中。丁玲曾提到她初到北大荒時擔心別人認出她，知道她是個「右派分子」，沒想到「好像沒有人想追究我是誰，只要是到這裡來的，就都是農墾戰士，各個農場都正需要大批的人手哩。他們一視同仁，把我當成他們中間的一個。」❹她決定在北大荒「安身立命」、「重新作人」之後，為了不與社會隔絕，主動提出參與勞動的要求。養雞隊的勞動起初讓她年邁的腰腿痛苦不堪，但經過一段時間的鍛鍊，她甚至對自己的養雞技術感到自豪。❺而她也不只一次生動而具體地描述她在北大荒感受到群眾的溫暖人情、體貼與照

---

❸　丁玲：《風雪人間》，《丁玲全集》第十卷，頁130。

❹　丁玲：《風雪人間》，《丁玲全集》第十卷，頁137。

❺　丁玲在1979年與作家於梨華的談話中提到她在北大荒養雞隊裡勞動時，每天都想著如何發展養雞業，她對自己的養雞技術非常自豪，當時她的雞舍比別人的乾淨，雞產蛋率比別人高，別人的雞生病了交給她養，她養了兩個星期就恢復健康，她還專門照顧原本將被埋掉的病弱小雞，成活率是百分之八十，「人家就說，老丁這個養雞就是和人家不一樣」。見丁玲：〈與美籍華裔女作家於梨華的談話〉，《丁玲全集》第八卷，頁28-31。

顧❶，這些經歷使她更真實地認識農村群眾最樸素、單純的面貌。

　　將丁玲「革命」與「個人自傳」兩個書寫系統對照來看，前者儘管也取材自現實（包括「土地改革運動」與「農村勞動模範人物」等），但卻可以說是丁玲對於「革命理想」的書寫，在作品中寄託對新中國美好藍圖的希望與想像；而後者則是對「革命現實」的紀錄，革命道路曲折漫長、艱難複雜，又充滿錯謬，作為一個革命的知識分子如何在痛苦的逆境中自處、反省並堅持下去，這是命運對自我嚴峻的考驗。儘管「理想」與「現實」的落差如此之大，但堅持理想又面對現實，這是丁玲的胸襟與氣魄。當於梨華對丁玲因政治災難而荒廢寫作感到同情、悲傷和惋惜時，丁玲反過來安慰她：「看到農民的生活很苦，總是願意首先把老百姓的生活搞好。北大荒是一個墾區，我能參加這樣一個重要的墾荒工作，我覺得很高興。寫作只是我生活裡面的一部分嘛！不是我的全部。」於梨華反問她：「一個作家，寫作不是全部是什麼？」丁玲回答說：「你不能光寫自己呀！不能只寫自己的小天地吧！」❶丁玲從二〇年代末期書寫女性個人困境時，便著重於女性與社會的關係，在經歷了一輩子的雨雪風霜之後，她把生命中所遇到的種種問題，不管是個人的或國家社會的，都盡納於己，因此她說：「要到生活中去，到群眾中去，不是旁觀，不是做客，而是參加戰鬥。沒有比改造社會、改造

---

❶　可參見丁玲：〈與美籍華裔女作家於梨華的談話〉、〈解答三個問題〉、〈我這二十多年是怎麼過來的〉等文（均收於《丁玲全集》第八卷）與《風雪人間》「李主任」、「青年詩人」、「遠方來信」等節。

❶　丁玲：〈與美籍華裔女作家於梨華的談話〉，《丁玲全集》第八卷，頁32。

世界更豪邁的事業了。」⓲也因此在丁玲晚年，曾經因編輯文學刊物《中國》而與丁玲密切往來的詩人牛漢說出他對丁玲的整體印象：「她太深廣了」，「丁玲比較複雜，中國的大人物都如此。」⓳

　　在「革命」與「個人自傳」兩類作品之外，丁玲還有《歐行散記》和《訪美散記》等兩本旅外散文集。前者寫作於五〇年代，是她在 1948 年作為「中國婦女代表團」團員到匈牙利參加由國際民主婦女聯盟召開的「世界民主婦女第二次代表大會」與 1949 年作為「中國代表團」成員參加「世界和平大會」的工作與見聞紀錄，這兩次會議參訪的國家包括蘇聯、匈牙利、捷克等共產國家，因此這部作品也可以看作是丁玲政治實踐的產物。後者寫作於八〇年代，是丁玲在 1981 年應愛荷華大學國際寫作中心主持人聶華苓夫婦之邀，赴美寫作訪問所得的觀察和隨感、隨想。在這部作品中，可以看到丁玲作為一個歷經苦難的中國革命知識分子，面對意識形態迥異的美國時的態度。她清楚地意識到自己作為革命知識分子的政治功能，因此面對美國人對共產主義國家體制的諸多質疑，她一方面嘗試作為雙方溝通的管道，不但不談個人的苦難，還耐心地向美國人及華裔美國人解釋中國複雜的歷史問題和未來的發展道路，努力消弭外國人對中國的誤解。⓴另一方面也反省、思考中國人應

⓲　丁玲：〈我這二十多年是怎麼過來的〉《丁玲全集》第八卷，頁 97。

⓳　牛漢口述，何啟治、李晉西編撰：《我仍在苦苦跋涉》（台北：人間出版社，2011 年 9 月），頁 203。

⓴　可參見丁玲：〈芝加哥夜譚──我看到的美國·之八〉、〈中國週末──我看到的美國·之十〉、〈一九八一年的新問題──我看到的美國·之十五〉、〈伊羅生〉、〈於梨華〉、〈People 雜誌的採訪工作──我看到的美

該發揚自己獨有的文化特色，例如她在〈中國週末——我看到的美國 · 之十〉一文中對於在愛荷華大學交流的北京舞蹈學校教員許淑英努力整理、保存中國各種少數民族舞蹈的努力表示激動和敬佩；㉑又如她在〈紐約的蘇州亭園——我看到的美國 · 之十六〉中透過蘇州亭園說明中國藝術的特色，認為「地道的民族的、傳統的形式，和生動活潑、富有時代感的反映人民的生活的作品」㉒，才是中國文藝應走的道路。這兩方面的思考和態度都與她經歷革命實踐之後的政治高度有關。同時，她也坦率地書寫她對美國生活的種種觀察。她以開放的態度感受美國文化、生活的新奇與美好之處，她喜愛愛荷華城的寧靜與優美㉓，她讚嘆美國超級市場的物品齊全、服務周到和方便㉔，從美國人看橄欖球賽的熱情感受民族的年輕勇猛、精力充沛、樂觀健康。㉕但她也書寫雙方思想上的隔閡，承認她對某種美國人的生活方式感到不耐㉖，並對資本主義商品、消費

國 · 之十七〉等文，均收於《丁玲全集》第六卷。

㉑　丁玲：〈中國週末——我看到的美國 · 之十〉，《丁玲全集》第六卷，頁194-196。

㉒　丁玲：〈紐約的蘇州亭園——我看到的美國 · 之十六〉，《丁玲全集》第六卷，頁259-260。

㉓　丁玲：〈愛荷華——我看到的美國 · 之一〉，《丁玲全集》第六卷，頁152-153。

㉔　丁玲：〈超級市場——我看到的美國 · 之五〉，《丁玲全集》第六卷，頁166-168。

㉕　丁玲：〈橄欖球賽——我看到的美國 · 之六〉，《丁玲全集》第六卷，頁171-174。

㉖　丁玲在〈養雞與養狗——訪美散記〉中對於美國太太們把小狗當成兒子一樣照顧，每天給牠洗澡、梳毛、穿衣、打扮感到不可置信、無言以對。丁玲：

文化的生活形態與社會現象，包括過度消費、貧富差距、高度機械化生活的隔膜與冷漠、現代化城市生活的精神空虛與孤獨等等有所批判。㉗這些社會思考和批判不僅僅對於當時的資本主義發達國家，就是對於今天經濟蓬勃發展的中國社會，都深具反思意義。由此可知，即使在丁玲的旅行散文中，依然可以看到她作為革命知識分子的政治實踐，以及五四啟蒙運動帶給她的珍貴遺產──獨立思考的能力和坦率直言的鮮明個性。

丁玲在逝世前的自敘作品〈死之歌〉㉘中，以「死亡」貫串她的一生，從幼時父親的葬禮象徵封建舊社會的黑暗與絕望；從表嫂守活寡的經歷描述封建時代女性悲苦的命運；在寡母艱難坎坷又堅毅強韌的一生中，她看到女性獨立自主的典範，也認識了為革命犧牲的秋瑾。在辛亥革命親戚被清兵所殺與宋教仁被袁世凱暗殺帶給她的戰慄中，感受到民國的動盪和革命的激動。之後，五四運動影響了她；劉和珍的慘死、李大釗的就義震撼了她；向警予的犧牲刺痛了她。再之後，胡也頻也犧牲了，丁玲真正感覺到：「生，實在

《丁玲全集》第六卷，頁148-151。李陀在〈丁玲不簡單──革命時期知識分子在話語生產中的複雜角色〉（《北京文學》1988年第7期，頁29-39）中以此為例，說明丁玲經過四〇年代「毛文體」的規範之後，進入了新的話語秩序。但同時也可以看到兩種意識形態生活方式的差異和隔閡。

㉗　可參見丁玲：〈超級市場──我看到的美國·之五〉、〈約翰·迪爾──我看到的美國·之七〉、〈中國週末──我看到的美國·之十〉、〈曼哈頓街頭夜景〉、〈紐約的住房──我看到的美國·之十三〉等文，均收於《丁玲全集》第六卷。

㉘　這篇文章根據丁玲1985年七月至九月在協和醫院的口述錄音、經劉春抄錄、陳明整理校定而成，收於丁玲：《丁玲全集》第六卷，頁312-322。

是難啊！」。「生是難的，可是死又是不能死的。」❷這篇文章籠罩著個人與國家民族的死亡黑影，但卻壓抑不了丁玲對於生命，對於國家、人群的熱情，在種種死亡的威脅與逼迫之下，她以啟蒙之後覺醒的革命信仰和精神，在艱難、複雜的歷史道路中，走完精彩而獨特的一生。

---

❷　丁玲：〈死之歌〉，《丁玲全集》第六卷，頁320。

參考書目

說明：本書目依編著者姓氏筆畫排列，同一著者超過二筆資料時，依出版時間編列。

一、作家作品集

丁玲，《丁玲文集》（第五卷），長沙：湖南人民出版社，1984 年 7 月。

丁玲，《丁玲全集》（全十二卷），石家莊：河北人民出版社，2001 年 12 月。

沈從文，《沈從文全集》（第十三卷 傳記），太原：北岳文藝出版社，2002 年 12 月。

周立波，《周立波文集》（第一卷），上海：上海文藝出版社，1981 年 10 月。

周立波，《周立波文集》（第二卷），上海：上海文藝出版社，1982 年 2 月。

周立波，《周立波文集》（第三卷），上海：上海文藝出版社，1983 年 2 月。

周立波，《周立波文集》（第四卷），上海：上海文藝出版社，1984 年 8 月。

周作人，《周作人自編文集：雨天的書》，石家莊：河北教育出版社，2002 年 1 月。

胡也頻，《胡也頻選集》（上、下），福州：福建人民出版社，1981 年 7

月。

茅盾，《茅盾全集》（全四十一卷及補遺兩卷），北京：人民文學出版社，
　　1984 年至 2006 年 3 月。

凌叔華，《凌叔華小說集Ⅰ Ⅱ》，台北：洪範書店，1984 年 11 月、1986 年 4
　　月。

夏衍，《懶尋舊夢錄（增補本）》，北京：生活·讀書·新知三聯書店，
　　2006 年 8 月。

曹禺，《曹禺劇本選》，北京：解放軍文藝出版社，2000 年 7 月。

馮沅君，《春痕》，上海：上海古籍出版社，1998 年 6 月。

馮雪峰，《雪峰文集》（全四卷），北京：人民文學出版社，1981 年 5 月。

馮雪峰，《馮雪峰論文集（上、中、下）》，北京：人民文學出版社，1981
　　年 6 月。

馮雪峰，《馮雪峰選集（創作編）》，北京：人民文學出版社，2003 年 6
　　月。

蔣光慈，《蔣光慈文集》（第一卷），上海：上海文藝出版社，1982 年 11
　　月。

蔣光慈，《蔣光慈文集》（第二卷），上海：上海文藝出版社，1983 年 6
　　月。

蔣光慈，《蔣光慈文集》（第三卷），上海：上海文藝出版社，1985 年 6
　　月。

蔣光慈，《蔣光慈文集》（第四卷），上海：上海文藝出版社，1988 年 10
　　月。

魯迅，《魯迅全集》（全十六卷），北京：人民文學出版社，1981 年。

瞿秋白，《瞿秋白文集》（文學編全六卷），北京：人民文學出版社，1998
　　年 12 月。

廬隱，《廬隱集外集》，北京：書目文獻出版社，1989 年 5 月。

廬隱，《廬隱散文全集》，鄭州：中原農民出版社，1996 年 12 月。

廬隱，《廬隱小說全集》（上、下卷），長春：時代文藝出版社，1997 年 3
　　月。

廬隱，《廬隱文集》（上、下卷），北京：北京燕山出版社，2007 年 6 月。

二、丁玲研究專著

丁言昭，《在男人的世界裡——丁玲傳》，台北：業強出版社，1998 年 5
　　月。

丁玲創作六十週年學術討論會編選小組，《丁玲與中國新文學》，廈門：廈
　　門大學出版社，1988 年 6 月。

王中忱、尚俠，《丁玲生活與文學的道路》，長春：吉林人民出版社，1982
　　年 9 月。

王增如、李向東編著，《丁玲年譜長編》（上、下卷），天津：天津人民出
　　版社，2006 年 1 月。

王增如，《丁玲辦《中國》》，北京：人民文學出版社，2011 年 3 月。

中國丁玲研究會主編，《丁玲研究》，長沙：湖南師範大學出版社，1992 年
　　7 月。

中國丁玲研究會主編，《丁玲紀念集》，長沙：湖南文藝出版社，2004 年 8
　　月。

李向東、王增如，《丁陳反黨集團冤案始末》，武漢：湖北人民出版社，
　　2006 年 1 月。

李輝，《沈從文與丁玲》，武漢：湖北人民出版社，2005 年 1 月。

刑小群，《丁玲與文學研究所的興衰》，濟南：山東畫報出版社，2003 年 1
　　月。

周良沛，《丁玲傳》，北京：北京十月文藝出版社，1993 年 2 月。

周芬娜，《丁玲與中共文學》，台北：成文出版社，1980 年 7 月。

孫瑞珍、王中忱編，《丁玲研究在國外》，長沙：湖南人民出版社，1985 年
　　3 月。

袁良駿編，《丁玲研究資料》，天津：天津人民出版社，1982 年 3 月。

袁良駿，《丁玲研究五十年》，天津：天津教育出版社，1990 年 3 月。

秦林芳，《丁玲的最後 37 年》，北京：中國文史出版社，2005 年 7 月。

許華斌，《丁玲小說研究》，上海：復旦大學出版社，1990 年 12 月。

陳明口述，查振科、李向東整理，《我與丁玲五十年——陳明回憶錄》，北
　　京：中國大百科全書出版社，2009 年 12 月。

張永泉，《個性主義的悲劇——解讀丁玲》，北京：中國社會科學出版社，
　　2005 年 3 月。

〔美〕梅儀慈，《丁玲的小說》，廈門：廈門大學出版社，1992 年。

《新氣象　新開拓》選編小組編，《新氣象　新開拓——第十次丁玲國際學
　　術研討會文集》，上海：同濟大學出版社，2009 年 5 月。

鄭笑楓，《丁玲在北大荒》，北京：中共黨史出版社，2008 年 10 月。

三、一般論著

方銘編，《蔣光慈研究資料》，北京：知識產權出版社，2010 年 1 月。

王竹良、周運來，《葉紫、周立波研究》，長沙：岳麓書社，2008 年 8 月。

王緋，《空前之跡。1851-1930：中國婦女思想與文學發展史論》，北京：商務
　　印書館，2004 年 7 月。

王德威，《小說中國——晚清到當代的中文小說》，台北：麥田出版公司，
　　1993 年 6 月。

王德威，《現代中國小說十講》，上海：復旦大學出版社，2003 年 10 月。

王德威主編，《中國現代小說的史與學》，台北：聯經出版公司，2010 年 10
　　月。

王衛平，《中國現代知識分子小說史論》，北京：中國社會科學出版社，
　　2009 年 9 月。

中國社會科學院近代史研究所民國史研究室，四川師範大學歷史文化學院
　　編，《一九四〇年代的中國》（上、下卷），北京：社會科學文獻出

版社，2009 年 5 月。

毛澤東，《毛澤東選集》（全四卷），北京：人民出版社，1991 年 6 月。

毛澤東，《毛澤東文集》（全八卷），北京：人民出版社，1993 年 12 月。

牛漢口述，何啟治、李晉西編撰，《我仍在苦苦跋涉》，台北：人間出版社，2011 年 9 月。

北京大學、北京師範大學、北京師範學院中文系中國現代文學教研室主編，《文學運動史料選》（第二冊），上海：上海教育出版社，1979 年 6 月。

〔美〕尼姆・威爾斯，《續西行漫記》，北京：解放軍文藝出版社，2002 年 6 月。

〔義〕安東尼奧・葛蘭西，《獄中札記》，北京：中國社會科學出版社，2000 年 10 月。

〔義〕安東尼奧・葛蘭西，《獄中書簡》，北京：人民出版社，2007 年 4 月。

〔美〕安敏成，《現實主義的限制——革命時代的中國小說》，南京：江蘇人民出版社，2001 年 8 月。

宋劍華，《現象的組合——中國現代文學史的另一種解讀方式》，長沙：岳麓書社，2008 年 10 月。

呂正惠，《小說與社會》，台北：聯經出版公司，1988 年 5 月。

李岫編，《茅盾研究在國外》，長沙：湖南人民出版社，1984 年 8 月。

李書磊，《1942 走向民間》，濟南：山東教育出版社，1998 年 5 月。

李華盛、胡光凡編，《周立波研究資料》，北京：知識產權出版社，2010 年 1 月。

李楊，《抗爭宿命之路——「社會主義現實主義」（1942-1976）研究》，長春：時代文藝出版社，1993 年 6 月。

李歐梵，《現代性的追求——李歐梵文化評論精選集》，台北：麥田出版公司，1996 年 9 月。

李歐梵，《上海摩登——一種新都市文化在中國（1930-1945）》，北京：北京大學出版社，2001 年 12 月。

李歐梵，《中國現代作家的浪漫一代》，北京：新星出版社，2005 年 9 月。

李澤厚，《中國現代思想史論》，台北：三民書局，2009 年 11 月二版。

吳俊編譯，《東洋文論》，杭州：浙江人民出版社，1998 年 8 月。

吳敏，《寶塔山下交響樂——20 世紀 40 年代前後延安的文化組織與文學社團》，武漢：武漢出版社，2010 年 11 月。

金冲及，《轉折年代：中國的 1947 年》，北京：三聯書店，2002 年 10 月。

〔美〕阿里夫·德里克，《革命與歷史——中國馬克思歷史學的起源，1919-1937》，南京：江蘇人民出版社，2005 年 1 月。

林華瑜，《「革命與愛情」的現代性敘事圖景——中國現代小說的題材敘事研究》，武漢：湖北人民出版社，2008 年 12 月。

周蕾，《婦女與中國現代性——東西方之間閱讀記》，台北：麥田出版公司，1995 年 11 月。

孟悅、戴錦華，《浮出歷史地表——中國現代女性文學研究》，台北：時報文化出版公司，1993 年 9 月。

南帆，《後革命的轉移》，北京：北京大學出版社，2005 年 8 月。

姚辛編著，《左聯詞典》，北京：光明日報出版社，1994 年 12 月。

姚辛，《左聯史》，北京：光明日報出版社，2006 年 11 月。

唐小兵編，《再解讀——大眾文藝與意識形態》，北京：北京大學出版社，2007 年 5 月。

〔美〕馬克·賽爾登，《革命中的中國：延安道路》，北京：社會科學文獻出版社，2002 年 3 月。

夏志清，《中國現代小說史》，台北：傳記文學出版社，1985 年 11 月 15 日。

許志杰，《陸侃如與馮沅君》，濟南：山東畫報出版社，2006 年 5 月。

許紀霖等著，《近代中國知識分子的公共交往（1895-1949）》，上海：上海

人民出版社，2008 年 4 月。

陳思和，《陳思和自選集》，桂林：廣西師範大學出版社，1997 年 9 月。

陳紅旗，《中國左翼文學的發生 1923-1933》，廣州：暨南大學出版社，2010 年 7 月。

陳建華，《「革命」的現代性——中國革命話語考論》，上海：上海古籍出版社，2000 年 12 月。

陳建華，《革命與形式：茅盾早期小說的現代性展開，1927-1930》，上海：復旦大學出版社，2007 年 8 月。

陳建華，《從革命到共和——清末至民國時期文學、電影與文化的轉型》，桂林：廣西師範大學出版社，2009 年 10 月。

張小紅，《左聯五烈士傳略》，上海：上海人民出版社，2001 年 1 月。

張小紅，《左聯與中國共產黨》，上海：上海人民出版社，2006 年 10 月。

張全之，《火與歌——中國現代文學、文人與戰爭》，北京：新星出版社，2006 年 1 月。

張志平，《中國二十世紀「四十年代」鄉土小說研究》，北京：中國社會科學出版社，2006 年 9 月。

張勇，《摩登主義：1927-1937 上海文化與文學研究》，台北：人間出版社，2010 年 1 月。

梅生編，《中國婦女問題討論集》（《民國叢書》第一編第 18 卷），上海：上海書店，原書為新文化書社出版，1923 年。

黃人影（阿英）編，《當代中國女作家論》，上海：上海書店，1985 年 5 月（據光華書局 1933 年 1 月初版本影印）。

黃昌勇，《磚瓦的碎影》，上海：同濟大學出版社，2008 年 7 月。

常彬，《中國女性文學話語流變 1898-1949》，北京：人民出版社，2007 年 12 月。

〔捷克〕普實克，《普實克中國現代文學論文集》，長沙：湖南文藝出版社，1987 年 8 月。

〔美〕費正清主編，《劍橋中華民國史》，上海：人民出版社，第一部 1991
　　年 11 月出版，第二部 1992 年 9 月出版。

賀桂梅，《轉折的時代——40-50 年代作家研究》，濟南：山東教育出版社，
　　2003 年 12 月。

彭小妍，《海上說情慾——從張資平到劉吶鷗》，台北：中央研究院中國文
　　哲研究所，2001 年 1 月。

程光煒主編，《文人集團與中國現當代文學》，北京：人民文學出版社，
　　2005 年 11 月。

〔美〕舒衡哲，《中國啟蒙運動——知識分子與五四遺產》，北京：新星出
　　版社，2007 年 8 月。

〔匈牙利〕喬治·盧卡契，《盧卡契文學論文集》（一）（二），北京：中
　　國社會科學出版社，1980 年 7 月、1981 年 11 月。

楊貞德，《轉向自我——近代中國政治思想上的個人》，台北：中央研究院
　　中國文哲研究所，年 2009 年 11 月。

楊義，《中國現代小說史》（全三卷），北京：人民文學出版社，第一卷
　　1986 年 9 月、第二卷 1988 年 10 月、第三卷 1991 年 5 月。

〔英〕詹姆斯·約爾，《葛蘭西》，台北：桂冠圖書公司，1994 年 4 月。

〔斯洛伐克〕瑪利安·高利克，《中國現代文學批評發生史（1917-
　　1930）》，北京：社會科學文獻出版社，1997 年 11 月。

〔日〕廚川白村，《出了象牙之塔》，台北：志文出版社，1967 年 11 月。

〔日〕廚川白村，《走向十字街頭》，台北：志文出版社，1980 年 7 月。

趙園，《趙園自選集》，桂林：廣西師範大學出版社，1999 年 3 月。

趙園，《艱難的選擇》，上海：上海文藝出版社，2001 年 1 月。

趙園，《中國現代小說家論集》，台北：人間出版社，2008 年 10 月。

〔英〕維吉尼亞·吳爾芙，《自己的房間》，台北：探索文化公司，2000 年
　　2 月。

蔡翔，《革命／敘述：中國社會主義文學——文化想像（1949-1966）》，北

京：北京大學出版社，2010 年 8 月。

劉永麗，《被書寫的現代：20 世紀中國文學中的上海》，北京：中國社會科學出版社，2008 年 5 月。

劉禾，《跨語際實踐——文學，民族文化與被譯介的現代性》，北京：三聯書店，2002 年 6 月。

劉柏青，《日本無產階級文藝運動簡史，1921-1934》，長春：時代文藝出版社，1985 年 10 月。

劉洪濤、楊瑞仁編，《沈從文研究資料》（上），天津：天津人民出版社，2006 年 6 月。

劉紀蕙，《心的變異——現代性的精神形式》，台北：麥田出版公司，2004 年 9 月。

劉統，《中國的 1948 年：兩種命運的決戰》，北京：三聯書店，2006 年 1 月。

〔美〕劉劍梅，《革命與情愛——二十世紀中國小說史中的女性身體與主題重述》，上海：上海三聯書店，2009 年。

劉鋒杰，《中國現代六大批評家》，北京：北京大學出版社，2005 年 11 月。

魯迅編選，《中國新文學大系（小說二集）（影印本）》，上海：上海文藝出版社，2003 年 7 月。

錢虹，《文學與性別研究》，上海：同濟大學出版社，2008 年 4 月。

錢理群，《1948 天地玄黃》，濟南：山東教育出版社，1998 年 5 月。

蕭鳳，《廬隱評傳》，北京：中國社會出版社，2008 年 1 月。

顏海平，《中國現代女性作家與中國革命 1905-1948》，北京：北京大學出版社，2011 年 6 月。

藍棣之，《現代文學經典：症候式分析》，北京：清華大學出版社，1998 年 8 月。

曠新年，《1928 革命文學》，濟南：山東教育出版社，1998 年 5 月。

簡瑛瑛，《何處是女兒家——女性主義與中西比較文學／文化研究》，台

北：聯合文學出版社，1998 年 11 月。

嚴蓉仙，《馮沅君傳》，北京：人民文學出版社，2008 年 8 月。

〔美〕蘇珊·桑塔格，《疾病的隱喻》，上海：上海譯文出版社，2003 年 12 月。

蘇敏逸，《「社會整體性」觀念與中國現代長篇小說的發生和形成》，台北：秀威資訊科技公司，2007 年 12 月。

顧紅亮、劉曉虹，《想像個人——中國個人觀的現代轉型》，上海：上海古籍出版社，2006 年 6 月。

Tsi-an Hsia, *The Gate of Darkness: Studies on the Leftist Literary Movement in China* (Seattle and London: University of Washington Press, 1968).

四、單篇及期刊論文

史元明，〈論「革命＋戀愛」小說的原型置換〉，《中國現代文學研究叢刊》2009 年第 6 期。

史書美，〈中國現代文學中的女性自白小說〉，《當代》第 95 期，1994 年 3 月 1 日。

朱曉進，〈政治文化語境與三十年代左翼文學批評〉，《中國現代文學研究叢刊》2006 年第 5 期。

宋如珊，〈從「文小姐」到「武將軍」——論丁玲延安時期的小說創作〉，《中國現代文學季刊》第 7 期，2005 年 9 月。

李陀，〈丁玲不簡單——革命時期知識分子在話語生產中的複雜角色〉，《北京文學》1998 年第 7 期。

李軍，〈《解放日報·文藝》與解放區文藝的轉折〉，《中國現代文學研究叢刊》2010 年第 2 期。

李躍力，〈個體性革命話語生產的困境與失敗——再論「蔣光慈現象」〉，《現代中國文化與文學》第 7 輯，成都：巴蜀書社，2010 年 1 月。

呂芳上，〈1920 年代中國知識分子有關情愛問題的抉擇與討論〉，呂芳上主

編，《無聲之聲（I）近代中國的婦女與國家（1600-1950）》，台北：中央研究院近代史研究所，2003 年 5 月。

林淑意，〈沒有女作家，只有作家——英美文壇的「女性文學」論爭〉，《聯合文學》第一卷第五期，1985 年 3 月 1 日。

柯惠玲，〈軼事與敘事：左派婦女回憶錄中的革命展演與生活流動（1920s-1950s）〉，《近代中國婦女史研究》第 15 期，2007 年 12 月。

郭冰茹，〈借助身體、愛欲與革命的書寫來認同自我——丁玲早期小說新論〉，《中國現代文學研究叢刊》2009 年第 6 期。

張全之，〈無政府主義與啟蒙主義之關係及對中國文學之影響〉，《現代中國文化與文學》第 7 輯，成都：巴蜀書社，2010 年 1 月。

常彬，〈虛寫革命，實寫愛情——左聯初期丁玲對「革命加戀愛」模式的不自覺背離〉，《中國現代文學研究叢刊》2006 年第 1 期。

游鑑明，〈近代中國女子健美的論述（1920-1940 年代）〉，游鑑明主編，《無聲之聲（I）近代中國的婦女與國家（1600-1950）》，台北：中央研究院近代史研究所，2003 年 5 月。

賀桂梅，〈知識分子、革命與自我改造——丁玲「向左轉」問題的再思考〉，《中國現代文學研究叢刊》2005 年第 2 期。

賀桂梅，〈性／政治的轉換與張力——早期普羅小說中「革命＋戀愛」模式解析〉，《中國現代文學研究叢刊》2006 年第 5 期。

董炳月，〈貞貞是個「慰安婦」——丁玲《我在霞村的時候》解析〉，《中國現代文學研究叢刊》2005 年第 2 期。

趙園，〈知識者「對人民的態度的歷史」——由一個特殊方面看三、四十年代中國現代小說〉，《中國現代文學研究叢刊》1985 年第 2 期。

趙園、錢理群、洪子誠等，〈20 世紀 40 至 70 年代文學研究：問題與方法〉，《中國現代文學研究叢刊》第 99 期，2004 年 2 月。

趙衛東，〈一九四〇年代延安「文藝政策」演化考論〉，《中國現代文學研究叢刊》2010 年第 2 期。

劉增杰，〈從左翼文藝到工農兵文藝──對進入解放區左翼文藝家的歷史考察〉，《中國現代文學研究叢刊》2006 年第 5 期。

羅久蓉，〈近代中國女性自傳書寫中的愛情、婚姻與政治〉，《近代中國婦女史研究》第 15 期，2007 年 12 月。

國家圖書館出版品預行編目資料

女性‧啓蒙‧革命
——丁玲文學與中國現代文學的對應關係

蘇敏逸著. – 初版. – 臺北市：臺灣學生，2012.04
面；公分

ISBN 978-957-15-1525-0 (平裝)

1. 丁玲 2. 中國當代文學 3. 女性文學 4. 文學評論

820.908   100009413

女性‧啓蒙‧革命
——丁玲文學與中國現代文學的對應關係

著　作　者：蘇　　　　　敏　　　　　逸
出　版　者：臺 灣 學 生 書 局 有 限 公 司
發　行　人：楊　　　　　雲　　　　　龍
發　行　所：臺 灣 學 生 書 局 有 限 公 司
　　　　　　臺北市和平東路一段七十五巷十一號
　　　　　　郵 政 劃 撥 帳 號 ： 00024668
　　　　　　電　話　：（02）23928185
　　　　　　傳　眞　：（02）23928105
　　　　　　E-mail：student.book@msa.hinet.net
　　　　　　http://www.studentbook.com.tw
本 書 局 登
記 證 字 號：行政院新聞局局版北市業字第玖捌壹號
印　刷　所：長 欣 印 刷 企 業 社
　　　　　　新北市中和區永和路三六三巷四二號
　　　　　　電　話　：（02）22268853

定價：新臺幣三五○元

西 元 二 ○ 一 二 年 四 月 初 版

82036